U0015025

City Chic

悠遊城市文學的風景

承諾
Mr. Commitment
先生

麥克·蓋爾◎著

蕭振亞◎譯

一段遺忘許久的談話

她：（停頓了一下）你愛我嗎？

我：我當然愛妳！

她：有多愛？

我：我不知道……很愛很愛吧……愛到生生世世。

她：（開玩笑地）如果我要跟你分手呢？

我：妳打算這麼做嗎？

她：沒有……

我：那我們幹嘛要討論這種事？

她：這叫做「對話」，情侶不都是這樣子？

我：讓我先弄清楚，妳是假設現在要跟我分手，問我
　　要怎麼辦嗎？

她：對。

我：這個假設是不存在的。

她：不存在的？

我：對呀，如果我們吵架的話，一定是我做了什麼蠢
　　事，例如我開始咬自己的腳指甲之類的，妳才會
　　想把我甩掉。但是話說回來，如果我真的會咬腳
　　指甲，別說是妳了，連我也會想把自己甩掉。

她：喔，拜託！你一定要怎麼理性的回答問題嗎？

我：（大笑）真是被妳打敗了……

她：老實說，你會怎麼辦嘛？

我：我會怎麼做？（停了一下）我會盡全力讓妳回心

　　　轉意。

她：譬如說呢？

我：登上最高的山、越過最乾枯的沙漠、打倒吃人的
　　老虎……之類的。當然在Muswell Hill是沒有
　　這麼多山、沙漠跟老虎啦，但是妳懂我的意思。

她：如果這些都不能讓我回心轉意呢？

我：那我死都要試。

她：如果我告訴你，我不再愛你呢？

我：我才不相信妳的話。

她：你不會放棄嗎？

我：不會。有些事是你不能放棄的，對吧？

她：達菲先生，你已經正確地回答每一個問題了！

我：很好，那我的獎品是什麼？

她：我！

註：Muswell Hill位在倫敦北北西，距離市中心搭地鐵大約
　　20分鐘。

談談我們吧

「這到底是怎麼一回事？拜託誰能告訴我？」

那是一月某個很普通的星期四晚上，至少就我所記得的啦！我在女朋友梅兒的公寓裡，而她的某些動作讓我覺得很奇怪。

我正在看電視，不知道為什麼，她突然把電視關掉了；更讓我火大的是，她是用遙控器關掉的。我們之間有個不成文的規定：我看我的電視，拿遙控器轉台是我的權利；而在買巧克力的時候，梅兒可以選她愛吃的口味，互不干涉彼此的喜愛。我們在四年的交往中，已經有了許多彼此試探及失敗的經驗，才訂下這些規矩的。這些規矩讓我可以輕鬆地悠遊於我們的關係中，知道彼此的底線在哪裡。但是不守規定的時候，一切就完了，而現在就是混亂的開始。

我的寶貝今天一定是吃錯了什麼藥，她噘起美麗的雙唇，並且驕傲地拿著遙控器，就像是她打敗了電視而贏得我的注意力一樣。

「妳也用不著這麼得意吧！」我這麼想著。

電視上正在重播「星艦迷航記」，寇克船長跟船員回到了

1920 年代的美國，副艦長史波克還戴了西部牛仔帽來遮住他的尖耳朵的那一集。年輕的瓊考琳絲（Joan Collins）也有參與演出，而寇克船長居然吻了她。我看過這一集數百遍了，但只要想到這一幕，就讓我生氣，而梅兒也就不得不關掉電視，好停止我的星艦夢。

當我到達梅兒位於 Clapham 的公寓時，她就進到臥房裡，一個鐘頭後又出現把電視給關掉，然後就像是在用顯微鏡觀察外星生物般的表情，很專注地看著我。

她的表情不像是生氣或是惱怒，反倒是有點好奇又帶著迷惘的樣子。即使如此，我覺得有點不安。她站了起來，手裡還拿著遙控器，走向房間角落的桌子，拿起桌上的夏多尼白酒，倒了兩杯，將酒杯放在矮桌上，又走到我身邊，坐在我的大腿上，然後親了我一下。

我仔細地看著她，腦袋裡想著她是不是在勾引我？嘿嘿，被勾引的滋味還不錯，但其實她並不用費這麼大的工夫。

說到梅兒，她是個美麗又低調的女人，而這正是我想要的。

不對，她絕對不是在勾引我，一定是我有什麼地方做錯了？一定是我忘記什麼紀念日之類，不過今天不是什麼紀念日啊？

「今天不是我們的週年紀念日吧？」我囁嚅地說著，試圖在聲音中加入一點自信。「今天不是六月十七號！」

「正確來說是十八號。」

「噢！」

她對我笑了一下，又親了我一下。

「也不是妳的生日，今天不是四月六號。」

「接近了，」她笑著回答，「五號才對。」

「噢！」

她又對我笑了一下，也再親了我一下。

「也不是我的生日，對不對？」我還是摸不著頭緒。「我總不會笨到連自己的生日都忘記了吧？」

「呵呵，」梅兒笑著說，「你的生日是十月七號啦！」

我絞盡腦汁去想，到底是哪個紀念日？梅兒總是喜歡慶祝一些奇奇怪怪的日子，像是「我們第一次外帶中國菜」紀念日，或是「我們第一次替對方下廚的日子」等等。

「我知道了！」我像是贏了猜謎遊戲般的叫著，「今天是『我第一次說我愛妳』紀念日。」

「是嗎？」梅兒取笑著，「你確定？」

「我真的不知道。」我對她聳聳肩。我只記得那天是禮拜五，我整個禮拜都在期待著那天第四台重播「歡樂酒吧（Cheers）」的第一集，但就在開始前的五分鐘，我卻突然很想告訴梅兒，她是如何擾亂我平靜的心湖，而這興奮的心情讓我們錯過了那一集的播出……呃……我只能說這一切都是值得的。

在我靜靜地看著梅兒幾分鐘後，她仍舊坐在我的大腿上，表情也還是很怪。我試圖問一些其他的問題，而不是直接問她：「為什麼把電視關掉」等太直接的問題。

就像是一頭獵豹盯著牠的獵物一樣，梅兒把身體往前傾了一下，又給了我一個吻，緩慢地、小心地、誘惑地。或許，她還是在勾引我。

「難道女人不能偶爾對她的男友好一點嗎？」她愉悅地對我說。

「不，我是說⋯⋯可以。」我眼巴巴地望著電視。「當然可以。」

「在我時程表上的某個時候到了。」她一邊撫弄著我的耳垂，一邊回答我。

我就知道⋯⋯

「所以，到底是什麼？」我小心翼翼地問著。

「我們。」

「我們？」

「是的，我們。」她平靜地回答我。「談談我們吧！」

我覺得整個人重重地陷入沙發中，在腦中猜想她打算要做些什麼，而且，Bingo!我猜對了！梅兒隨便編了一個藉口，邀請我在星期四晚上到她的公寓，我原本以為我們會一起看電視、吃外帶的中國菜（我的是宮保雞丁，而她的是明蝦芙蓉蛋），然後再一起發發工作的牢騷，而這也是我們常常一起渡過夜晚的方式。

但是這次不一樣。現在我們身處一個可怕的局面中－她想談談「我們」，而我只想看電視上的「星艦迷航記」⋯⋯

我們。

我們之間永遠都找不到一個很好的理由可以談談「我們」。談談「我們」這個話題的結果，就會變成討論「我」。例如，梅兒會拿出一張預先寫好的單子，標題是「達菲要改進的事項：第一條⋯⋯」，然後逐條地數落給我聽。

在某幾條的地方，當然我會點頭表示同意，然後再大聲答

應她：「我以後會改進。」因為那些都是合理的要求，像是「撿起散落在地上的衣服」、「有空的時候要打掃浴室」或是「你為什麼不像剛開始約會的時候，那樣子地看著我了？」等等……

我們。

「達菲？」梅兒問。「我們在一起幾年了？」

我當然知道答案，但是大腦告訴我，這是一個陷阱。「美好的四個年頭。」我大膽地回答。

「沒錯，」她回答我。但是在這個時候，我的大腦開始神遊到「星艦迷航記」裡，史波克打算用細鐵絲網圍住收音機，做一個簡易的連絡器那幕。「四年並不是很短的時間……」

我打斷她的話，即使很沒禮貌，但是我並不喜歡目前的情形。「四年並不久啊。如果你現在是個四歲的小孩，根本還沒有去上學呢，會做的大概只是綁自己的鞋帶吧……」

「達菲，不要胡說了，好不好？」她生氣地瞪了我一眼，從我的大腿上站起來，坐在沙發的扶手上，然後把穿著長襪的腳，擱在我旁邊的坐墊上。「你知道我的意思。」

我聳了聳肩，什麼也沒說，把身體縮成一個問號的形狀。

「達菲，你愛我嗎？」

「這就是妳的問題嗎？」我懷疑地問著她。「那妳不用擔心！」我鬆了一口氣，原來這就是她要的。梅兒常常會問我愛不愛她之類的問題。有時候，我甚至會覺得她太多慮了，需要我的答案來讓她安心。我握住她的手，並在她的耳邊輕聲說：「我愛妳，我愛妳，我愛妳！」

她笑了，傾身給我一個吻，也向我輕聲說道：「那我們結

婚吧！」

我的第一個念頭是，這些話就像是「轟」的一聲，讓我的大腦停止運作，也讓我轉身想逃。

我的第二個念頭（更狡猾一點）是躲起來。

我的第三個念頭（不可否認地，是比較沒有這麼狡猾了）是逃掉並躲起來。

或許因為我是天秤座的，才會有這麼下流的想法。希望可以利用星座當成我膽小的藉口。

但是最後我還是沒有逃走或是躲起來，因為她會不高興，所以我選擇唯一的方法，就是把自己像顆球一樣地蜷曲起來，採取一個最安全的作法。

「妳想要結婚嗎？」

「是的。」她笑著說。

「嫁給我嗎？」

「嫁給世界上唯一的班‧達菲。」她從沙發上站起來，將裙擺輕輕地往上拉了一下，並且單膝跪在地毯上。「我是個現代的女性，達菲。現代女性是不需要等男朋友開口求婚的。」她清了一下喉嚨，吞了一大口的酒，然後握住我的手。「你，班傑明‧多明尼克‧達菲，是否願意成為我的合法丈夫，並且互相扶持，至死不渝？」

至死不渝。

場景怎麼會進行到結婚典禮？在幾分鐘之前，我還想盡量活久一點呢－現在那一點點的想法怎麼都消失了？

至死不渝。

為什麼他們就不能用比較沒有時間限制的字句，像是「下

一個四年」、「到某一方厭倦為止」，或者是最糟的：「在一個可預見的未來」？

至死不渝。

這就是你們所說的「很久很久」。

「我以為妳不相信婚姻的，」我說，找回原來的機智。「妳不是說過它是『父系社會用來綁住女人的舊觀念』嗎？」我套用在我們第一年交往時，常常進行的深夜辯論中的某一次內容。我那時就在想，那個對話總有一天會成真的。

「嗯……我改變想法了，」梅兒大聲回答，「達菲，我們二十八歲了，已經不是小孩子了。我想要安定下來……我要的是一個完完全全的婚姻生活。」

她的美麗嘴唇又再一次緊緊地閉了起來，但這次是帶著疑惑，想必這絕對不是她所預期的反應。我壓根就不知道這是怎麼發生的，我仔細地看著她的臉，看看能不能找出答案。

「不要那樣子看著我。」她嚴厲地說著。

「什麼樣子？」我抗議地說著。

「就像這個樣子。」她模仿我，把臉扭曲成好笑又極為精準的表情。「就好像我是個沒有標籤的錫箔紙食物；就好像我是從別星球來拜訪的外星人；就好像我是個殘忍的女人。」

我隨著她的表情來調整自己的表情。

「你不用提醒我那些我曾說過的話，那一點意義也沒有。我知道我能夠一個人過生活，但是我現在不想要一個人過生活了。我想要跟你共度餘生，達菲。」她說。

就在我小心地維持那毫無偏見的表情時，我又仔細地看著她的臉，希望看到她笑著說：「嘿，你上當了，對吧！」我在

等這一刻的到來，但是梅兒的臉就像新聞主播一樣嚴肅。

「妳確定嗎？」我怯懦地問著。

她點點頭。「當然。難道你不是嗎？」

「是的。」我直覺地回答著。「當然不⋯⋯我的意思是⋯⋯」

她又喝了一大口的酒，很用力地嚥下去。「你的意思是你不確定囉？」

我很慎重地想著，希望「不確定」這三個字是個正確的回應，而且不會被拿來當成對我不利的證據。對我來說，梅兒大腦運作的方式，完全是一個謎。我常常試著瞭解她到底在想什麼，偏偏沒辦法歸納出一個結論；就我目前所得知的，就是她講了這麼多，要的只是一個「承諾」。

最後我還是選擇了「不確定」的答案。「那是因為⋯⋯呃⋯⋯如果我們改變現況，妳就會發現我有多討人厭了。而這也是我們為什麼要保持一點神秘感的原因。」

她用力地雙手交叉。「相信我，達菲，我們之間不需要神秘感。我曾經幫你擦掉過下巴上的嘔吐物，還看過你剪腳指甲，也看過你狼吞虎嚥的吃相。但是，就算這樣，我還是愛你啊！總之，我要說的重點是，你是不是願意娶我？我真的不想逼你，但我必須告訴你，我沒有辦法永遠等你的決定。」

我把身體往前傾了一點，然後將下巴支在雙手上，拼命地想要找出可以表達目前心情的字句。但是，我失敗了。我試著逼出一句可以滿足她的話。「妳是我夢寐以求的女人。」我說。

「然後呢？」

「就是這樣，我不明白為什麼我們非要結婚不可？難道就不能……」

「同居嗎？」她想出了「同居」這兩個字。我一直在找一個逃生的出口，但她總是領先一步在那裡等我了。「我們已經在一起四年了，卻沒有住在一起，達菲。你很清楚我一直要跟你討論這件事，但你卻在逃避。我甚至改變方法來對待你，我不再提起這件事，希望你可以主動要我搬過來，但你從來沒有開口。現在已經為時已晚。要結婚，還是不要結？立刻決定，你到底選擇哪一個？」

我沒有開口回答她的問題，腦袋中一邊想著這齣戲要演到何時才會結束，而另一邊的腦袋中，卻在想著企業號的船員目前發生了什麼事情。

梅兒站了起來，然後一邊啜泣著，一邊緊張地踱步。「你就是不想改變現狀，對吧，達菲？」她說，表現出努力控制脾氣的樣子。「你希望每件事都跟從前一樣？不可能的。」

我還是沒有回應她的話。反而我在想，如果一開始我堅持要繼續看「星艦迷航記」，就不會發生現在的情況了。我們過去沒有過像這次如此嚴重的爭執，最後，我說出了唯一可以想到的三個字：「我愛你」。這幾個字在過去曾經幫過我不少次，現在我希望它們可以再發揮一次神效，在情況變得更糟之前，讓它停止吧。

「你可以說你愛我，但你是真心的嗎？我想不是吧。你根本就不敢表示你愛我。」然後她就開始哭了。或許更正確地說，是她努力不要讓眼淚掉下來，但還是無法控制它們。每一滴眼淚代表著她的忿怒。她不要自己為了我這個臭男人哭，也不想白白浪費這些眼淚。

　　我想要伸出手抱住她，告訴她一切都會沒事，但是我沒辦法。因為打從我們開始交往，這是第一次我對每件事的不確定性感到害怕。

　　梅兒連看都沒有看我，拿起遙控器，把電視打開，然後又消失在她的房間中。一直到在電視上出現「星艦迷航記」的謝幕表時，我嘆了口氣，又把電視關掉了。

如果我可以的話

　　我在7-11便利商店的糖果櫃台前，已經站了十分鐘，猶豫著到底要買什麼。許多人進進出出，購買煙、報紙、保險套跟麵包，而我還是一語不發地彎著腰，看著那些巧克力棒。

　　我跟梅兒的爭執讓我頭昏腦脹。事情不應該是這樣的，連買個巧克力也不應該是這麼複雜的。我知道我不想買Wispa、Turkish Delight、Snickers、Star Bar、Twix、Toffee Crisp、Crunchie、Bounty、Aero、Lion bar、Yorkie、Caramel或是KitKat等牌子的巧克力棒，這比較好解決。比較難解決的是，我現在不知道應該要買Revels或是Mars bar？一個是上麵包覆著堅果類小東西的巧克力棒；而另一個則是連糖果柄上都是滿滿的巧克力。沒有人可以抗拒吃巧克力所帶來的滿足感，我把一小包的Revels握在右手中－這個代表獨立和刺激的生活；也抓了一條Mars bar在左手中－這個代表了梅兒，第一個在我的生命中，說服我跟她墜入情網的女人。

　　「喂，老兄！」站在櫃台後面，一個滿臉鬍渣、矮胖結實的年輕人向我吼著，「你要買這兩個嗎？」

　　「什麼？」我說，神遊的思緒開始回到腦袋中了。

「你從十分鐘前就站在那裡，一直看著手上的巧克力，」他說，他戴了好幾個戒指的手指也在桌上敲著。「你是要買它們，還是在秤它們的重量啊？」

「我只是在想，我到底要買哪一個？」我有氣無力地回答他。「這很難下決定，你知道的。」

「一點也不會，」他很生氣地說著。「你一直拿著這些巧克力，手溫都讓它們融化了。老兄，你得全部買下來。」

「好吧。」我無力地回答他。我丟給他一英鎊，等著找錢，然後離開。

「喂！」他在我身後叫住我。「你忘了你的巧克力！」

「我知道，」我嘆了口氣。「你留著它們吧。我無法決定要買哪一個。你知道嗎？我想要回家烤麵包來吃。」

正當我還在想求婚那件事時，我已經搭北線地鐵，從 Clapham Common 到 Highgate 了。梅兒已經跟我交往了這麼多年，我實在很難想像沒有她的生活會是什麼樣子，但是這也不構成讓我去冒險的理由－真是一個兩難的抉擇。就像是一句老話所說的：「如果它沒有壞掉的話，就不要修它。」但或許傷害已經造成了，只是我沒有發現而已。

梅兒為了佈置我們的家，買過很多東西，次數多到連我都記不起來，而我卻一直在儘量避免這種事，理由是，如果我們沒有住在一起，就不會發現其實我們不喜歡住在一起的事實。因為通常當情侶發現彼此並不喜歡同居的感覺時，最後都是以分手為收場，而我並不想要跟她分手。當然，這是兩種不一樣的邏輯，但至少都是合理的。或許現在我必須要好好地思考這個問題了。

梅兒在 Clapham 的精華地區有著一間大公寓；而我則是

跟我的朋友，丹，在 Muswell 合租了一間有著狹小潮濕廚房的房子。梅兒是個成功的廣告業務，而我只是個一邊打工，一邊耐心地（有人說我是不是太有耐心了一點）期望我的單口相聲（註1）事業能夠飛黃騰達的人。

有時候我真的覺得對不起梅兒，如果她跟別的正常男人交往，她應該可以有更好的生活。相反地，她卻選擇跟我交往。當我陷入低潮時，我就會開始想像，如果梅兒在下班後，跟朋友相約喝個小酒，會發生什麼情況？她們一定會討論另一半升官、加薪等等值得炫耀的事，而梅兒唯一的話題，就是有一次四號廣播電台，請我寫一則諷刺喜劇，而付給我 42 英鎊的事。在這個時候，我會想像梅兒那些朋友投來一個「哎……可憐的梅兒跟她可憐的男人運」的眼光。

但事實上梅兒從來不曾抱怨過，也不曾暗示我去找個實際點的工作，放棄當一個喜劇演員。很奇怪地，她反倒對我的工作感到很驕傲。

「這就是我如此愛你的原因之一。」有一次在曼徹斯特，在一場特別為病人表演的義演結束後，她曾經告訴我這句話。在那次的表演中，我相當受到參加「Crumpsall 退休公務員協會年度餐會」的觀眾歡迎。「我知道總有一天你會成功。我就是相信你，我對你有信心。」然後她又笑著補了一句：「你成功的時候，別忘了要送我一台法拉利喔！」

有時候連我都無法對自己那麼有信心。我覺得，要我給梅兒一台法拉利，和把遙控器交給她，一樣是不可能的任務嘛！

當個無名小卒、請求經紀人幫我安排演出、看著身邊像我一樣有天份的喜劇演員們一個一個成功，這對我的藝術靈魂來說，是多大的挫折！但是仍有許多成功的故事支持我走下去。

那些領了十五年的失業救濟金的喜劇演員，用他們的血、汗跟啤酒，最後贏得在愛丁堡頒發的「皮瑞爾喜劇演員獎（Perrier Comedy Award）」，來證明他們的堅持。

當然也有失敗的另一面，那些不斷失敗的喜劇演員們，最後還是回到了現實世界，當起了老師、會計員、銀行員和建築工人。這才是我真正的恐懼－回到現實世界。

我跟室友－丹，都是單口相聲的喜劇演員，我們曾經設定過夢想的底線，就是在三十歲之前一定要成功，不然就得放棄。當時我們都是二十八歲，完全沒料到時間過得這麼快，只好再給自己多一點時間來努力。我是不知道丹的打算，但我自己從來就沒想過要去當一個會計員。

最後我花了快一個鐘頭才回到家。在離開車站不久後，地鐵的司機告訴乘客，前方有事故發生，所以大家就被困在隧道內，等著他去打聽消息。二十分鐘之後，列車終於開動了。

終於，我在十一點十分回到了家。整個公寓裡空盪盪的，我直接走到廚房，冰箱門上有一個丹的留言，說他要跟一個叫娜塔莉的女孩子出去喝杯酒。我倒了一品脫的Ribena酒，然後抓了一條麵包。我想要烤麵包來吃。

我愛烤麵包。我真的愛死它了！烤麵包大概是全世界最棒的食物。你可以切一些白吐司（絕對不要用全麥的！），然後放進烤麵包機裡，幾分鐘後就可以享用熱騰騰、又有營養的一餐了。你可以從冰箱裡拿出任何美味的餡料放在上面，而且每一種是都是超級好吃。當兩片烤麵包「啪」地一聲閣上時，比任何巧克力棒對我更有意義。

我把三片烤好的麵包拿到客廳，盤子上的水蒸氣讓原本酥脆的麵包快要變得軟趴趴了。我按下答錄機的播放鍵，只有一

則我媽的留言。她喋喋不休地說著她有多不喜歡答錄機，尤其是我們這台，因為她不知道誰是勞勃・迪尼洛。我也搞糊塗了，於是重新播放了一次我們的留言，才知道原來是丹說這裡是勞勃・迪尼洛的電話，請對方在「嗶」一聲後留言。

我看著錶，如果現在打給我媽，實在太晚了。但是如果現在打給梅兒的話，一定更慘，所以我還是決定打給我媽。

「嗨，媽，是我啦。我有吵醒妳嗎？」

「不會啦，我剛好在聽收音機。你怎麼樣啊，班？」我媽大概是這世上唯一還會叫我班的人。「你好嗎？」

「很好。」我撒了個謊。

「但是你的聲音聽起來很不好。」

「我很好，媽，真的。」知道世界上有人這樣無條件地愛著自己，無論自己是個殺人狂或是吸毒犯，心裡真的很溫暖。

我們聊了一下她最近的生活。她已經從位於 Leeds 的聖瑪麗天主教女校中退休了，她本來是個學校的煮飯阿姨，現在她則是花許多時間，跟瘋狂的瑪格麗特阿姨做伴。自從姨丈過世之後，瑪格麗特阿姨找到了新的生機，她常常拉著我媽一起去 Corfu（位於希臘）和 Ibiza（位於西班牙）之類的地方渡假。根據我媽的說法，她們下一次要去的地方，是被描述為「女同志的天堂」的 Lesbos 島（位於希臘）。

「妳一定會玩得很高興的。」我說。「妳需要好好地休個假。」

「真正需要休假的人是你跟梅兒。」我媽很堅決地回答我。「你們工作太辛苦了，應該多放鬆一點、多享受生活，不然就跟那些只知道工作的倫敦人沒什麼兩樣。帶梅兒去度個假

吧！」

我媽覺得梅兒是上天賜給我最好的禮物，也常常提醒我這件事。當我第一次介紹她們認識時，大概是我跟梅兒開始交往的五個月後吧，她們的感情居然好到讓我吃醋。她們好像會用一種我不知道的方式互相溝通。雖然這不會影響我，但有時候我會覺得她們發現了我拉鏈沒有拉，卻故意不告訴我。

「我想我們不會去度假了。」我說。

「為什麼？」我媽問我。「如果是錢的問題，我可以資助你一些。」

「不是，不是錢的問題。」我說。自從我在高中時，為了一個關於挪威皮革業的地理測驗而感到煩惱之後，就再也沒有過有一種奇怪的衝動，要去解決某件沒有完成的事情－我想要跟我媽分享這個問題。事實上，也不是什麼其他的問題，而就是那件事情。

「梅兒跟我求婚了。」我發現我把那兩個字講出來了。「她今天晚上跟我求婚，讓我大吃了一驚。」

「真是天大的好消息！」我媽大聲叫著。「梅兒是個很可愛的女孩。我一直覺得你們很配。老實說，我真的不敢相信你們居然交往了這麼久還不結婚。」

「但是，」我很沮喪地說，「我不確定自己是不是想結婚。妳說得沒錯，梅兒是個很棒的女人，但是我才二十八歲，我不確定是不是已經準備好⋯⋯結婚的事。」

「傻孩子，」她用一副親愛母親的口吻回答我，「你當然準備好了。你愛她，她愛你，而且你們已經交往了四年，還有什麼問題嗎？」

我沒有回答，並且想了一下。這真的是個好問題。

我還要確定什麼？

「我還需要知道更多，」我想了很久後，說出了這句話。「不管那些是什麼，我現在唯一可以說的是，我不知道。」

或許把感情生活全部都告訴我媽，並不是個好主意。我媽又罵了我五分鐘，然後我說我必須掛電話了，她才用愉快的語氣做出結論：「我並不是在干涉你的生活，班。我只希望你快樂而已。」然後我們就互道晚安。

放下電話，烤麵包已經冷掉了，也因為水蒸氣的關係，變得濕濕軟軟的。當我嚼著麵包時，仔細地想著我媽說的話。她一定是全世界最樂觀的母親，一般人怎麼能在歷經她的生活後，還能保持那樣的樂觀態度？

我從來就沒見過我爸爸。他在我六個月大、姐姐維妮二歲半時，就離開我們了，然後在五年後跟我媽離婚。我媽很少提起他離開的原因，我跟維妮也不會討論這件事，因為擔心讓我媽更煩惱。

你一定會覺得我媽會不再相信婚姻，但是你錯了，她相信婚姻的那種堅定和態度，實在是我比不上的。四年前，當維妮和她交往很久的男友查理結婚時，我媽高興極了。我真的不懂為什麼我爸在許下「無論貧富、健康與否，都不離不棄」的神聖承諾後，卻還是丟下兩個孩子和貧苦的生活給我媽，然後一走了之。而她在經歷過這些事後，還是深深地相信兩個人可以一生相守。這大概就是所謂的「信念」吧！

註1：單口相聲（Stand-up）多為在酒吧中進行的表演，表演者以一個主題或一個故事自行發揮，反應快、說話機智是基本條件。

《柯夢波丹》是個碟仙盤

「嗨，梅兒，是我，達菲。昨天、前天、大前天、大大前天、大大大前天，我都有在妳的答錄機裡留言。我只是想跟妳說對不起。我是個大笨蛋，我想妳已經知道這一點了。就這樣，Bye！」

今天是星期二，距離上一次跟梅兒碰面已經是五天前的事了。她拒絕以任何方式－包括電話、傳真、手機、傳信鴿、電子郵件或是門鈴－來承認世界上還有我的存在。

我無精打睬地在辦公室裡閒蕩，加上心情不好，每半個小時就躲到廁所去抽煙，下午的時候也自願去幫大家買點心，這說明我根本就無事可做，當然也沒人發現這點。

我已經在一家叫ＤＡＢ的市場研究公司，做了三年資料輸入的臨時工。三年對於一個臨時工來說是段滿長的時間，但是對於公司的人事主管來說，他可以隨時叫我走人，這當然比全職僱用我要來得省錢。而這個安排也很適合我，因為我能夠有足夠的表演機會，可以在有個像樣的生活後，告訴他們我已經受夠那些無聊的工作，然後閃人。想想，這是多好的共生關係啊！

當我又留了一個訊息在梅兒的答錄機裡後，我決定要從另一個角度來看求婚這件事。我偷偷地溜過櫃台的布麗姬（她很喜歡跟主管們打小報告），搭電梯到地下室的福利社。站在刺眼到像是脫衣秀舞臺用的白色燈光下，眼睛盯著一排女性雜誌，上面都是美到像是虛擬出來的美女封面。

　　梅兒是這些雜誌的忠實讀者。對女性來說，這些雜誌的內容是個充滿智慧和建議的世界，但對我來說，完全跟天書一樣。梅兒能夠瞭解它們在說什麼，而它們也瞭解梅兒要什麼。我對於摸不清梅兒的心思而感到厭煩，我一邊想著，眼睛也一邊掃著書架。我也疲於不清楚我的女朋友到底發生了什麼事？

　　我拿起《新女性（New Woman）》，輕輕地翻閱著……然後我不停地拿起架上的雜誌，把它們堆在結帳櫃檯上面。這些雜誌花了我19鎊。我又偷偷地溜過櫃檯的布麗姬（感謝上天，她正在講電話，所以我不用解釋手上的這堆雜誌），回到我的辦公間裡。

　　當沒人注意到我的時候，我開始翻起第一本雜誌：《柯夢波丹（Cosmopolitan）》，然後就像是在問碟仙一樣，希望它們會告訴我答案。

　　我閉上眼睛，張開雙手，懸在《柯夢波丹》跟免費的星座副刊上面，然後用低沉的聲音說著：「噢，神奇的《柯夢波丹》，妳代表了全世界年輕、有幹勁的女人。現在，我有一些問題要問妳。」

　　1、為什麼梅兒在四年後會突然要結婚？

　　2、為什麼梅兒堅持要在我最愛的電視節目中間，跟我討論結婚的事？

　　3、這一季流行的裙子長度是多短？

　　我因為第三個問題而笑得東倒西歪時，坐在對面的另一個臨時工同事，史考提·海倫，目瞪口呆地看著我，好像我發瘋了一樣（在某些部分，我覺得我真的瘋了）。「你在做什麼？」她的視線越過電腦，問著我。

　　「《柯夢波丹》是個碟仙盤！」我面無表情地回答她。「我在問它關於女人的問題。」

　　「噢，很好。」海倫說。在我認識她的三個月中，她已經習慣我的古怪行為了。「看完的時候可不可以借我？」

　　「沒問題。」我說。「再等一下。」

　　而這個「等一下」就是一個半鐘頭。在我看完所有雜誌後，已經到了下班時間，所以我把雜誌放在海倫的桌子上。不用說我當然沒有發現問題1或是問題2的答案，不過裙子長度的問題還真的不值得需要知道。

　　既然從女性雜誌中得不到想要的答案，我決定去問我姐。維妮大我兩歲，而且是家裡最愛指使別人的人。由於是在單親家庭中長大的，維妮很快地就扮演了家裡的男性角色。在我念小學的時候，有好幾次跟學校的惡霸打架，我被打得很慘，維妮居然越過操場，痛扁那些人。

　　幾年後，她變了。維妮大概已經有二十年沒有再「直接」打過任何人，但她還是很愛罵人。她先生查理的脾氣就好得多，他們兩個就像是太極裡的陰跟陽一樣，組合在一起恰恰好。理查人很好，我很羨慕他那種悠閒的態度。就像我一樣，他也喜歡簡單的事物：一個好女人的愛、晚上在酒吧裡閒聊，還有足球。所以當維妮跟查理賣掉靠近Crouch End的大房子，從Derby搬到倫敦之後，他就變成我跟丹最好的夥伴、酒友的三劍客之一了。

「怎麼了？」維妮說，當她打開前門的時候。「你的臉色真差。」

「我也不知道。」我說，看著呼出來的白氣，上升消失在夜晚的冷空氣裡。「我知道這很奇怪，但是我真的不知道哪裡發生了問題。」

「先進來。」她說。我跟著她走進了廚房，她先泡了一杯茶給我，又拿出一罐 Lilt 啤酒跟一個裝滿冰塊的杯子。

我們又走進了客廳，當她很詳細地描述她白天的工作時（她是個系統分析師，在市區一家知名電腦公司工作），我也一邊很吵地吸著冰塊，一邊看著窗外，想著梅兒正在做什麼。幾分鐘過後，維妮發現我根本就沒有在聽她講話。

「好吧，現在來談談你吧。」她說，順手把一個抱枕丟到我頭上。「這就是你來的原因，不是嗎？」她停了一下，看著我。「是因為梅兒的事吧？」

我點了點頭。

「你們吵架的原因，是因為她已經受夠了等你開口說要住在一起。」

「不算，但是接近了。」

維妮驚訝地挑高了眉毛。「她問了那個大問題嗎？」

我點點頭。「妳怎麼知道我們吵架了？妳跟她說過嗎？」

「沒有，」維妮轉了轉眼睛，表示我問了一個笨問題。「我又不是靈媒。達菲，但這是一件很明顯的事。」

「她也是這麼說。」我說，一邊脫掉鞋子。

維妮搖了搖頭，「笨蛋！」在接下來的十五分鐘內，她傳達了許多她對於生活跟愛的看法，像是許多男人都不重視生活

中的小事，但其實生活就是這些小事組成之類的話題。她用指責的手勢來結束演講：「你們男人對事情的漫不經心，惹火了我們，也搞砸了自己的世界，而你們居然還不知道哪裡做錯了？」

從她的演講中，我覺得她比較像是在抱怨查理而不是我。查理出現在前門的時間點真的是剛剛好。他任職於Westminster議會的規劃部門，剛剛下班回來。

「老兄，一切可好？」他一進門就喊著，一邊把公事包丟在地上，一邊脫鞋子。

「還好。」我回答他，眼睛一邊看著維妮，她正怒視著查理丟在地板上的鞋子。

查理一發現他老婆如同雷射光般的眼光時，立刻把它們放好，然後走過沙發，想跟維妮親一下打招呼，但是維妮根本就不理他，把茶杯用力地放上茶几上，然後生氣地走出房間，用力地關上房門。

查理無聲地抿了抿嘴，然後坐在椅子上。

「你好嗎？」我問查理，同時也聽到維妮砰砰砰地走上樓梯。「你有謀殺任何人嗎？忘記她的生日？還是偷穿她的內衣？」

「說來話長……」查理說，看來又是一場名為「來談談其他事」的演講。他脫掉西裝外套，坐在沙發上，兩腳蹺在茶几上。「只是來看看我們嗎？」

「不是，」我平淡地說。「為了女人的麻煩事而來的。」

「噢。」查理輕蔑地回答我。「你也遇到了？哪一種？」

「梅兒要跟我結婚。」

「噢！」

「嗯……」我停了一下。我正跟一個已婚男人坐在一起，他一定可以給我一些建議。「是什麼原因讓你決定要結婚的，查理？」

他皺了皺眉頭，鬆開領帶。「等一下。」他消失了一下，然後拿著一罐可樂走回來。「剛剛說到哪裡？」

「你正準備告訴我，你當初決定結婚的理由。」

「你要聽事實嗎？」

「不，」我說。「我要的是一個十足的謊言，但是事實也可以啦。」

他不理會我話中的譏諷，小啜了一口可樂。「我知道維妮就是那個人。」他就事論事地說著，好像愛情是個方程式，而他已經解出答案。他聲音中所透露出的那種科學感，絕對就是我要的。

「就這樣？」

「你知道的，每一個人的情況都不同，所以理由也不一樣。」

「對，我想也是。」我有氣無力地回答他。「事實是……」我停了一下，試著在聲音中加入查理那種充滿理性的聲調。「事實上，我愛梅兒，我也不會想要娶別人。但是為什麼婚姻這件事會讓我這麼害怕？」

查理聳了聳肩膀。「只有你自己知道，老兄。」他拿起了電視遙控器，然後機械化地一台轉過一台。

「你是怎麼跟維妮求婚的？」當他從BBC2轉到ITV時，我提出這個問題。「你做了什麼特別的事，或者單純地就直接

開口跟她求婚？」

查理小心地挑了挑眉毛，像是拒絕回答這個問題。「我忘記了，都已經過這麼久了。」

其實我早就知道了，只要想要開他一個小玩笑。他的求婚儀式很機密，而我會知道的原因，是因為維妮告訴梅兒，而梅兒又告訴我。

「那真是世界上最美的事。」維妮說。很顯然地，查理早就告訴維妮要帶她去度週末，並給她一個驚喜。當維妮知道他們要去紐約的時候，真的是樂瘋了。他們到達紐約的第一天，查理帶她去帝國大廈的頂樓，當她透過看一次要２５美分的望遠鏡，看到中央公園的地上，有張查理留的紙條，上面寫著「妳願意嫁給我嗎？」的字句時，她當場就哭了出來，並且答應他的求婚。當我聽到這個故事時，真的很驚訝，因為熟知查理的人都知道，他絕對不是這麼浪漫的人。

「拜託，查理，」我嘻笑著對他說。「我需要求婚的小秘訣。你當然記得你怎麼跟我老姐求婚的。」

「我知道你想要激我，沒有用的。」查理笑著說。「一個巴掌拍不響，因為當你遇到這件事時，每個男人心中都有一首詩。」

「很好的想法，但是我的詩大概會比五行打油詩還要長吧！」

「不，」查理說。我好像在他的眼中，看到一絲狡獪閃過。「你心中已經有那首詩了，只是需要把它找出來。好吧，就像這個時候。」他眼睛瞥了一下天花板，維妮的腳步聲還在咚咚咚響著。「但是你知道的，就算你拿整個世界來跟我交換，我也不會告訴你的。」

我不是你媽！

　　當我回到公寓時已經是深夜時分了。進門後的第一件事，就是檢查答錄機有沒有新的留言。那一通足以表達我的心碎的留言，看來似乎無法打動梅兒的心。我的室友，丹，正靜靜地躺在沙發上，看著新聞。「你好嗎？」我一邊坐在扶手椅上，一邊問他。

　　「嗯，還不錯。」他有氣無力地回答我，他的臉有一半已經埋入椅墊中了。「我今天收到一個東西。」他指了指地板上的一個信封。

　　「是什麼？」

　　「看了就知道。」他說。他的眼睛還是緊盯著電視螢幕。「怪事。」

　　我撿起那個信封。裡面是張結婚請帖，在奶油色的紙上，還有燙金的字體。我大聲地念出上面的字。「米娜・艾默斯和保羅・米德福誠摯地邀請丹尼爾・卡特來參加婚禮……」我停了下來，明白是怎麼回事了。「你的前女友要結婚了？」

　　「好像是這樣。我也認識那個男的，他參加過曼徹斯特大學的表演班。我看過好幾次他的表演，他根本一點才華也沒

有。我一點也不喜歡他。」

「為什麼米娜會邀請你去她的婚禮？」

丹聳了聳肩，又轉到另一台。「就像我剛剛說的，這真的是怪事。」

「而且，現在就寄帖子過來會不會太早了？上面說她九月才要結婚。」

「我知道。但她一直都很喜歡提早計劃事情。」

米娜是丹的生命中，最後一個可以正式稱為「女朋友」的女人。他們在大學時就認識，然後一直交往到一年前，他們同居的時候才分手。

他們當時就是住在我現在跟丹分租的公寓裡，她總是瘋狂地認為她跟丹的戀情可以白頭偕老。這其實不能怪她，據我所知，當他們同居之後，丹就開始猜測他們的關係能夠維持多久。當他發現答案的那天，也就是他們分手的日子。

當丹在每一場表演的中間去當臨時的保全人員時，米娜已經在東倫敦找到一個劇場佈置設計師的工作。有一天我跟丹在他們的公寓裡，討論有沒有其他賺錢的方法時，我並不知道當天早上丹答應米娜要打掃房子，因為她的父母要來暫住。所以當她提早下班回家，發現一堆沒洗的盤子、我昏睡在沙發上，而且丹還在看電視時，她簡直氣炸了。

我想丹應該是想讓米娜知道他不想再跟她住在一起，所以故意讓我出現在他的公寓裡，目的是要減緩米娜的火氣，希望可以和平分手。真是一個老鼠跟人和平共處的計劃啊，不過這是不可能的。

「不是你的錯，是我的錯。」丹解釋著，在五分鐘的爭吵

後，米娜不僅不怕我難堪，還講了一堆丹的糗事。

「當然是你的錯。」米娜挑釁地說。「在這段感情中，只有一個自私、偏執、得到承諾恐懼症的、不愛洗澡的髒鬼，那就是你！」

「妳說誰是不愛洗澡的髒鬼？」

「當然是你這個骯髒又不愛洗澡的髒鬼！」

「我有洗澡！」丹反駁她。

「你什麼時候洗澡了？」她把手伸進袋子裡，拿出了日記，然後大聲地念了出來。「１４號星期二，丹沒有洗澡；１５號星期三，丹還是沒有洗澡……還要我繼續念嗎？」

「妳紀錄我多久洗一次澡？」丹不可置信地說。

「當然。」她怒氣沖沖地說著。「我還紀錄了你三個月沒有用吸塵器打掃房間、好幾個星期沒有刷浴室的洗臉槽，還有……」她看了一下日記本，說著：「你身上這件內褲，已經穿兩天了。」

「兩天？」丹沒有回嘴。「時間過得真快，對吧？」然後他說了一句讓我大吃一驚的話。「聽著，米娜，」他說，「我很抱歉，我會改的。」

「內褲還是你的爛個性？」

「個性。」他很不好意思地說著。

那個絕對不是我認識的丹會講出來的話。一點也不酷。他以前在念戲劇學校時，如果遇到這種情況，早就說 Ｂｙｅ　Ｂｙｅ了。

「丹，你就是你，你永遠都不會改的。」米娜生氣地說著。「你就像是個淘氣的小學生，讓我跟在你的屁股後面收拾

爛攤子。我不是你媽！我們從六年前大學畢業時就開始交往，現在才住在一起五個月而已，而你似乎在我搬進來的時候，就準備放棄我們的關係。你以前是如此的甜蜜……甚至在每次約會之前，都還會沖個澡！現在到底發生了什麼事？為什麼你變了？我告訴你為什麼，因為你又自私又懶惰，以為我是生來取悅你的。並不是，好嗎？結束了，丹，我們之間結束了！」

丹不發一語，在他的潛意識中，心裡的天秤一定在衡量著他的自尊與他對米娜的愛。不管秤出來的是什麼結果，最後丹還是決定豁出去了，用他剩下的自尊。

「等一下，」丹重拾自信說道。「妳要甩了我嗎？我是那個說出『不是妳的錯，是我的錯』的人，應該是我要甩了妳，OK？」

「最好是你甩了我！」米娜說。「我花了好幾個月才找到這個房子，你現在就給我滾出去！」

「現在？」

「錯，是昨天。」她指了指門。「我要你像電影『回到未來』一樣，找到一個時光機器，然後爬進去，打開開關，把你從我的記憶裡刪掉。」

丹好不容易才找回來的自信，在一瞬間就瓦解了。「妳要我去哪裡？」

「我不管你要去哪裡，但是記得把那個人也一起帶走！」她指著我。這是過去幾個月來，米娜第一次對我說話。她一直否認這個世界上有我的存在，巴不得我早點消失。

「妳羞辱我也就算了，居然連我的朋友也一起趕出去？」他像是在保護我一樣，不過嚴格來說，他只是想要佔一點上風而已。「妳說過妳喜歡達菲的。」

「拜託！」她說，像是跟一個小孩講話一樣。「我根本就不能忍受達菲。他吃我們的食物、看我們的電視、用我們的電話。」我突然想到我是應該要付打電話的錢，但是口袋裡只有零錢跟一張百視達卡而已。「我要你，」她又指了我一下，「還有你，」又指著丹，「一起滾出去！」

「我不走。」丹的雙手往胸前一叉，「這也是我的房子。如果妳這麼堅決地叫我離開這裡，那妳也最好開始打包！」

這就是事情發生的經過。

在我搬進來之前，丹跟我只是喜劇表演團中，沒什麼交集的朋友而已，但是在將近一年的相處後，我們發現彼此居然有這麼多相似的地方，例如我們都喜歡一樣的電影、電視節目、音樂跟情境喜劇。唯一不同的就是我們跟女朋友之間的感情。我跟梅兒有著穩定的發展，而丹與米娜分手之後，把美眉的心態也變了：「星期五晚上續攤是很好啦，但我不想隔天早上在某人的床上醒來。」或許那是丹避免讓自己再受到傷害的方式，不過他好像愈來愈深信不疑的樣子。

丹好像不想討論米娜的事情，所以我把請帖放到書架上面，然後走到廚房去，把一罐已經開三天的Ragu牌麵醬，倒在一碗冷的義大利麵上面，然後把它丟到微波爐裡去。我很不耐煩地看著在微波爐中旋轉的碗，一邊想著那張請帖。米娜這招真的把丹給惹火了，讓丹知道她過得很好，而他並不是。什麼都比不上被女人嘲笑更讓人火大的。

丹一邊心不在焉地摸著肚子，一邊走進廚房，打開冰箱門。「什麼也沒有，我可以吃你上個星期買的起司嗎？」

「當然。」我丟給他一包奶油起士餅乾。「也吃點吧。」我轉過身看著微波爐。「米娜要結婚的事讓你心煩嗎？」

「一點也不會。」丹回答的速度太快了一點，然後他換了個話題。「這是哪種起司啊？」

「不知道，」我說。「大概是切達起司吧！」丹根本不想討論米娜要結婚的事。我並不想怪他，他畢竟不是鐵石心腸，可能會一個人偷偷躲起來哭吧。如果他要我陪他去喝喝酒、忘掉這件事的話，我一定會的。

像是過了十年一樣，義大利麵終於好了。我拿著熱騰騰的麵走回客廳，丹還在兩個頻道間不停地切換著。我在想，不如問丹對於梅兒跟我求婚的意見，再把他的意見跟維妮、查理、我媽的意見綜合起來。

「所以，這就是你無精打采的原因？」在我坦白梅兒跟我求婚的事情後，他這麼說。「你不是說她要為工作去上什麼課嗎？」

「呃……我騙你的……」我老實跟丹說。「重點是，我現在應該怎麼做？」

「怎麼做？」他說，一邊手上還在切換著頻道。「什麼也不要做。她不會因為你不想結婚而甩了你的。你們已經交往……三年了？」

「四年。」我回答他。

「四年！你們根本就已經是夫妻了嘛。我的建議就是冷靜一點，等事情過去就好。」

我喜歡聽到這句話。「假裝什麼都沒有發生過？」

「沒錯，老兄。大家都忘記的時候就沒事了。我敢打賭梅兒可能因為是她主動跟你求婚，所以才不好意思打電話給你。」

我仔細地想了一下他所說的話。假裝這整件事根本就沒發生過，聽起來是個很誘人的提議。那麼我跟梅兒都不會因此而感到丟臉，也可以回到過去的生活。

　　「你確定嗎？」我問他。

　　「當然。」他很有自信地說著。「聽著，達菲，這個就像是梅兒投資了三……」

　　「四年。」我糾正他。

　　「好吧，她四年的生命來跟你交往。她已經把你訓練得很好了，她要再花多少時間去訓練另一個傢伙，才能像你一樣聽話？」

　　「你是說她不會甩了我，因為她懶得再去訓練另外一個人？」

　　「沒錯。」

　　「問題是……」

　　「你不會真的在考慮結婚這檔子事吧？」丹一副不相信的樣子。「我的事沒有給你任何教訓嗎？我沒有教你當個單身漢的好處嗎？你居然還要踏進人生的墳墓？真不懂你在想什麼。我可以原諒你為了女朋友的問題而傷腦筋，但是結婚？絕對是個最糟最糟的念頭。它是你人生的盡頭，所有的事情都會跟著改變。」他看了一眼書架上米娜的結婚請帖。「我如果跟米娜結婚的話，事情會有多糟？」

　　丹的話又讓我沮喪了好一下子。「嗯，」我慢慢地說著。「我會找出答案的。」

　　我站了起來，從丹坐著的沙發扶手上，拿起遙控器，又走回我的位置，然後不停地切換著電視頻道，一邊鏟起一叉子已

經冷掉的義大利麵，吃進嘴裡。

　　我跟丹差點就吵了起來，他一定也覺得很糟，因為他離開了房間一下，然後拿了一大包的洋芋片跟兩罐Ｒｅｄ　Ｓｔｒｉｐｅ啤酒回來，當做和好的禮物。他小心地把洋芋片打開，放在我們中間，然後一邊找錄放影機的遙控器，一邊塞給我一罐Ｒｅｄ　Ｓｔｒｉｐｅ。

　　「忘掉那個難吃的義大利麵跟梅兒吧！吃吃零食、喝喝啤酒、看看電視，然後停止想那些鳥事情。」他很正經地說著。「思考對我們兩個都不是件好事。」

連吸血鬼都在笑

　　自從我上一次聽到任何有關梅兒的消息，已經是九天前的事。我媽、我姐、姐夫還有丹的建議，在這幾天當中，一直在腦袋裡徘徊不去。它們帶給我的只有頭痛，沒有一點幫助。

　　我無法擺脫二十八歲就要結婚的窘境，因為我還不知道自己對婚姻的態度到底是什麼。該是跟梅兒好好談談的時候了。能夠得出一個結論，對我跟她都是件好事。

　　「噢，是你啊。」

　　幫我開門的是茉莉。她大概是這個世界上，唯一一個會把「噢，是你啊」，說成聽起來像是「去死吧！你這個可憐蟲！」的人。對我來說，當她來幫我開門的時候，就代表有不好的事情要發生了。毫無疑問的，茉莉一定從求婚事件後，就一直待在梅兒的公寓裡，然後不停地咒罵我。

　　茉莉，我私底下都叫她「吸血鬼諾斯菲拉圖」，那是惡魔公主的意思。茉莉是梅兒最好的朋友，也是我的頭號敵人。當我第一次見她的時候，我好緊張，因為梅兒告訴我，如果我可以通過茉莉的測驗，那去拜訪她父母的時候，根本是小事一樁。

當在茱莉家吃著水煮牡蠣佐奶油醬的時候，她看著我，一邊問我問題，一邊在腦中打著分數，像是我沒有固定的工作（扣4分）、大學沒念完（扣2分）、常常口袋裡沒錢（扣6分）、覺得在酒吧的小房間裡娛樂他人是個很爽的工作（扣4分）、我完全不想改正這些壞習慣（扣10分）。

那頓飯吃完，我跟梅兒都覺得我根本不可能通過茱莉的測驗，而且還得到史上破紀錄的低分。我想如果按照那天晚上的表現，梅兒的父母大概會一腳把我踢出去吧！

茱莉跟梅兒要好的程度，就像是電影「末路狂花」裡的好朋友泰瑪跟露易絲，但是她卻不是女同志。到目前為止，茱莉一直在容忍我，就好像我是梅兒戒不掉的一個壞習慣，像別人會咬指甲、或是上完廁所不洗手一樣。

茱莉跟一個叫做馬克的傢伙訂婚了，他們也住在一起。我滿欣賞馬克，不過被他的成就給嚇了一跳。他幫一些超有名的樂團拍音樂錄影帶，也常去很多很棒的地方旅行，但是最重要的，這傢伙居然還小我兩歲，真是讓我為之氣結。

馬克是標準的生活哲學實踐者。當我還是一個青少年，坐在公園裡幻想要追哪個女孩子的時候，他就已經拿著攝影機在拍短片了。哎，反正我跟他不是同一掛的！

馬克跟茱莉的確在某方面是很速配的一對。通常在茱莉的堅持下，我們兩對會一起約會。我真是不明白為什麼她要規定我們一起做這麼多事情，好像她跟馬克是一對情侶，然後就只能跟其他情侶一起活動，才不會一個人落單。

「茱莉絲，妳好嗎？」我心情愉悅地跟她說。茱莉很討厭人家叫她茱莉絲。「妳是要讓我進去，還是要讓我站在這裡？」

茱莉很謹慎地打開通往樓梯間的大門，好讓我進去。不過

36

我知道她一定很掙扎要不要這麼做。「你來幹嘛？」

「我剛好聽到妳對我有一些誤會。」

「你知道多久了？」她輕蔑地哼了一下，一邊把掉落的髮絲從眼前撥開。

「妳講了多久，我就知道多久。」我扮了一個鬼臉。

我們兩個就站在走廊中，像要決鬥的槍手一樣，彼此面對面看著。當我瞪著她那對蔑視我的藍色眼睛時，突然想起曾經在雜誌裡看過的一篇報導：當兩個擋到對方的動物，互相瞪眼超過一分鐘以上時，根據自然法則，不是有一隻把另一隻撕爛，不然就是跟牠交配。想到後面那點，不禁讓我冷汗直流，很緊張地對她笑了一下。

「等一下，」茉莉說。她一點都不理會我臉上的笑容。「你這隻自私的豬，你根本就不尊重梅兒的感覺。」

「然後呢？」

「你一點也不體貼。」

「然後呢？」

「你轉眼睛的時候，代表你有著壞念頭。」

「然後呢？」

「你沒有把梅兒放在生命裡最重要的位置。」

「嗯……」我發出像是電視裡搶答問題的鈴聲般的聲音。「我重複一下妳的話。妳覺得我沒有把梅兒放在生命中最重要的位置，就是說我『自私』？」

茉莉一臉生氣的樣子，反而讓我心裡暗自高興。「我是說你……」

「妳根本就不瞭解我，茉莉。」我打斷她的話。「我非常

尊重梅兒的感覺，我也沒有不把梅兒放在我生命裡最重要的位置……」我停了一下。「我承認有時候我沒有把馬桶坐墊拿起來，的確是不太體貼；當我轉眼睛的時候，或許是有壞念頭，但絕對不是什麼超出常理的事情。」

茉莉的整張臉都在抽搐，活像隻牛頭犬一樣。她開始抓狂了，我很緊張地想著，如果她接下來沒有把我大卸八塊的話，她就一定會把我給「那個」……還好，有個讓她的怒氣停下來的人突然出現了，那個人就是梅兒。

「噢，拜託，你們兩個，」梅兒嘆口氣說著。「難道就不能停一下嗎？」

就像一個任性的小孩一樣，茉莉看著我，重重地丟出一句「都是他的錯」，而我則是盡力裝出最純潔的笑容，希望它可以讓茉莉消失、或是做出任何當吸血鬼受到攻擊時的反擊。

梅兒穿著休閒服－牛仔褲、白Ｔ恤跟一件羊毛連帽外套。她剪了頭髮，看起來更漂亮。我忍住沒有直接告訴她變漂亮的事情，因為她一定會覺得我在諂媚她。所以我努力給她一個最溫暖的笑容，希望上揚的嘴唇可以傳達我由衷的讚美。然而梅兒並沒有回應我，從她很不耐煩地坐在樓梯上的舉動，就強烈地說明她一點也不歡迎我。

「你好嗎？」她突然問我。

「還好。」我咕噥著說。「妳呢？」

靜默……

「工作怎麼樣？」

又是靜默……

我討厭這樣子的吵架方式。我希望她不要再生氣了。「妳

知道我愛妳。」我說，單膝跪在她面前。

「所以，」她脫掉外套。「這就是你要說的嗎？」

我看著她的眼睛，試圖找出真正的她。現在坐在我面前的梅兒，是「冷酷無情版的梅兒」。當她知道自己不應該原諒我時，她常常會使用這個分身來面對我。的確，她對我十分寬容，或許這次我真的活該要受到這個報應，而且我強烈地感覺到，這場混亂和爭吵的馬拉松，絕對不是只有向她賠罪就可以簡單結束的。

我們之間的沉默，連茱莉都覺得尷尬，藉口說要上樓喝水，人就不見了。

那個冷酷無情版的梅兒，看我的眼光就好像沒有我這個人存在似的。很快地，那些我覺得對梅兒感到抱歉的情緒，完全被忿怒給吞沒。那些我做錯的事情，已經不是我們之間冷戰的重點了，也不是關於道歉、和好或是解釋。現在我跟她之間的唯一目標就是－誰會是這場冷戰的勝利者。

「這是沒有用的。」我嘆了口氣說。「我們現在不適合談這件事。好吧，我會再來找妳的。」

1-0

我突然丟出了一枝冷箭，在心理戰中先佔了上風。我才不管她的感覺，我要贏得這場戰爭。

「你不能再錯下去了，對嗎？」梅兒展開反擊。「你根本就沒有承認犯錯的勇氣。」

1-1

我剛剛佔領的領地，現在變成梅兒的了。她的話突顯出我的不安，也污辱了我的男子氣概。我現在一定看起來很呆。

　　「隨便啦。」我嘆了口氣說著，現在一肚子火。

　　2-1。我表現出一副「我不會因為跟妳吵架而生氣」的表情。「嘿嘿，這次我贏定了。」我才恨恨地這樣想著，梅兒就開始哭了起來。

　　遊戲結束了……

　　這一點也不公平。「隨便啦」這幾個字並不等於眼淚，好嗎？梅兒作弊用哭泣這一招，讓我一點辦法也沒有。我們每次吵架的時候，幾乎都是她用「哭」來結束的。她對我說一些很難聽的話，我也對她說一些很難聽的話，然後她就哭了，這讓我覺得很愧疚。我對女人的眼淚完全沒輒。我決定總有一天，當我又跟梅兒吵架的時候，我一定要比她先哭出來，然後讓她知道這個武器的厲害。

　　我很害怕看到她哭，非常非常的害怕。我伸出手想要抱住她，跟她說對不起。這時茱莉從樓上走下來，看著我們不講話的場面，一邊擺出「我同情你」的驕傲表情，然後打開大門，準備走出去。

　　我搶先一步，氣沖沖地走出去，口中抱怨著我永遠沒辦法瞭解女人跟她們的奇怪行為。梅兒在我背後叫著：「你來這裡做什麼，達菲？只是要來告訴我，『我有多受不了妳嗎？』」

　　我試著找出一樣難聽的話來反駁她，但是還好我聽出她話裡的絃外之音，所以回過身對她說：「我是要來告訴妳，是的，我要跟妳結婚。」

其實這並不是我的真心話。

呃⋯⋯好吧，雖然不全然是謊話，但也不是百分之百誠實。

大概是百分之九十七的誠實加上百分之三的謊話。

我是真的要娶她，但不是現在，我還沒準備好。我原本就打算要告訴她這些話，而現在我很自豪，我有勇氣講出來了。我真的不瞭解為什麼其他人能夠做出這麼重大的決定：「我們生個孩子吧」、「我們結婚吧」或是「我們一起死吧」等等。這是個足以扭轉生命的決定，而且一旦決定了，就沒有後悔的機會。我一直相信一定要有足夠的勇氣，才能做出這些決定。

「我們結婚吧！」我很高興地向梅兒說，即使我是一個膽小鬼，也能夠大聲地說出這幾個字了。

在我講出那句話之後，那個「冷酷無情版」的梅兒，跟我這個「笨男人」的化身，馬上就消失了。取而代之的是以往那個我深愛的梅兒，還有覺得梅兒比烤麵包更好的我。她跑向我，緊緊地抱住我，讓我感覺到自己更像個男人了。

當她再一次熱情地親吻我時，我也再一次地想起我讓她的美夢成真了。原來讓自己所愛的人高興，就只是這麼簡單，我想著。有時候，我會覺得自己生存的理由，是讓那些我愛的人感到失望－不過可以讓他們感到高興也是不錯啦。

我很高興。

梅兒也很高興。

甚至連吸血鬼也在笑了。

每件事都會變得更美好的。

無敵金剛

每個人聽到我要結婚的消息，反應都不一樣。

我媽聽到的時候突然哭了起來；「我好高興啊！」她用喜極而泣的聲音說著。「我真是替你們高興。」她大概重覆了幾百萬遍，然後要我一遍又一遍地告訴她整個情節，就好像她是第一次聽到一樣。

然後我到維妮家去告訴她這件事。她只簡單地說了一句：「一定要告訴我結婚時間！」這不禁讓我笑了出來，我知道她跟我媽一樣興奮。查理則是重重地握著我的手，跟我說恭喜，還說這是他近年來聽到最好的消息。

丹，絕對不用說，他覺得我一定是昏頭了，不過還是給了我一個大大的擁抱，還說他要在《閣樓》雜誌登廣告找新室友，並且安排在星期五晚上為我辦一個慶祝酒會。由於梅兒也在同一天晚上安排了一個「我要結婚了，很棒吧！」的派對，丹的計劃剛好完美地符合我跟梅兒在週末的行程。現在我跟梅兒都晉升為「有夫／妻階級」了。

當星期五晚上坐在 Haversham 酒吧裡面的時候，丹和查理無異議地通過這一攤都算我的，根本就不管我才訂婚六天而已。接下來的幾個小時裡，我已經成為他們取笑的對象，不過

這些嘲弄的內容，倒是發揮了安慰我的效果－當我在為結婚煩惱的時候，笑聲的確是個很好的解憂劑。那天我們的對話內容就像這個樣子……

8：23 p.m.

「女人最愛婚禮中的哪個部分？」丹問。

「婚紗嗎？」查理說。

「答對了，得一分。」丹說。「除了新郎、新娘不一樣之外，在婚禮裡有什麼是一樣的？」

「昂貴、華麗的婚紗。」查理回答他。

我已經很努力讓我的耳朵，不要被他們的荒唐對話給玷污了，但是我根本做不到。「你是說，這世上的女人要結婚的原因，是為了要得到一件婚紗？那伊莉莎白·泰勒怎麼辦？她已經結無數次婚了，應該有一大堆很華麗的婚紗。」

「哈哈哈……」丹大聲笑著。「但是舉行婚禮，就代表她有機會穿上這些衣服啦！」

9：28 p.m.

輪到查理發問。「你覺得為什麼男人這麼害怕許下承諾？」

「很簡單。」丹回答。「這是黛西·杜克原理。」丹說出的這幾個字，吸引了大家的注意。黛西·杜克（另一個更為人知的名詞是「危險的杜克家（The Dukes of Hazard）」）是真實、美麗跟屁股露半邊的牛仔熱褲的代名詞。「在我們成長的年代中，身邊有太多超級美女。」丹繼續說著。「男人用盡

一生去追求完美的女人，可是完美的女人並不存在，不過這個理由並不會阻止我們追尋下去。」

「我們要的是女人的憐憫，而不是責難。」查理插了一句話。「這是件吃力不討好的工作。」

「你想想看，」丹說。「找到完美的另一半，就像是玩『２１點』一樣。你拿到手中的牌，然後必須做出決定，要就此停住還是再補牌？你要小心地補到１９點就好，還是就算會超過，也要拼到２１點？」

「就好的方面來看，維妮是十九點啦。」查理笑著說。「雖然我猜她覺得我只是十八點而已。丹，你呢？有拿過２１點嗎？」

「讓我想一下。」他仔細地想了想。「大學時交往的西瑞絲，她大概只有十四點；再來是露意絲，十七點；最接近的大概就是米娜。」他停了一下，喝了一口啤酒。「她絕對是二十點，但是你們也都很瞭解我，我是個賭徒，我一定要拿到２１點的牌！」

「梅兒就是我拿到的２１點。」我說，跟這兩個豬朋狗友相比。「她是最漂亮的一手牌。」

10：05 p.m.

現在輪到丹發問了。「動作片裡的英雄不需要女朋友，因為會妨礙他們抓壞人跟拯救地球的能力。這也就是為什麼沒有一個科幻片裡的超級英雄，可以快樂地約會的原因。你們覺得呢？」

我試圖找出一個已經結婚的英雄人物，「００７電影裡的詹

姆士‧龐德。」想了很久後，我很有信心地說出這個名字。
「他結婚了。」

「對啦，」丹說。「在『女皇密使（On Her Majesty's Se-
cret Service）』裡，他的確是結婚了，但是她老婆在電影快
結束的時候，就被詹姆士‧龐德用槍給打死了。也就是說，如
果詹姆士死會了，就無法解救世界跟成為年輕人的偶像。」丹
繼續說，「英雄們大部分都是單身，沒有束縛，沒有麻煩。只
要打擊犯罪，然後隨時都可以找到女人。」

「那好，」我反駁他的話。「那在『終極警探（Die Hard）』
電影裡的布魯斯‧威利呢？」

「你在開玩笑？」丹笑著說。「他把自己陷入困境，鞋子
也掉了，還穿著一件小背心在紐約州跑來跑去，你想他的婚姻
還能持續多久？」

11:15 p.m.（各位先生小姐，請暫停一下！）

「我真是個神奇啊！」丹用誇大炫耀的語氣說著。「我這
麼受到女孩子的歡迎，我看起來……呃……總之很優就對了。
但是……」他停了一下，「如果你看到我十七歲時的照片，你
一定會說：『天啊，現在這麼酷的丹，以前根本就是個怪胎！
看看那個髮型，那件皺巴巴的上衣，還想要留小鬍子呢！』」

「所以，你到底要說什麼？」我嘆了口氣，好像我還沒猜
到的樣子。

「婚姻啊，就像是一張照片。每一個跟你約會的女人，就
像是幫每個不同時期的你，拍了一張快照。當然，你在當時會
覺得她是最好的，但是想想看，如果你跟初戀女友結婚的話，
會是什麼情形？」

「啊？」查理說。

「回想一下你的初戀女友。那時你十七歲，你戀愛了，你覺得這場戀愛永遠不會結束。但是當你現在看到她一頭蓬髮、穿著一件破爛牛仔褲，再加上她是國際特赦組織的成員，你還會想跟這個女人結婚嗎？」

我對他的那番話嗤之以鼻。「你不能假設她永遠都不會變。如果連你都已經長大了，她一定也會變的。」

「那是當然的，」丹說。「只是會變成什麼樣子？」

11：31 p.m.
在Haversham對街的拱門炸魚條和薯片酒吧裡

「我告訴你同居有什麼缺點。」當我們在等炸薯片跟咖哩沾醬時，丹這樣告訴我。「同居是每段關係裡所有壞事的根源。你們會把彼此視為理所當然，認為彼此都不會變心，所以也就不再努力去維繫感情。到最後你們就會把對方當成家裡的傢俱一樣，更糟的是，還是你們不喜歡的那一款。」

電話響起來了。我看著梅兒送給我二十六歲生日禮物的夜光型鬧鐘，上面顯示著凌晨二點五十七分。

我眼皮沉重地站了起來，然後走過走廊，向丹的房間恨恨地看過去。我敢打賭他一定又把答錄機的插頭拔起來了，這樣他才可以在客廳裡烤麵包。我一邊想著，眉頭就皺了起來。我

猜得沒錯，烤麵包機就放在電話旁邊，旁邊還有一片冷掉的烤麵包。我拿起那片烤麵包，咬了一口，一邊接起電話。

「哈囉？」我一邊說著，又咬了一口麵包。

「是我啦……」聽起來像是喝醉的梅兒，好含糊的聲音。

「怎麼了？」我問她，好像我不知道發生什麼事一樣。

「酒……」她很無力地說著。「喝太多了……我快死了……快來……現在……我想要我要吐了。」

「現在是凌晨三點，我好累……妳先吃幾顆止痛藥，」我安撫著她。「然後上床去睡個覺，我明天早上再去看妳，好不好？」

「好。」她說，像小孩子一樣重複著我的話。「吃幾顆止痛藥，然後上床去睡個覺，還有……嗯……」這句話突然被一陣吐在話筒上的聲音給打斷。

半夜三點四十五分，計程車停在梅兒的公寓前面。我下車，給司機二十鎊，叫他不用找錢了。我通常不太給小費的，不過我很感謝這個司機並沒有對我的渦紋圖案睡袍有什麼意見。當我按門鈴的時候，梅兒把鑰匙從樓上臥房的窗戶丟下來，好讓我自己開門進去。

她整個人躺在沙發上，身上還穿著上班的衣服，旁邊是個臉盆，臉上的表情說明了她很不舒服。「噢！達菲。」她像個喝太多的醉漢，嗚咽地說著。「我快死了，對不對？」

「當然不是。」我安撫著她，眼睛看著臉盆裡面攪雜胡蘿蔔的不明物體。我在她臉頰上輕輕地親了一下，然後把臉盆端到廚房去。我拿了一杯水回來，扶著她的頭，讓她喝了一點。正當我想用抹布把吐在地毯上的東西擦掉時，她躺在抱枕上，

然後小聲地喃喃自語。

「妳怎麼會喝成這個樣子？」我說，然後坐在她旁邊。

她眼睛閉得緊緊地，開始跟我說對不起。

「本來只想下班後跟大家聚一下而已，慶祝我們訂婚嘛。」她抽噎地說。「茉莉說波蘭街有一家新開的酒吧，大家都想要去那邊喝。」她睜開眼睛。「後來他們一直不停地請我喝，我也不好意思拒絕，對吧？達菲。」

「我知道，寶貝。」我向她點點頭。「你們喝了什麼？」

「嗯……柳橙汁加伏特加……」她很不好意思地回答。

「噢，梅兒。」我稍微罵了她二句。「妳不是早就知道的嘛。」每個人都有會讓他／她發瘋的飲料，有酒精的雞尾酒更是會喚醒你體內的野獸。像我的話，是仙山露酒加檸檬水；丹的話是蘋果酒加咖啡，而梅兒則是柳橙汁加伏特加。

以前梅兒也喝掛過好幾次，有一次是喝醉了想要爬過欄杆，結果毀了一件洋裝；還有一次是弄丟了皮包；然後還有在喝醉後，第一次說她喜歡我。

「妳不是說過妳再也不會喝了？」我提醒她這件事。上一次是六個月前，丹生日的那天，在喝了一堆柳橙汁混伏特加後，梅兒爬上了桌子，用很挑逗的姿態跳起舞來。

「我知道。」她說。她的聲音聽起來更可憐了。「對不起。」

我在她的額頭上親了一下。「妳在喝酒前有吃東西嗎？」

「乾烤花生。」她很後悔地說著。「我只有吃那個。」我真的笑了出來。只吃了花生，又喝了七個鐘頭的伏特加，她還可以保持清醒，真是件神奇的事，難怪會吐得這麼嚴重。「我

想我又要吐了。」她說。

我轉頭找剛剛那個臉盆，發現我把它留在廚房裡了。「妳確定嗎？」

她點點頭。

「妳能走嗎？」

她搖搖頭。

「好吧，我扶妳去。」我把她扶了起來，帶她去廁所。她爬到馬桶邊，把坐墊拿起來，我幫她把頭髮束在腦後，好讓她吐在馬桶裡。然後她就整個人攤在地板上。

「我覺得好多了。」她無力地呻吟著，一副想睡覺的樣子。

我把她抱到房間，脫掉她身上的衣服，換上她的睡衣，然後讓她在床上躺好。我也躺在她旁邊睡著了。

「達菲，你醒了嗎？」

已經是白天了，而我也已經醒來，眼睛盯著天花板，腦袋裡想著一些無關緊要的事情。「幾點了？」我問。

梅兒看了一下床邊的鬧鐘。「下午二點了。」她把身體往我這邊移動了一點。「達菲，」她很小聲地說。「昨天晚上很抱歉。」

「沒有什麼好抱歉的。」我說，也把身體向她那邊轉了一點。

「但是我在凌晨三點把你從床上拖起來，讓你跑過大半個倫敦來照顧我。」她坐了起來，把我往她身邊拉了過去。「我愛你，你知道的。不是很多男人會做這些事情。」

我聳了聳肩，因為她的話而感到不好意思。「沒有什麼啦。」我停了一下，省略了幾個字。「妳也會為我做這些事的。」

「那不是我要說的重點。」她深深地看進我的眼睛，害我以為她又要哭了。

「不然是什麼？」我問她，有點搞不清楚她的意思。

「重點是，不管是過去或是未來，都不會比我現在這樣愛你。」然後她深深地給了我一個吻。

你要這麼做的話，我就會趁你睡著的時候把你殺掉，
然後承認人是我殺的

那是一個天氣晴朗的星期天下午。感謝地球的溫室效應，讓原本在夏天常見的閃電，現在也常常在春天發生。我已經訂婚一個月了，還在努力習慣「婚姻」這件事，不過有了梅兒的幫助，也就不再是個可怕的問題了。

梅兒、查理、維妮跟我四個人一起約在 Haversham 共進午餐；吃完飯後，當前往 Highgate Woods 時，我們四個人都自豪地戴上了太陽眼鏡 — 就像是電影「霸道橫行（Reservoir Dogs）」，在生活裡真實上演一樣。

那天下午我們本來計劃要找一塊草地坐下來，讀讀查理所帶來的週日版報紙。但是事實上，因為天氣太好，我們想做的就是躺在溫暖草地上，眼睛看著藍藍的天空，然後喝著啤酒。

當走過鐵鑄的公園大門時，查理跟維妮決定要比賽看誰先跑到森林中央，有一片椅子那邊。他們笑得好大聲，一邊跑還一邊抓對方的衣服。梅兒跟我還在努力消化剛吃完的午餐，所以選擇用慢慢走的方式去追他們。

在我跟梅兒之間，出現了一種新的嚴肅氣氛。我們還沒訂

婚前認識的那些人，跟我們愈來愈疏遠，而家人跟朋友對待我們的方式，也在一夕之間全變了：突然間我彷彿變成了一個大人，我是值得別人尊敬的。

最近幾個星期，我們開車去南安普頓拜訪梅兒的父母，帶他們出去吃飯；我媽也特別來倫敦看我們，並且在梅兒那邊住了一個星期。而我們見到馬克跟茱莉的次數，也遠比過去來得多。大家都說我們兩個「住在一起真好」，好像以前我們浪費了許多時間一樣。

當我們漫步走著的時候，從公園中央的遊樂場傳來的聲音，吸引了我們的注意。公園裡有著各種明亮顏色的攀爬架、鞦韆跟溜滑梯，上面有一大堆尖叫著的小孩，就像是螞蟻在棒棒糖上爬來爬去一樣。他們的父母著迷般地看著這些小人兒，居然不用吃興奮劑，就能夠玩得這麼高興。

這些小孩的叫鬧聲真是驚人啊，有一個穿著紅色吊帶褲的小男孩，跟朋友賽跑到溜滑梯的途中跌倒了，馬上就哭了出來。他爸爸立刻過去安撫他，幾分鐘之後，那個小男孩又生龍活虎般地跑到溜滑梯去玩，這個畫面讓我想起小時候我媽也會帶我跟維妮去公園玩，我每次都要她陪我玩足球，雖然她都會答應，但她其實很怕，因為她都穿著高跟鞋。

梅兒用手肘輕推了一下我的肩膀，把我從回憶中拉到現實。她輕輕地握住我的手，說道：「達菲？」

「嗯。」我很愉快地回答她。

「你剛剛神遊了。」

「我知道。」我說，並且親了她一下。

她用雙手捧住我的臉，把我拉近她，然後給我一個深深的吻。「我們要結婚了。」她很興奮地說。

「是啊，我們要結婚了。」我握住她的手，心不在焉地轉著她手上的訂婚戒指。那是一個白金底座、鑲著單顆藍寶石的戒指。跟馬克買給茱莉的那個隕石大小的鑽石訂婚戒相較，這個並沒有特別昂貴，但梅兒好像還滿喜歡的。

　　「你覺得我們已經夠瞭解彼此嗎？」她想了一下問我。

　　「嗯，當然。」我回答她。「如果我還有任何不清楚的地方，我會寫在紙條背面。我不會寫很多的，妳介意嗎？」

　　她開玩笑似地在我手臂上打了一下。「你這麼說的意思，是希望我閉嘴嗎？」

　　「不是。」

　　「你確定嗎？」

　　「當然。」

　　她花了一點時間來整理思緒。「所以我們都同意結婚前，應該先約定一些事囉？」

　　「像是什麼？」我說，坐在一片草地上，也拉她坐下來。「誰要煮飯跟洗碗之類的嗎？」

　　她移動了身體，躺在我的大腿上。「嗯，我想是吧。」

　　「我來煮飯，妳來洗碗，我可是很會用微波爐的喔！但是其他要ＤＩＹ的東西，我看還是找個人來幫忙好了。」我把頭往遊樂場的方向轉了過去，眼睛又看著那些小孩。有一個小女孩，大概六歲左右吧，頭上戴一個黃色塑膠水桶，正在那邊走來走去。

　　透過太陽眼鏡，我的眼光向下看著梅兒。她的臉上透露出一種很慎重的表情。她正在等我問她在想什麼，而我偏偏就是不開口。她重重地嘆了一口氣以吸引我的注意，我低下頭吻了

她。「妳在想什麼，對不對？」

「沒有。」她說，開玩笑似地搖了搖頭。她把太陽眼鏡拿下來，放在草地上。

「好吧。」我的目光再度回到遊樂場中。另一個小女孩穿著最鮮豔的橘色衣服，正沿著遊樂場的邊緣跑著，當經過她爸爸的時候，一邊還大聲數著她已經跑了幾圈。

梅兒又重重地嘆了一口氣。「你有沒有想過……噢，算了……」

我把太陽眼鏡拿起來戴在頭上，然後看了她一下。「有沒有想過什麼？」

「來吧，我們去散步。」梅兒站了起來，我也跟著站了起來。她把手勾著我，帶著我沿著遊樂場走著。「達菲，你有沒有想過……你知道的……」

「看電視的時候不被打擾嗎？我已經想很久了……」

「不是啦。」

「我為什麼要娶一個瘋女人嗎？」

「不要太過分喔！」

「妳到底想知道什麼？拜託，就說出來嘛。」

她停了一下，她的臉有一半被橡樹的陰影給遮住了。「小孩。」她很堅定地說。

「小孩？」我重複著她的話。

「是的，小孩。你想過我們會有小孩嗎？」

「沒有。」我輕聲地說。突然間遊樂場裡的小孩，都變成了令人毛骨悚然的小惡魔－他們還是原來的身體，只是所有的小男孩都換成我的臉，而小女孩們則變成梅兒的臉。小小的身

體配上大大的頭，這讓我覺得很害怕。

「你想過要有我們的小孩嗎？」

當我們進行這個對話的時候，我一點也不想看著她。我知道如果我看著她的話，一定又會有另一場爭論會發生，而且我會慘敗。「我想要有小孩的次數，跟我想要放火燒掉我所有的存款、抓爛我的傢俱、穿著破衣服、還有邀請變態流浪漢來我家的次數一樣多。」

「跟查理說的一模一樣。」梅兒回答我。

我終於還是把頭轉過去看著她。「妳跟查理談過生小孩的事嗎？」

「沒有。」梅兒很不耐煩地回答我。「維妮跟查理從幾個月前就在談要生小孩的事，不過查理根本就不願意多談。」

「妳怎麼知道？」

「維妮告訴我的。」

「我怎麼都不知道？」

「因為你跟查理聊的都是電視跟運動，根本不談正經的事情。」

「等等。」我抗議了。「剛剛吃午飯的時候，我們不是才講到……」我想了一下剛剛的話題有什麼：昨天的足球比賽、羅傑‧摩爾比史恩‧康納萊更適合當龐德的十個原因（我們最後只想出八個），以及丹的新髮型的優缺點（優點：看起來更年輕；缺點：看起來很呆）。我趕緊換了個話題。「維妮想要生小孩？為什麼？」

「你問我為什麼，一副好像小孩不應該存在世界上一樣，就像是……哎喲，我不知道啦，你要找個免費的洗車工來幫你

洗車。」

「我想那個是好理由。」我笑著說。「那查理怎麼說？」

「查理一直在閃避。他說他還沒準備好，但我想他只是個自私鬼罷了。」

「他一點也不自私。」我說，稍微捍衛了一下他的正直。「他只是要理性地去思考這個問題罷了。我們男人會一而再、再而三的反覆思考，才會做出最後的結論。」

「可是他們已經在一起七年了！」梅兒打斷我的話。「他們也已經結婚四年了……」

「沒錯，」我反駁她的話。「所以為什麼要改變現況呢？」

這個時候，梅兒跟我同時轉頭看往遊樂場的方向，有一個小男孩拿給他媽媽一束蒲公英。這個充滿愛的小小舉動，讓他媽媽感動地哭了。

梅兒突然安靜了下來。「所以，你也不想要小孩嗎？」

一陣突如其來的噁心感。「妳在試探什麼嗎？」

「你開什麼玩笑！」梅兒生氣地說著。「當然不是啦。」

「好啦。」我說，鬆了一口氣。「我並不是不想要小孩，總有一天我會要的，但不是現在。」我深情地抱著她。「妳有妳的工作，我有我的表演，這就已經佔掉大部分的時間。」

「我現在不想討論這個話題。」她斷然地說。

「很好。」我試著換一個話題，「妳今天晚上要做什麼？」

她不理我的問題，又問著：「所以什麼時候？」

「什麼時候？」

「你一定要重複我講的每一個字嗎？如果你一直這樣，我

就會趁你睡著的時候把你殺掉，然後承認人是我殺的。過失殺人的緩刑不過一年而已，一年後我就又自由了，但是你就沒辦法再這麼討人厭的樣子，還沾沾自喜地重複我的話。」

「我有沾沾自喜嗎？」

「繼續啊，再說一次嘛，諒你也不敢。」

「這我可不知道。」我輕蔑地說著。「或許四年？五年之後再生孩子？這很難說，我需要很大的勇氣去⋯⋯」我閉嘴了，如果把它講完的話，大概是全世界最笨的舉動。「停止這個話題，好不好？」

「繼續說啊，」她很生氣地說著。「你需要很大的勇氣去⋯⋯」

「好吧。」我無法再堅持下去了。「妳什麼時候開始有這個想法的？」

梅兒沒有開口，但是我慢慢地哄她，即使我並不是真的很想知道，我只是希望我們和好而已。我不想跟她吵架，或是討論我們目前還無法養一個小孩的事情。她臉上的表情很不好意思又很不自在，而且她又不說話，根據「專業梅兒臉部表情辭典」中的解釋，這代表「我很久以前就已經想要有小孩，而且想趕快生一個，但是我又很不好意思，因為我不想讓你覺得我是個『小女人』。」

「噢，梅兒。」我憐惜地說著。

「不要用這種口氣跟我說話！過去幾個月裡，維妮不停地跟我提到小孩的事情，我就開始想了。這跟荷爾蒙沒關係，也跟什麼母親的天性無關。這跟我以及我要從生活裡得到的東西有關。思考未來並不丟臉，達菲，真實的人們是每天都在考慮未來的。我並不是現在就想要生一個小孩，只是考慮要不要生

而已，好嗎？」

「所以呢？」我反駁她的話。

這一次換她迴避我的目光。「好吧。」她一副聽天由命的樣子。「我的確想像過我們的孩子，這也沒有什麼好丟臉的。我們會幫她取名為艾拉，以天才的爵士女伶艾拉·費茲傑羅（Ella Fitzgerald）為名。」

「嗯，艾拉是個好名字。」我說。「總有一天我們會有自己的小孩，但不是現在。等到那個時候，我們會叫她艾拉的，好不好？」

「好。」

說完這句話後，梅兒陷入一陣奇異的沉默裡，我緊緊地抱著她，因為我想她也看到了相同的畫面。然後我們起身去找查理。

後來，我們整個下午都躺在陽光下，用週日版的報紙把頭蓋住。維妮跟梅兒趕著去洗手間，把我跟查理丟在後面，我跟他提到梅兒討論生孩子的那件事。

「梅兒說維妮想要小孩？」

「噢，對啊，跟誰？」查理笑著說。他的笑容一下子就不見了。「好啦，沒錯。」他無奈地聳了聳肩。「她好久以前就在提了，我不知道要怎麼拒絕她。」

「為什麼要拒絕？」我用鼓勵他的語氣說著。「你該不會精蟲量過少吧？」

「如果這些小傢伙可以數的話，我倒是還滿驚訝的。」查理很無力地說。

「梅兒也問我關於小孩的事了。」我說。「為什麼原本是

你跟維妮在討論的事，現在連我們也要開始討論了？」

「女人總是喜歡一起做某些事情，對吧？」查理半開玩笑地說著。「一起去上廁所、一起逛超市、一起買鞋子……」

「不是。」我打斷他的話。「梅兒都是一個人去買鞋子的，太多的意見反而讓她無法仔細思考。只要她喜歡的款式，即使鞋子小半號，她還是會買，然後希望可以把腳塞進去。」

「好吧，反正你瞭解我要說什麼。」

我們停下來等她們，旁邊有一個慢跑的人牽著好幾隻狗，後面還追著三隻蘇格蘭高地梗犬。

「你會讓步嗎？」我說，最後一隻狗從我身旁跑過。

「我不知道。」查理說。「我也希望有一個跟我玩足球的女兒、有一個在青春期叛逆的兒子，但是你知道的……」他停了一下，我同情地點了點頭。「但如果我們現在有小孩，所有事情都會改變；生活裡不再只有兩個人而已；再也不能隨便找個地方就開車去度週末；不能再跟你和丹在 Haversham 喝酒聊天；再也……哎，我不知道……沒有樂趣了。生活裡就只有換尿布跟餵奶……又要幫小孩把屎把尿……半夜還要起來……我爸媽每個週末都會來看小孩……還有嬰兒車。而且總有一天，維妮還會想要再生一個，因為一個小孩不夠。」

「我瞭解你的意思。」我虛弱地說。我為了要幫小孩把屎把尿這件事，而感到害怕。

「真的嗎？」查理很懷疑地看著我。「我不確定自己有沒有能力當個好爸爸。我還沒準備好。」

「有時候，我也感覺自己還沒準備好要當一個丈夫。」我加上了這句。

「你想我們什麼時候才會準備好？」查理說。

我們同時看了對方一眼，聳了聳肩代表不知道，然後跑上山坡去找梅兒跟維妮。

之後幾天，我無法擺脫查理、丹跟我都有的那種會影響現代男性的不安感。在女人將我們的真實名字變成美洲印第安人的名字之前－單身的男人、不敢結婚的男人、只有一個精蟲的男人，這只是遲早的問題。

是啊，這真的只是遲早的問題。

燈光打得不錯嘛

在接下來的一個星期，我剛好要結束在「喀喀笑俱樂部」的一場十五分鐘的表演。「喀喀笑俱樂部」在Islington的Amber Tavern樓下酒吧，雖然我只是當晚的第二個表演者，觀眾還是很喜歡我準備的內容，我還嘗試加入一些在公車上寫的新段子。當我謝謝觀眾並走下舞臺時，我心裡想著，真是個美好的夜晚啊！

當主持人走上台並宣佈十分鐘的中場休息時，我坐在房間後面，跟史提夫、艾利森、克雷格、莉莎還有吉姆閒聊八卦。史提夫跟艾利森是「喀喀笑俱樂部」的宣傳人員，而其他人也是今晚的表演者。我還沈醉在觀眾的叫好聲中，很大方地說請在場所有人喝一杯酒，那真是失策，他們居然所有人都同意。所以我拿著點酒單走到樓上的吧台，試圖不要為荷包大失血而痛哭失聲。當我準備要點酒的時候，有人輕拍了一下我的肩膀。

「你是班·達菲嗎？」我轉過頭去，看到一個女人站在我後面。「我很喜歡你的表演。你太棒了！」

即使不是在很高級的喜劇表演場地裡，還是偶爾會遇到粉

絲。雖然我也遇過，但就算在夢裡，也不曾遇過這樣漂亮的女粉絲。在她那副黑色橢圓型的眼鏡後面（通常美女戴這款眼鏡，是要柔和臉部線條），是一雙深褐色的眼睛。她那一頭又捲又黑的頭髮，整齊地紮在腦後，更讓她美得讓人不敢直視。她很簡單地穿著牛仔褲、運動鞋、一件奶油色的高領ｐｏｌｏ衫，跟一件牛仔外套。這樣的妝扮讓她在酒客中顯得特別出眾，就像是說：「我知道我是誰，我就是美麗。」

「謝謝妳的讚美。」我說，同時伸出手。「很高興妳喜歡我的表演。」

「我是艾麗莎・威爾斯。」她說，一副好像我應該要知道這個名字的樣子。「我剛好認識一個音樂錄影帶的導演，馬克・巴塞特，還有他的未婚妻，茱莉・華生。」

「真的嗎？」我問她。我想了一下，馬克現在已經很有名氣，當別人稱呼他的時候，要在名字前面加上職稱了。

「上次我跟馬克提到我們在找一個喜劇演員，他給我一卷錄影帶，裡面是你的表演內容。我很喜歡你的表演。真的、真的很喜歡。」她突然有點興奮過頭了，也因為失態而不太好意思。「呃……管它的。當我知道你今晚在這裡有表演，我就抓了幾個助理製作人來觀賞。」她指了指幾個穿得老土的年輕小夥子，他們的臉被煙霧給擋住了。「今天來這裡是對的。你的表演真的是太棒了。如此的輕鬆，又這麼有自信。」

「謝謝妳。」我很客氣地說著。我感覺我的額頭全部皺在一起，一部分是因為我聽到讚美就會變得不好意思，但主要是因為我不知道馬克怎麼會有我表演的錄影帶？幾個星期前他是曾經提到他有一個在電視台工作的朋友，正在找一個喜劇演員。他甚至給我地址，叫我寄錄影帶過去，但那張紙條還在我

廚房的記事板上呢！

「你現在要做什麼嗎？」艾麗莎問我，同時點燃一枝煙，用一種很性感的姿勢瞇著眼睛看著我，好像煙跑到她眼睛裡一樣。她發現我正盯著她。「噢，不好意思，你要來一根嗎？」

我緊張地搖了搖頭。「現在不要。」

沉默。

「所以？」

我看著她，一臉困惑的樣子。

「你現在在做什麼？」她點了點頭。

我現在在做什麼？

「沒什麼。」我回答的速度太慢了，好像在找不能跟她講話的藉口。「為什麼這麼問？妳有什麼事嗎？」

她笑得很大聲，沒有因為我缺乏社交技巧的談話技巧，而感到不悅。「你去找個位子。」她很有耐心地說。「我去買兩杯酒，然後我們很快地談一下。」

我盡可能地挑了一個遠離吧台的位子。樓下的那些人跟急死鬼一樣，大概會叫人出來找我，所以我把頭躲在菜單牌的後面，看著艾麗莎走來走去地找我，似乎沒有察覺到幾乎所有的男性客人都在看著她。我很小心地揮了揮手，當我站起來接過她拿著的酒時，我能想像其他人同時發出了一聲嘆息：「唉！她怎麼會跟他在一起啊？」

「所以，」我一邊說，一邊坐下來。「妳的工作到底是什麼？馬克只說妳在電視台工作。妳是櫃台接待人員？市調人員？還是製作人？」

「都不是。」艾麗莎笑了笑。「五個月前我是有線電視台

音樂節目的主持人，而現在我是『The Hot Pop Show』的聯合主持人。」

「我有看那個節目！」我很興奮地大聲叫著。我沒有說謊，因為我跟丹星期六早上都會收看，那已經成為生活的例行重點了。「我是那個節目的頭號粉絲。」我停了一下，「但我怎麼不記得看過妳？」

「我相信你是頭號粉絲，」她笑了一下，並且喝了一口Beck啤酒。「但最近幾個星期你一定很忙，因為我是最近才加入的。」

她說得沒錯。我最近星期六早上都很忙，要跟梅兒準備訂婚的事情。

「不過，妳很面熟，我好像在汽車跟服飾廣告的男性雜誌裡看過妳。」我說。

她笑了一下，彎腰在地板上的袋子裡找出一本雜誌。「第56跟57頁。」當她把雜誌遞給我的時候，很簡短地說了一句。

在雜誌那張照片裡的人，就是現在坐在我對面的女人。照片裡她只穿著性感內衣，一臉笑得很燦爛的樣子。在照片上有一行標題：「電視性感火辣小野貓！」

「燈光打得不錯。」我說，很仔細地檢查著照片。

「對啊，」她笑著說。「大家都這麼說。」

「妳常常給剛見面的男人看妳只穿內衣的照片嗎？」

她搖了搖著，又笑著說：「只給好男人看。」

我們又聊了一下。她兩年前完成了戲劇學校的課程，然後跑去泰國旅行，再回到英國找工作。她參加了有線電視台音樂

節目的主持人甄選，並且得到了那個工作。她做了一年，然後跳到現在這個The Hot Pop Show節目。

「妳的工作很好玩。」當她講完故事時，我說了這句。「妳的工作是全世界最酷的工作，那妳幹嘛在這裡跟我講話？我不值得妳浪費時間。」

雖然我是開玩笑的，但我還是忍不住地想著，像這樣的女人要從我身上得到什麼？

「我來找你有兩個原因。第一個原因，就像我剛剛說的，我們在找一個喜劇演員。只要演一些小短劇跟準備一些笑話就夠了。我真的很喜歡你的表演，如果你願意來試試看，機會應該很大。你覺得怎麼樣？」

「好啊，為什麼不呢？」我隨口說著，好像我常常去參加電視的甄選活動一樣。「聽起來還不錯。」

「很好。」她笑著說。「你可以跟我聯絡。」她看著錶，那是一支很大的塑膠錶，上面大概有八百萬個按鍵吧。「我該回家了。明天早上六點我還要去拍一個有關於攀岩活動的報導。」

我點了點頭笑了笑，好像我很清楚一大清早去拍東西的辛苦。

她站了起來，我們握了握手。「很高興跟你見面。」

「我也很高興認識妳。」我回答她。

她給我一張名片。「上面有我的辦公室電話跟手機號碼……你隨時可以跟我連絡。」

「好的。」我說，一邊把名片放進牛仔褲口袋裡。我看著她轉身走過走廊，停了一下又走回來。

「我在想……你明天晚上有空嗎？」她說，一邊玩著外套口袋裡的手機。「我有一些好萊塢電影試映會的票，有很多爆破、撞車、跟子彈，男生愛的那種啦。你想要看嗎？」

「跟妳嗎？」

「對。」

「只有我們兩個？」

「嗯。」

在接下來的幾秒鐘內，我很痛苦地思考著她的邀請，然後我很努力、很努力地裝出很平常的聲音，說著：「不行，我要陪女朋友。」如果這句話的殺傷力還不夠，我準備加重「女朋友」這三個字，就像是對吸血鬼的新娘丟出大蒜一樣。

「真可惜。」她裝出一副真的很可惜的樣子。「那就改天吧。」

「等等，還有一件事。」我很小心地問她。「妳剛剛說妳今晚找我有兩個原因，那第二個原因是什麼？」

她神秘地笑了笑，「下次再告訴你。」

它一點也不重要。

它也不是中等程度的重要。

如果它根本就不重要，那就只有很小很小很小的重要性而已。

我在剛剛半個小時中，就只是跟一個電視節目的女主持人喝杯酒、聊聊天而已。而她只是跟我喝杯酒、穿得美美的，然後邀我去看電影試映。

她絕對不會對我有興趣，當我離開酒吧的時候，一邊想著。像那樣的女人，絕對不會對我這樣的男人有興趣的，我在

搭車回家的時候再一次說服自己。

所以，如果她對我沒有興趣，那我就不用告訴梅兒了。那天晚上我輾轉難眠，滿腦子都在想這件事。

「做得好！」第二天早上我的良心這麼說著，但是我的心裡依舊充滿了罪惡感。

我笑得太用力，牛奶都從我的鼻孔裡流出來

　　因為良心不安的關係，我決定多花點時間陪梅兒。所以第二天，那是個星期五的晚上，丹去北漢普頓表演了，晚上不會回來，我邀請梅兒過來我的公寓，享受兩人時光。我在她到達之前，先將房子打掃了一下，而且很認真地想要自己下廚，但最後還是決定買中國菜回來吃。

　　我們喝光了好幾瓶酒、吃了豆豉炒龍蝦、看了電視，還閒聊了一會兒。她躺在沙發上，把頭枕在我的大腿上，我也玩著她頸後的頭髮。這是多愜意的畫面啊，我們婚後不就是這個樣子？真好，我想著，真舒服啊……但是除了感覺舒服外，我也應該對梅兒坦白說出那件事了。

　　雖然我遇到艾麗莎已經是一天多前的事，但還是很不安。如果我告訴梅兒那天發生的事情，她不太可能會用我的立場來想，我還是必須接受事情會惡化的可能性，而且是很嚴重、很嚴重的那種。就算是這樣，我還是應該老實一點。

　　到目前為止，我做過一些梅兒不知道的醜事，我把這些事情藏得好好的。它們並沒有給我帶來太多的麻煩，但是在梅兒跟我求婚後，不知怎麼地，我的良心被喚醒了，我再也無法安心地藏住這些事情。趁著梅兒在打盹的時候，我把它們又重新

回想了一遍。

跟前女友分手過渡時期的醜事

那是在我跟前女友剛分手，也剛開始跟梅兒交往的兩個星期中間。我並沒有把這個當成一件不可告人的醜事，但它會發生的原因，是因為我不太會跟女孩子分手。

我的前女友叫做阿曼達，她是我在愛丁堡喜劇節遇到的一個喜劇演員。由於她住在曼徹斯特，離我很遠，所以我們只在週末約會。雖然她很風趣，但實在不是個當女朋友的人選。

當我決定跟她分手的時候，試著用我唯一會的方式來告訴她－我不再打電話給她，而且當她來倫敦找我時，我總是板著一張臉，但這個方法只讓她覺得我是個怪老頭而已。我甚至直接告訴她：「阿曼達，很抱歉，但是我們之間結束了，我已經跟另外一個女人交往。」不過這句話讓她覺得我更有吸引力，也認為我是個很有挑戰性的對象。

最後，我不得不請教丹的老師，如何跟女孩子分手，不過那是個非常爛的招數。他跟阿曼達說我死掉了，當她出現在我以前住的公寓，而丹從窗戶看到她後，就滴了兩滴自來水在臉上，假裝是眼淚去應門。他嗚咽地說：「阿曼達！妳有沒有聽到消息？上個星期達菲死於一場很可怕的意外。工人正在整修 Lambeth 鎮的大會堂，當他從下面走過去的時候，一個掉下來的石雕剛好砸中他的頭。他當場就掛了！」她居然相信了他的鬼話，你也會相信的，對吧（有誰會捏造一個這麼爛的理由啊？）而她甚至要來參加我的葬禮，不過丹告訴她葬禮只開放給至親參加。

事情進行得很順利。我在她心中是一個死得很慘的前男友，她永遠只會記得我好的那一面。三個星期後我在一間俱樂部裡遇見阿曼達，當時我跟梅兒正在約會。阿曼達看到我的時候，一個字也沒有說，但是她生氣的臉孔已經說明了她有多恨我。

梅兒發現阿曼達怒氣沖沖的臉，問起她是誰。我馬上編了一個藉口：「她是跟蹤我的粉絲。喜劇演員有時候會遇到這種事。」

我不把這個當成欺騙梅兒的事情之一，因為我真的試著在做正確的事。

上空酒吧的醜事

去年我跟梅兒撒了一個小謊，說我跟丹要去戲院看「大開殺戒（Get Carter）」的二輪片，而事實上我們是要去倫敦一家叫做 Rising Moon 的上空酒吧。

那都是丹的主意。他對一篇男性雜誌中的文章深感興趣：「在你三十歲前必須完成的一百零一件事。」在那一百零一件事中，丹很高興地發現他已經完成了九十二件。在剩下的九件中，有二件是違法的、有一件很傷風敗俗，而在他有限的財力狀況下，也沒辦法做其他六件事，除了參加脫衣舞俱樂部外。我們都同意在道德上是應該要譴責那些脫衣舞俱樂部，而且它貴得離譜，所以我們最後得出了一個折衷方案，就是去上空酒吧。

我們從來沒有去過那一類的地方。當我們走進去的時候有點手足無措，只好挑了最角落的桌子，坐在那裡都不講話。最

後，終於有一個穿著丁字褲、晃著一對豪乳的年輕女人來跟我們點東西。

　　我害羞到根本就不敢看她的胸部，只好一直看著她的鼻子。這個上空女侍也左右打量我們兩個，她讓我想起我念大學時，認識的一個叫凱倫·布萊斯威特的女孩。這個女侍跟凱倫一樣有著一頭金髮，但是她的身材倒是比凱倫好得多，雖然我沒有看過凱倫穿丁字褲啦。我很想問她是不是凱倫，不過也突然想到，萬一她是的話，這裡並不是個適合敘舊的場合。在我點了兩瓶啤酒後，她就消失了，留下我跟丹面面相覷。

　　在這間酒吧裡，有著一大堆生意人、全身刺青的胖佬，還有因為「男士之夜」而來的一大票男人。這樣淒慘的畫面，讓我不禁有了三個念頭：

　　1、發現我居然跟這些人一樣坐在這裡，真令人洩氣。

　　2、我這輩子從來沒有這麼尷尬過。

　　3、這裡一點都不好玩。

　　正當我跟丹默默地喝著啤酒的時候，我想著來這裡的理由，也試著回想上一次除了梅兒以外，性幻想對象是誰。不過我失敗了。這次經驗對我來說很重要，因為我終於瞭解到，梅兒是我最不能缺少的人。

一夜情

　　大概兩年以前，我跟梅兒短暫分手過一次。我們那時交往的不是很順利，所以她打電話提出分手。沮喪之餘，我在表演中遇到一個女孩，她把我的鬱悶當成是多愁善感。我跟她都有

相同的處境：我們都很討厭自己白天的工作（她白天在肉舖工作，但晚上在她位於 Clerkenwell 的工作室裡畫抽象畫），而且我們最近都被甩了。

我告訴她梅兒有多好，但這個女孩子卻說：「你不能再這麼認真下去了，畢竟你們又沒有住在一起。」我其實找不出答案來反駁她。我說我不期望會有什麼奇蹟發生，並且告訴她，我跟她是不可能在一起的，最多只能當朋友而已。

有一天晚上，我約她下班後喝杯酒。她想吻我，但是我拒絕了；後來我也想吻她，但她也拒絕我了。最後大概是午夜的時候吧，我跟她終於接吻了，而且我也在她那邊過夜。

我不知道自己為什麼會這麼做，我根本就不喜歡她。我更不知道為什麼第二天還打電話給她，並且在答錄機裡留言問她要不要去看電影。我想大概是因為罪惡感吧。我想我虧欠她什麼，但是無論我欠她什麼，她好像也不要的樣子，因為她從來就沒有回過我電話。

梅兒跟我一個星期後就和好了。

這些醜事就此結束……

「有人在嗎？」

聽到梅兒的聲音，我搖了搖頭，讓思緒從回憶裡抽回到現實。我很認真地想著過去的那些醜事，以致於沒有發現梅兒已經醒來了。現在她很專心地看著我，或許她已經看著我好一會兒了。

「你在想什麼？」她好奇地問。

「沒什麼。」我隨口丟了一個回答。「電視在演什麼？」

梅兒坐了起來，把手圈住我的頭，並且坐得靠我更近了一點。「不要說『沒什麼』，班傑明·達菲先生。你在想什麼？我知道有些事情不對勁。」

她說的沒錯。梅兒有一種特別的能力，可以察覺到我情緒的變化。她的身體一定感覺到我在想那些過去的醜事，我想，再反抗下去也是沒有用的。

「快點告訴我。」她引誘著我，將雙眼靠近我。

我不太想給她機會知道我在想什麼。她這樣做其實很不公平，一副「我就是要知道」的樣子。

我深深地吸了一口氣。「妳知道我昨晚有一場表演嗎？」

「你說你表演得不錯啊。」

「對，沒錯。只是……好吧，在表演之後，有個女孩子……呃……女人……馬克認識的一個女人，她的節目裡要找一個喜劇演員……呃，她就出現了，原來她是主持人。」

「噢，是嗎？」梅兒好奇地問著。「那她要做什麼？」

「她說她喜歡我的表演，然後邀請我去她的節目試鏡。」

「還有嗎？」

我想了一下這句「還有嗎？」的嚴重性。我不希望在五分鐘之後，我們會大吵一架，然後那時才後悔當初為什麼不適可而止就好。但是我想對她誠實，正確來說，我非常需要對她誠實。

「好吧，我不知道這是不是我一廂情願的想法，不過她好像是在跟我調情。」

「跟你調情？」

「她還邀我出去。」我不經意地說出。

「還有嗎？」

「沒了。」我很有自信地說著。我對自己感到高興，因為我終於做到了。

「那你為什麼要告訴我這些？」

「沒有為什麼。」

「但是你從來就不會主動告訴我這些。這個女人有什麼特別的嗎？除了她是藝人之外。」

「沒什麼特別的。」我說，試圖用冷淡來掩飾聲音中的不安。「她一點也不特別。我們只有聊聊天而已。」

「你有告訴她關於我的事嗎？」

「有。」我點點頭。

「那她為什麼還找你出去？」

「我不知道。」我說，聳聳肩表示無辜。

「你有說笑話逗她笑嗎？」

「沒有……有啦……有說幾個啦。」

「幾次？」

「我不記得了。」

「她美嗎？」

我一定要非常小心回答這個問題。若我說那個女的很有吸引力，梅兒會吃醋；若說她很醜，梅兒一定覺得我在說謊。「普通啦，真的，她看起來還好。」

「如果你主動提到她，絕對不只『還好』而已。你在良心

不安，達菲。你還有隱瞞什麼事？」

「沒有。」我的聲音在顫抖，差一點就全盤招供了，只想快結束這場嚴刑拷打的審問。「我只有跟她聊天而已！」我很斷定地說。

梅兒開始笑著。「天啊！我只是在捉弄你而已，達菲。我知道艾麗莎的事情，我有看到她的名片。」

「妳知道？」

「是的，所有事情。」她說，從沙發的另一頭彎腰在袋子裡找東西。「但你還是有些事沒有告訴我。」

「什麼？」我很小心地問。

「她是『電視性感火辣小野貓』！」她一邊說，一邊揮動著那本有艾麗莎照片的雜誌。「她形容你是『小老頭般的可愛』，但是你說要跟女朋友，也就是我，在家約會而拒絕她，那是很正確的回答。」

「妳怎麼都知道？」我說，一邊還很努力地不要顯出被稱讚「我很可愛」的喜悅，尤其是被像艾麗莎那樣的美女。

梅兒輕輕吻了一下我的臉頰，然後又開始咯咯笑。「我到處都有眼睛啊！」她笑著說。「艾麗莎打電話給馬克，馬克又打給在工作的茱莉，然後茱莉馬上就打給我了，大概也加油添醋了不少，故事才會更有趣。」

「所以艾麗莎並沒有『煞』到我囉？」我說，試著讓聲音聽起來放心一點。

「有，她有『煞』到你。」梅兒故意地說著。「茱莉才不會漏掉那個呢！」

「既然妳早就知道了，幹嘛還要這麼做？」

「我整個晚上都在等你開口告訴我這件事，我等不及要揭穿你。」她停了下來，仔細地看著艾麗莎的照片。「臉蛋不錯、胸部也夠大，但是牙齒有點暴，屁股也比我大，而且綠色內衣跟她一點也不配！我的男友被性感火辣小野貓給搭訕了！」她大笑著，「我還滿喜歡你生氣的樣子，讓你看起來……我不知道怎麼形容……更有趣吧！」她親了我一下，又說：「也讓你比平常多了一點點的性感。」

「才一點點而已？」

「愈來愈性感了。」她很滿意地說。

「所以妳不生氣了？」

「當然不生氣，我百分之百相信你。」

我緊緊地抱著她，也給她一個長長的吻。從她的肩膀看出去，我又開始想起其他的醜事了，不過決定把它們繼續藏在腦袋裡。

當天稍晚，我們躺在沙發上，電視開著，我的眼睛卻向下看著梅兒。她閉著眼睛躺在我身邊。我輕輕地喊著她的名字，看看她是不是睡著了。

「你可以坐過來看『歡樂一家親（Frasier）』。」她打著呵欠說。

「我不想看電視。」我小聲地說著。「我還是不瞭解，為什麼馬克會有我表演的錄影帶？」

「是我寄給他的。」梅兒不好意思地坦承。「我知道你永遠不會主動寄出那卷帶子。對不起，達菲。我是個愛管閒事的女人。」

「別傻了。」我說。「妳說得沒錯，我應該早點把它寄出

去的。有時候我也不知道自己是怎麼了。」

「你只是害怕而已。」她親了我一下。「我想做任何可以幫助你的事。你讓我的生活隨時都充滿了笑聲，雖然不是都故意讓我笑啦。答應我，當我們年紀大了，頭髮也白了，你還是要讓我的生活裡充滿笑聲，笑到連牛奶都從鼻孔裡流出來喔！」

我被她的話給搞糊塗了。

「你不記得了，對不對？那是去年夏天的事情。那時我正為了工作不順而心情不好，你用了最大的努力來幫我打氣，甚至當我在喝牛奶的時候，你突然像個黑猩猩在沙發上跳來跳去，口中還唱著『紐約、紐約』！結果我笑得太用力，牛奶都從鼻孔裡流出來了。」

「我會盡最大的努力。」我停了一下。「梅兒，謝謝妳……妳知道的……所做的一切。」我說不出話來了。

「不要謝我。」她給我一個微笑。「只要給我一台法拉利就好！」

那不關衣櫃的事

闆鐘在早上七點半的時候響起，在我把它埋到一大堆衣服下面之前，我很努力地撐開眼皮看了一下時間。現在是星期六的早上。我很無力地想著，沒有人會在星期六這麼早就起床吧？我只睜開一隻眼睛，突然發現正在梳妝打扮的梅兒。

「起-床-囉！」她用勾引我的語氣說著。她全身只穿著一件舊的Snoopy T恤。雖然衣服不起眼，但她卻散發著一股特別的魅力。這不禁讓我想跳起來，然後玩個「老鷹抓小雞」的遊戲……嘿嘿……但是這麼早起床，實在讓我很無力，所以我假裝還在睡覺。她現在應該會乖乖走開了吧……我這麼想著，又翻了個身。

她並沒有乖乖走開，相反地，她把我身上蓋著的羽絨被子給拉下床，然後在我耳邊用很快樂的聲音喊著：「起床囉！」，並且扭腰擺臀地跳著舞。我只好站起來，一語不發地走向浴室，沖了個晨澡。

我被叫起床的原因是，現在是三月，而我們已經訂婚六個星期了，現在應該要開始規劃婚禮。我們把婚期訂在明年十月，在她父母所屬教區的教堂裡舉行。我對那天唯一的提議，

是要當晚舉辦一個迪斯可舞會，但梅兒卻否決這個提議，理由是「俗不可耐」。天啊，我真是不敢相信，婚宴裡如果沒有ＤＪ播放「Three Times a Lady」、「Dexy Midnight Runners」或是「Come On, Eileen」之類的曲子，那還叫做婚宴嗎？

不過梅兒要的是更有品味的婚禮，像是絃樂四重奏或是樂隊之類，而且一點也不想讓步的樣子。好吧，就依她吧！當我投降並且在房間裡走來走去十分鐘之後，我才發現已經錯過「辛普森家庭（The Simpsons）」卡通的前五分鐘了。

像這樣關於婚禮的小爭吵還只是一小部分而已，其他還有酒席、花朵、攝影師、婚禮錄影帶的拍攝、蜜月旅行的行程、預訂婚宴的場地、租車還有訂蛋糕等等，這些都要先規劃跟付錢。梅兒有一本活頁資料夾，封面上有用金色捲捲的字體，寫著「婚禮規劃」四個大字，那是我媽送她的禮物。

週末原本是給工作了一星期的人休息用的日子，不過現在卻比工作還要累人。週末的日子已經正式更名為「達菲與梅兒」日，貢獻給婚禮的準備。

「我們今天要去哪裡？」我悶悶不樂地問著梅兒，我已經洗完澡、刮完鬍子，也準備好我的脾氣了。

「我們昨天晚上就討論好了。」

「有嗎？」我試著回想昨晚做過的事。我能想起的就是吃了中國菜，然後看電視看到睡著。

「有啦。在看新聞的時候，我說我們還需要在婚禮清單中加入一些物品，然後你回答我：『妳做主就好。』」

「噢。」我假裝想起這件事。「那我們要去……」

「宜家傢俱（IKEA）。」

我從來都沒有去過ＩＫＥＡ，只有幾次在停車場裡等而已，但是我還寧願在停車場裡等，因為我對買傢俱一點概念都沒有。對我來說，椅子就是椅子、桌子就是桌子、窗簾就是窗簾；但是對梅兒來說，這些東西有一些我不瞭解的重要性。例如一張椅子，除非它是一組六張，並且可以跟餐巾搭配，那才叫椅子；一張桌子，除非它夠大，可以坐得下六到八個人，不然根本不叫桌子；而窗簾也不只是窗簾，它其實是整個房間的焦點。

當我們到達ＩＫＥＡ的時候，我的心整個都沉了下去。就像鮭魚尋找牠們的產卵地一樣，這些傢俱的魅力吸引了一大堆的夫妻跟情侶，著迷般地匆忙趕往這裡。我們等了十分鐘才進到停車場，儘管如此，我還是一副悠哉的樣子。我比一對開著Vauxhall Tigra的夫妻，早幾秒鐘瞄到一個車位。比賽開始了。不過即使我是開梅兒的２ＣＶ，他們還是沒辦法打敗我。當我不費吹灰之力就停進車位時，調整了一下後視鏡，剛好看到那個太太罵著老公為什麼動作這麼慢。那時我心裡真是爽啊！

當我們走過電動門的時候，梅兒正把一個黃色購物袋背在肩上。「我們要來這裡做什麼，梅兒？」我很痛苦地向她嘀咕著。

「當然是買東西啊，笨蛋。」她開玩笑地說。

這一句話清楚說明了我跟梅兒之間存在某些認知上的差異。例如「買東西」這件事對她來說，並不只是目的而已，而是在進行一場精神之旅，尋找某些令人難以理解的物品，好幫助她明白這個世界或是她的世界。那為什麼她要把我拉進來？我真的不清楚。但既然我都已經在這裡，而且我們都要結婚

了，看來只好選擇享受它。

幾分鐘之內，梅兒的臉上充滿了一種做愛完的愉悅感。她的眼光從沙發移到扶手椅，然後再反方向移動回去。手還隨意地撫摸著它們的材質，好像她們是一對深情的戀人。

「你覺得怎麼樣？」

她指著一個米黃色櫃子對我說，從她臉上的表情，我可以得知她已經問我這個問題有好一陣子了。我承認我一點概念也沒有，好啦，是真的很白癡啦。所以我撒了一個小謊。

「很棒啊。」

她擺了一個臉色給我看。

「我說錯了什麼？」

沉默。

「我到底說錯了什麼？」

「你自己知道。」她從緊閉的嘴唇中，逼出了這幾個字。

「啊？」

「你為什麼用那種態度說『很棒啊』？我不是笨蛋，達菲。如果你不想來這裡，那你昨天為什麼要答應我？你就不能幫忙出點意見嗎？」

「我說那是個『很棒的』衣櫃有什麼不對？它真的是個『很棒的』衣櫃。它是個看起來很舒服的、讓人覺得很愉悅的、跟我們很合的、還對眼睛很好的衣櫃。」我往前站了一步，伸手在它的表面摸了摸，試圖再強調一下：「摸起來真平滑。」

她開始笑了，從嘴角上揚的微笑到露出牙齒的笑。我又從爭吵的邊緣把她給贏回來了，這可不簡單啊！我鼓勵了自己一下，好像成功拆除了六噸炸藥的計時器一樣。

「我覺得它跟我們的房間很搭。」梅兒說，還在繼續檢查那個衣櫃。

梅兒一直在討論著「我們的」房間。她不想再繼續租那個位於Clapham的公寓，想搬來跟我還有丹一起住，希望可以早點省下足夠的錢，來付自己房子的保證金。我那邊的租金是比較便宜沒錯，但是梅兒也不是真的想跟我還有丹一起住，因為她對「邋遢」這二個字非常的敏感，而我跟丹現在所住的地方，比狗窩更亂，她如果搬過來，一定會發瘋的。

我又看了那個衣櫃一眼，它跟梅兒臥室那些古董松木梳妝臺、那些畫，還有淡紫色的牆壁，應該可以搭配得很不錯吧。但如果把它放在我的房間裡，一定糟透了。因為我房間那堵灰白色的牆壁、綠巨人浩克（Incredible Hulk）的海報，還有塞滿CD、唱片、跟不斷增加的喜劇錄影帶，完全跟它不搭。我根本對「我們的」房間會是什麼樣子，一點概念也沒有，但是既然梅兒插手了，它就絕對不會跟我現在的房間一樣。

基於好奇，我仔細看了衣櫃上的吊牌，嚇了一大跳。「我們不能買這個，它需要自己DIY組裝的。記得上次我們試著組合一個五斗櫃嗎？我們光是找螺絲起子就花了三天，又花三天完全組不起來，最後乾脆把它丟在妳的床下！」

這當然是個笑話，因為我們都沒有時間或是耐心去組合一個傢俱。然而梅兒並沒有被逗笑，相反地，她不發一語，空氣中充滿了火山爆發的氣氛……

「對不起，寶貝，我只是……」

我並沒有機會可以說完這句話。梅兒迅速地轉身走開，而我追在她身後，一邊罵著自己為什麼不適可而止就好。

IKEA有著很多不同佈置的範例，有些適合小孩、有些適

合青少年、給單身漢用的、給年輕人用的、給老年人用的，但是現在它們都擋到我的路了。當我試著繞過一對推著嬰兒車的印度夫妻時，早已失去梅兒的蹤影了。我很著急地跑過床組區、辦公傢俱區跟儲物設備區，最後在餐廳區找到她的身影。

「梅兒！」我叫著她，不過她拒絕回應我。「梅兒，等一下！」我大聲叫著。

有一個肩上坐著一個小孩、穿著外套跟牛仔褲的金髮男人，還有他大腹便便的妻子，拍了拍梅兒的手臂，然後往我這邊指了指。她還是一動也不動，不過來往的客人像潮水一樣地湧了過去，所以她也無法繼續站在那裡。

她躲開那些客人，然後坐在一張餐椅上。那是一個很時髦、很有現代感的用餐空間，裡面有著一張霧面玻璃的餐桌；天花板掛著一個黑色孔狀的金屬燈罩；在「Billy」系列的書櫃裡，排列著瑞典的小說作品；一個很大的指標，說明這個木質地板是Tundra系列，每平方公尺15英鎊。

我拉開一張她對面的椅子，坐下。「聽著，我很抱歉。」我小聲地說著，我們吸引了很多過往客人的目光。「原諒我這個笨蛋。我們當然可以買那個衣櫃。拜託！」

「不關櫃子的事！」梅兒咬牙切齒地說著，她的聲音隨著每個字愈來愈大聲。「那是關於你跟你的態度。我只要你一點點的幫忙，讓我安心而已。這要求難道太多了嗎？」

我的眼角瞄到一對胖胖的夫妻正看著我們，好像我們正在表演似的。「當然不會要求太多。」我向她道歉。「妳是對的，我是錯的。就這樣，好不好？」

梅兒的臉因為憤慨而扭曲著。「你根本就沒有聽我在說什麼！」她大叫著。憤怒的眼淚也從臉上滑落。「你根本就沒有

聽進去我所說的任何一個字，對不對？」

我的眼角發現除了那對胖胖的夫妻外，又加入了另一對情侶，還有一對抱著小孩的矮小夫妻。我現在完全就是個接受器，一邊接受從男人投過來的同情眼光，一邊接受從女人投過來的譴責眼光。我一直提醒自己，我是個二十八歲的成熟男人，不能用幼稚跟錯誤的方式去思考。

現在再轉回到爭吵的現場。我已經不管圍觀的人群，也不用努力地去聽梅兒在說什麼，因為她講話的音量大到足夠讓八百哩外的人都能聽到。「梅兒，我知道妳很生氣，但是妳一定要這麼大聲嗎？妳能不能……」我又犯了一個錯誤。我發出了一個很小的噓聲。

「你剛剛有噓我嗎？」她回嘴問著。

「沒有。」

「你有，你居然敢噓我！」

「他剛剛有噓妳。」那對胖夫妻的太太一副威脅我的樣子。「我有聽到噓聲！」

「我才沒有！」我朝她的方向叫著。

梅兒重重地嘆了一口氣，而那口呼出來的氣，似乎也帶著怒氣。「你一直都沒有看清楚問題，達菲。你已經不是小孩子了，你應該要成熟點，不能跟小孩子一樣。」

「聽著，梅兒，我很抱歉，好嗎？對不起。」

「太晚了，達菲。我們之間結束了。」

突然間，這個世界跟所有事情都慢了下來，就像是我們在水底下動作一樣。「什麼？」我說，手很緊張地磨擦著我的頸後。「妳說什麼？」

「這沒有用的，對不對？」她很平靜地說著，但沒有看著我。「其實你一點都不想結婚，達菲。你只想過著單身的日子。」她一邊說，眼淚也開始像微型水炸彈一樣掉在玻璃桌上。「這並不是你的錯。這就是你，而這也是我愛你的部分理由。我愛你，因為你總是這麼無憂無慮。我愛你，是因為你遇到事情的時候，總是可以迎刃而解。但是我需要再多一點。我值得你付出更多，但你卻不能給我。」

我根本不能相信自己所聽到的話。這就像是梅兒在跟我講話，而我卻發不出任何聲音。這個世界已經亂了。不僅是亂了，還非常不可思議。我要讓每件事都回到原本的樣子。「發生了什麼事，寶貝？沒事的。」我伸出手，握住她的手。「一切都會沒事的。」

「達菲，我太瞭解你了。」她用指責的語氣說著。

「妳在說什麼？」我向她抗議著。「冷靜一點，好嗎？一切都會沒事的。」

她最後終於看著我了。「看著我的眼睛，回答這個問題：『你是真心誠意地要結婚嗎？』」

我看了一下她的眼睛，又轉過頭去。

「我明白了。」她說，用力吸了一下鼻涕。

「我就猜一定有什麼事情不對勁，但直到現在才知道。」

我真的很想對她說謊：「是的，我是真的要結婚。」但是我完全說不出口。我愛她，也希望跟她在一起，但我就是不想要結婚。至少不是現在。我還沒有準備好。

「我們會沒事的，梅兒。」我說，還緊緊握著她的手不放。「我們會像從前一樣的。」她沒有回答我。我們相對無言

地坐著。「梅兒，我們可以克服這一切的。」

不發一語。

「我們不用分手。」我很絕望地對她說。「真的不需要。我會改的。」我像是一個溺水的人，正抓住一根稻草。「我們買那個衣櫃，好不好？」

她還在哭，慢慢地脫下手指上的訂婚戒指，放在我的手掌中，將我的手指闔上。「謝謝你，達菲。你做得很好⋯⋯」她傾過身並且輕輕地親了我一下，「但是這還不夠。」

就這樣，我看著她走過浴室區、地毯區跟地板區，朝著結帳櫃台走去，消失在那一群快樂的夫妻中。

我會改的

現在是星期天的清晨時分，也就是發生「ＩＫＥＡ事件」的第二天，我正在往梅兒家的路上。我決定要找出發生這場悲劇的原因，和梅兒把事情講清楚，然後回到以往的生活。

從Clapham Common車站到梅兒家的十分鐘路程中，我猜測在等一下的討論中，我們會發現昨天的爭吵只是「婚前恐懼症」在作祟，重點是，我們依舊深愛著彼此。

我按著梅兒家的門鈴。在響了四、五聲之後，我聽到樓梯上走動的腳步聲，接著有一個模糊身影從玻璃門的另一邊透了過來。有人開門了。

「我很抱歉。」我說，不給梅兒任何開口的機會。「昨天都是我的錯。我是大笨蛋。對不起。」

梅兒一句話也沒說。

我並不期待她會熱情擁抱我，但也不希望她給我一個很難看的笑容。我跟著她上樓，一邊想著到底發生了什麼事。

她的客廳整齊的太不尋常了。雖然梅兒很愛乾淨，但不到有潔癖的程度，今天這個房間整齊得像是被我媽徹徹底底打掃過一樣－她每星期至少打掃三次，把打掃當成跟上教堂一樣重

要。而這也是梅兒發洩情緒的方式－不高興的時候就開始打掃，希望把怒氣也一掃而空。這個房間似乎可以反射出她的想法：「但願生活也可以這麼簡單就打掃得乾乾淨淨；但願只要花一點時間跟努力，就可以有安穩的生活。」

「我要沖杯茶。」梅兒在廚房裡說著。「你要柳橙汁嗎？」

「好啊。」我說。我從開著的廚房門，看著她的動作。「那太好了。」

我坐在一張當梅兒的祖母搬到療養院時，送給她的扶手椅上。平常那是我最愛的椅子，但是當我坐下來的時候，我發覺應該坐在沙發上的，這樣梅兒才會坐在我旁邊。正當我打算換位置的時候，她拿著飲料走了進來，然後坐在我對面的沙發上。

現在那張茶几就像一道圍牆一樣，橫在我們中間。我們面對面坐著，喝著飲料，一句話也沒說，仔細聽著平常沒有注意的聲音：牆上的時鐘滴答聲；從對街屋子裡傳來，第二廣播電台正在播放的克利夫‧理察的聲音；還有兩個人默默喝著飲料的聲音。

我知道一定要開口說些什麼，但是我完全不想提到昨天的事。我希望如果不談這個問題，它就會自動消失。我真是無可救藥的樂觀，如果我能夠用平常的方式來跟她說話，或許她就會忘記她說要分手的事。我的眼睛看著窗戶，希望可以找到一些靈感。

「好像快要下雨了。」我撒了個謊。外面是個萬哩無雲的好天氣。抓到求生的稻草了嗎？我抓到的只有空氣而已。

「是嗎？」梅兒說，眼睛撇了一下窗外。

我看回屋內，希望再找出一些靈感。「好整齊的房間。」

梅兒喝了一口茶。「謝謝。」

又陷入沉默。

「今天下午的EastEnders影集好像很好看。」

更多的沉默。

天氣的話題沒有用。

整齊房間的話題沒有用。

連續劇的話題也沒有用。

把頭插進沙裡，希望一切都會消失的念頭更是沒有用。

我很緊張地想著，如果不趕緊找出話題，那明天的這個時候，我們還是會一樣坐在沙發上，進行著「少於兩個字」的問答遊戲。我深深地吸了一口氣，決定先開口。「妳還好嗎？」我試著問她。「我很擔心妳。」

「我很好。」她死氣沉沉地回答我。

「關於昨天的事，我真的很抱歉。我又笨又自私，對不起。但是妳說的那件事……」

我不想把「分手」兩個字說出來，但是梅兒那張沒有表情的臉，又讓我很驚恐。「那不是真的，對不對？妳只是在生氣而已，對不對？」我微笑著說。

梅兒搖了搖頭。「我們結束了，達菲。」

我想開口說些什麼，但是她舉起了手，叫我住嘴。

「我知道你要說你愛我，而且想跟我結婚之類的話。那真的讓我很高興，但並不是出自你的真心。你並不想結婚，對不對，達菲？」她拿著的茶杯微微地抖動著。「當我昨天問你，你是不是真心誠意地要娶我的時候，你並沒有回答我，而是一付「妳應該知道『我愛你，但是我不想結婚』」的樣子，實在

讓我沒有辦法說服自己。」

　　她把杯子放在桌子上，眼睛看向窗外。「我也知道當你那天終於說『你願意娶我』時的想法。但是我是如此高興……所以投入所有精力去籌備婚禮。但是現在我才發現原來我所做的每件事，只是一個幻影，因為我們的想法根本就不一樣。」她停了一下，直直地看著我的眼睛。「昨天的那場爭吵深深地打擊了我，就好像你重重地打了我一巴掌一樣。你說要娶我，只因為那是我要的，而不是你要的。達菲，我不希望我們的婚姻，會讓你覺得自己失去了許多東西，我更不希望將來有一天，你說這場婚姻是我逼你的。我討厭這樣子，非常非常討厭。」

　　「那並不是真的。」我小聲地說著。

　　「是真的，而且你也心知肚明。如果你要證明的話，我會證明給你看。」

　　我挑了挑眉頭，好像她要變出一個證人一樣。會是誰呢？我媽？我姐？還是我的良心？

　　「這些還只是小事而已。」她繼續說著。「上次我們去馬克跟茉莉家的時候，因為他們在討論著結婚的事，整個晚上你都一臉無聊的樣子。還有當我們去挑訂婚戒指，店員拿戒指給你看的時候，你的表情像是在說：『這是怎麼回事？』但我們就是活生生的證據，我們交往了四年，去年夏天在印度Ｇｏａ還住在一起三個星期。」

　　她停了一下。「你讓我等了這麼久是不對的。我沒有從你那裡得到任何的承諾，對我也是不公平的。還有一件事……一件你沒有辦法給我的事。好吧，我不能再繼續等你了，我也有自己的生活，不能再浪費時間在你身上。」

她說的沒錯，這就是梅兒。她有著不可思議的能力，可以看透所有事情，甚至比我更瞭解我自己。她能發掘出事情的真相，即使真相會傷害到她。

我再也說不出任何一個字，所以我們就靜靜地坐著，想著剛剛對話中的內容。梅兒很激動地握著拳頭，這通常是在她很緊張或是很生氣的時候才會出現。

我盯著窗外，希望誰可以先開口，好讓這些爭吵都消失，而當我期待著奇蹟發生的同時，腦袋中也開始列出所有我認識的情侶：貝絲跟米奇、克利斯跟珍、理察跟莉茲、凱絲跟艾力克斯、貝拉跟艾恩、潔絲跟史都華、馬克跟恩加……馬克跟茱莉。

這並不是一份完整的名單，但還是有點效果。這些情侶是證物A：他們的影響力雖然不大，但絕對是迫使我跟梅兒分手的催化劑。因為跟他們完美的生活方式相比，我跟梅兒簡直就是一團糟。只要跟他們去吃飯，在十分鐘之內，從像我跟梅兒這樣不穩定的情侶身上，就可以感覺到有著很不合理的忌妒感，就好像他們比同年齡的人早熟很多。當然要解決這個問題的方法，就是多結交一些像他們一樣不正常的情侶，或是比我們更不穩定的情侶。不過再想想，或許那也是我們在派對圈中這麼受到歡迎的原因。

現在再回到現實世界裡。

「因為我們不是馬克跟茱莉，對不對？」

「我不懂你在說什麼。」

「因為我們不像他們一樣完美。妳知道的，『完美』。」我加強了這兩個字的語氣。「像是條紋地板、安裝維多利亞風格的火爐等等。我以為我們已經超越那個境界，我以為我們是不

需要那樣子的生活的。我們是可以獨立生活的情侶，可以獨自做自己的事，也可以共同做我們的事。我們有著自己的空間。我不要變成和馬克跟茱莉一樣。」

「但是馬克跟茱莉深愛著對方，這也就是他們住在一起跟結婚的原因。」梅兒回答我。「自古以來，相愛的人們本來就會住在一起。」

「但是它還是會進步的，對吧？那些住在一起的人們，最後還是會因為繁重的工作而分開。想想那些愛炫耀的朋友吧，或是看看馬克跟茱莉的例子。」

梅兒一副不同意的樣子。「我們不會那個樣子的。」

「會的，我們會的。」我反駁她。「因為其他人就是這個樣子。妳說，有哪對妳認識的夫妻，在他們家裡沒有維多利亞式的火爐？」

梅兒很努力地想了想。「瑞秋跟保羅。」

「沒錯，瑞秋跟保羅是沒有那樣子的火爐。」我搖了搖頭說著。「但那是因為室內設計師建議他們用義大利大理石的火爐。」

梅兒聳了聳肩，意思像是說「那又如何？」

「妳還不明白我的意思嗎？所有人都在努力地改善他們的生活，因為想要過得更好。他們想要有更好的房子、吃更好的食物、擁有更好的夫妻關係。但是世界上沒有一件事是完美的，所以他們永遠都不會快樂，因為他們並沒有珍惜已經得到的東西，只會注意還沒有得到的東西。我愛妳，梅兒。我們會克服這一切，我們會沒事的。我知道我們並不是完美的一對，但是卻比其他人更幸福。」

「我不知道我同不同意這句話。」梅兒很冷靜地說著。「但是你所說的任何一個字，都改變不了你不想娶我的事實。四年已經夠久了，所以請你離開我，達菲。這對我們兩個都好。請不要再嘗試挽回或是打電話給我，至少不要在這段時間內。」

　　站在門階上，我們很短暫地親了對方。

　　「這是世界上最難過的事情，達菲。」她說，眼淚從她的眼眶裡湧出。「這真是讓我很難過的事情。我知道你愛我，我們在一起的時光又是如此美好，但你卻害怕許下承諾。無論是什麼讓你裹足不前，你都必須要自己去找出答案，好嗎？」

誰看了昨天晚上的「靈犬萊西」？

　　我很不願意正視或承認剛剛在梅兒家發生的事情，所以在離開她家之後，我就直接走到地鐵站，搭上北線的電車。我坐在椅子上，一頁一頁的翻著雜誌，很仔細地看著每張圖片。

　　我的計劃很簡單。我現在要去 Tottenham Court Road，那邊有很多音響專賣店，然後隨便走進一家店，拿出信用卡，指著《What Hi-Fi?》雜誌上的任何一張照片，跟店員說「我要這個」。

　　在大概二十六分鐘後吧，我已經到達要去的地方。現在我又開始高興起來了。

　　雖然這是個突然下起雨的星期天下午（不久前還是大晴天），路上還是充斥著逛街人潮。我擠過人群，躲著毛毛雨，來到一家叫做 Now Electronics 的音響店。我走進店裡，把雨關在門外，立刻有種回到家的感覺。

　　整家店裡都是像我一樣年紀的人，我們可以放心地欣賞最新跟最好的音響設備，拿出我們根本就付不起的錢，然後說服自己說這些東西比食物、燈光或是房子都來得重要。它們已經不是生活的必需品了，根本就已經跟「生活品質」劃上等號。

我站在一組獲得《What Hi-Fi？》雜誌評選為五顆星的揚聲器前面，一臉渴望地看著它們。然後一個穿著皺巴巴襯衫、一雙糟透了的鞋子、年紀大概跟我差不多的售貨員，向我走了過來。他的裝扮透露出他才不管別人怎麼看他，因為在這個世界上，還有很多比衣服更重要的事情，就像是音響設備。

「很棒的揚聲器。」他一臉很認真地說著。「真的是一組很棒的揚聲器。」

經營這樣一家店的人，絕對不是一個笨蛋。他們僱用跟我有著一樣想法的人，然後把東西賣給像我一樣的人。這個售貨員絕對知道在什麼時間點要說些什麼，才能打動客人。這就像是眼前有一個全世界最美的女人正在勾引我，雖然穿著品味讓我倒盡胃口，但是我對他所說的話，一點抗拒的力氣也沒有。

「是啊。」我說，一副很瞭解的樣子。「它們真的很棒。」

「昨天傍晚才送到的。那個時候我們很忙，我都還沒有機會試聽呢！」

「真的嗎？」

他點了點頭。「你家裡用什麼系統？」

我並沒有什麼「系統」，我所有的只是一台又大又重的音響而已，幾年前從查理那邊買來的。我撒了個小謊，說我忘記用什麼系統了，然後又好像突然被揮金如土的花花公子的鬼魂給附身一樣，隨口說了一句：「我想要買一台新的ＣＤ播放器跟擴大機。」

「您的預算是多少？」他問我。

我聳了聳肩，一副「錢並不是問題」的樣子。

「很好。」他說，再也控制不住他的興奮了。「請稍等一

下，我去看看試聽室有沒有人在用，然後我先接好揚聲器、CD播放器跟擴大機。您一定會愛死它們的。」

幾分鐘後，他拿著一大堆線材走了回來，招呼我進去一個用玻璃牆搭蓋的試聽室裡。在試聽室的中間，有著一張椅面都快磨壞的棕色皮沙發，這個位子剛剛好可以聽得到最佳的音響效果。

當售貨員忙著把線接到機器上時，遞給我一張系統的概要介紹表。它真是漂亮啊！當男人在討論音響規格時，那種專注的談話聲音，大概是全世界最具誘惑力的東西之一。它讓我的世界更有意義了。在真實的世界裡，總是會有很倒楣的事情發生在我身上，但眼前的售貨員卻幫我開啟了一條通往天堂的大道。

當我們談論著這些音響設備的時候，都抱持著一種敬畏的心情。我知道的東西並不像他知道的那麼廣泛，但是他一點都不會擺出高傲的態度；相反地，他是用一種分享的態度跟我在談論著。這些對音響的知識、跟對細節的注意，已經把我們拉得更近。

當那個售貨員將揚聲器接好的時候，他問我有沒有特別想聽那些片子，以便測試效果。我說我沒有特別要聽什麼，也不想聽舞曲、搖滾樂、靈魂樂、嬉哈、爵士、吉他搖滾或是流行音樂。我從放在地板上的一個盒子裡拿出一片CD，外盒上寫著「僅獻給戀人」的字樣，還有一對俊男美女在雨中擁吻的黑白照片。

「第七首。」我用很絕望的聲音說著。「請播第七首。」

他一臉懷疑地看著我。「你確定嗎，老兄？我拿了幾片電子舞曲來呢，用這組播放的效果超讚。」

「是的。」我點了點頭，再也不管他對我的想法。「我知道這很無聊，但這是我⋯⋯我一個朋友不會在她婚禮上播放的曲子。」

「好吧，你說了算。」他說，挑了挑眉毛，小心地把光碟片推入機器，按下播放鍵。從揚聲器那端，一個乾淨、充滿感情的聲音傳了出來，就像是一個傳奇樂團就在我面前演奏一樣，准將合唱團正緩緩地唱著「Three Times a Lady」。

我舉步維艱地走在傾盆大雨中，手上提著沉重的新揚聲器、擴大機跟 CD 播放器，我已經完全失去購物的樂趣了。我需要有個人來幫我。我需要朋友。

我撥了通電話到查理的手機，他跟丹正躲在酒吧裡看球賽，我從查理轉播給我聽的旋球中，又重拾了精神。查理跟丹正是我所需要的。為什麼？因為他們是我的家人啊！

家人間可以談論任何不營養的話題。

家人不會一直問我在想什麼。

家人是會理性思考的。

家人是不會在看電視的時候聊天，除非是在罵節目很爛的時候。

家人是會覺得異性穿紅色絲質內衣很性感的。

「有誰看了昨天晚上的萊西系列電影嗎？」查理說，心不在焉地撕著啤酒杯墊。「我記得那片好像是『靈犬萊西』（Lassie Come Home）。」

那場球賽拖了好久才結束，最後以 0 比 0 踢成合局，兩隊都表現得很爛，這也象徵在現代足球比賽裡的每一件事都很怪。那場比賽真的很長，所以我們轉而討論前一天晚上各自在做些什麼。

好吧，其實我整個星期六的晚上，都在黑漆漆的房間裡反覆思考著 IKEA 事件的前因後果，但是我騙大家說我很累，所以早早就上床睡覺了。丹說他整個晚上都跟一個叫拉娜的女孩子在一起，還說她很有魅力，一直起鬨著要他講他在 New Cross 的快樂屋的表演；而查理則是臉色怪怪的，大概整個晚上都在看「靈犬萊西」吧。

「它們每一部的內容看起來都一樣。」丹一副油嘴滑舌的樣子，講著萊西系列的電影。「有個小孩發現了一隻狗。噢，爹地、我可不可以養這隻狗？不行。拜託。不行。拜託。好吧，你可以養那隻狗。然後那個小孩遇到了危險，萊西去救他。最後是快樂的結局。」他拍著手，聳了聳肩，「換湯不換藥啦，大哥。」

我並沒有加入這場笑鬧，因為我發現查理並沒有說出他昨天晚上發生的事情。「你昨晚不是跟維妮出去了嗎？她說她在一家豪華餐廳訂好了位子。」

「對，她是有訂位。」查理很沮喪地說。「昨夜過得很不錯。」他語氣很平淡地加了這一句。

「那你怎麼可以看靈犬萊西？」我問。

「我有錄下來。」他的語氣中帶有一股防衛感，不讓我們有機會調侃他，而這卻是我們一定會做的。

「真不敢相信你居然會錄『靈犬萊西』，是哪一類的行為偏差者才會做這件事啊？」我笑著說。

他的神情很明顯地放鬆了，將昨晚的事情暫時拋在腦後。他的頭低低的，用一種自嘲的語氣抗議著：「這些片可是經典。總有一天，它們會跟『教父第二集（The Godfather Part II）』同樣名列史上最偉大的電影。」他喝了一口啤酒。噢，對了，在萊西系列的電影裡，『他』都是從像美洲獅之類的兇暴動物嘴裡，把那個小孩救出來……」

「不是『她』嗎？」我提醒他。「萊西是個小女生。」

查理一臉疑惑地看著我，好像我騙他一樣。「萊西是男生吧，不是嗎？」

「萊西當然是女生。」丹插話了。「不然就會被叫做『靈犬萊迪』了。」

「說得好。」查理點點頭。「好吧，在萊西系列的電影裡，『她』都是從像美洲獅之類的兇暴動物嘴裡，把小孩救出來的。」換我跟丹點點頭，一邊想著他要說什麼。「但他們是怎麼拍的？該不會用真的狗去跟美洲獅打架吧？」

「是真的，」丹說。「我曾經在雜誌裡看過介紹，每一次拍片的時候，要用大概八隻替身狗來拍攝跟美洲獅的打鬥畫面。」

丹在講的時候，我正想說動物保育團體怎麼沒有抗議這麼不道德的事情？丹已經笑到快抽筋了，說：「他們已經把美洲獅的牙齒拔掉了啦，我在探索頻道上看過拍攝紀錄片。」

我真是熱愛現在渡過的每一分鐘！對我來說，這就是人生啊，充滿著笑聲、跟哥兒們出去喝酒。這就是簡單生活的典型，也是人生的意義。

快傍晚的時候，這些沒有營養的對話還一直持續著。以下就是從靈犬萊西所衍生出的話題（已將冗長或太激烈爭吵的內

容，濃縮在下列「比較」基本的問答中）：

問：如果採取直接攻擊的話，蝙蝠俠會打倒蜘蛛人嗎？

答：不一定。蜘蛛人有著超能力，而蝙蝠俠只是一個穿著緊身衣、使用小玩意的普通人而已。

紀錄：查理要大家注意，他覺得蝙蝠俠應該會贏，因為在現實生活中，要被放射線打到的可能性實在太低了；而出現一個穿著蝙蝠裝、拿著一些打擊犯罪的小道具的人，可能性還比較高。

問：誰的體重比較重？

答：我－85公斤；查理－90公斤；丹－78公斤。

紀錄：查理堅持那不是體重本身的問題，而是「體脂肪率」的問題。

問：伍迪‧艾倫最棒的電影是那一部？

答：曼哈頓（Manhattan）（二票：我跟查理）；影與霧（Shadows and Fog）（一票：丹）。

紀錄：丹拒絕接受這個結果，並且堅持要我們研究一個投票系統（像是最愛的電影得三票、次愛的電影得二票……），叫我們再重新投票一次。

使用新投票系統的結果：安妮霍爾（Annie Hall）。

我去了一下酒吧的洗手間，當我一邊解放的時候，也低頭看了一下手錶。已經晚上八點了。感謝我們喝了這麼多酒，又吃了這麼多被我當成午餐的薯片，才可以讓我處於半醉半醒的程度；有點醉到不去想，我跟梅兒已經分手了多久，又還能保持清醒，這樣才不會倒在廁所裡。

在走回位子的途中，我發現有個人坐在我們的位子上，正在跟丹還有查理講話。當他轉過來向我揮手的時候，我才想起來那個人是葛雷·班奈特。他是我跟丹共同的朋友之一，同時也是個喜劇演員。

葛雷並不是我們這個小圈圈的成員，頂多只能算是普通朋友；就是那種你找不到人可以喝酒，才會找他的那種普通朋友。不過我們都不太喜歡他，因為他會假藉幽默的名義，然後講一大堆關於女人的事，有時候也會扯到動物、政治和宗教團體之類的話題，然後希望他那些激烈的言語，會讓我們驚艷。但他不明白的是，他那種反對「政治正當性中的專橫力量」的態度，其實跟笨蛋沒有兩樣。還好我們知道他的出發點並沒有惡意，所以才繼續容忍他。

「你猜怎麼著？」當我回到座位的時候，葛雷向大家說。

大家都笑著說猜對了他要請客。我猜的是：「你承認『額頭高』跟『禿頭』其實是同一件事。」

查理猜的是：「你發現自己一點都不幽默。」

而丹，第一次就猜對了：「你要結婚了。」

「沒錯。」葛雷的臉上出現了一種茫然的表情。「你怎麼會猜到這個？」

我看著丹，我知道這個消息會讓他很難過，因為丹以前跟葛雷的女朋友安是戲劇學校的同學，而且差點就跟她在一起。但不知道是什麼原因，她最後選擇了葛雷。丹一直說她是那種會讓他陷入愛河的女孩，因為她是一個很真誠的人，而唯一的缺點就是她看不清葛雷根本就是個白癡。

「就像一個老笑話一樣。」丹很無精打睬地回答他。「為什麼猴子會從樹上掉下來？」

「不知道。」葛雷說。

「因為牠死掉了。」丹停了一下,「那為什麼第二隻猴子也掉下來了?」

「不知道。」葛雷很不自然地回答著。

「因為牠覺得這個是新遊戲,牠不想被拋棄在樹上。」

「所以,你要說的重點是什麼?」葛雷說,他是我們之中唯一一個沒有在笑的。

「好吧,你看!這個人已經結婚了。」丹指了指查理。「這個人快要結婚了。」他指了指我。「所以遲早還會有一隻猴子覺得結婚應該是個不錯的主意,而那個人絕對不是我,對吧?」

「你說我是猴子?」葛雷說,開始激動了起來。

「不是,葛雷,我不是說你是猴子。」丹說,化解掉一場可能會發生的衝突。丹喝太多了,而葛雷又引發在他本性中「好鬥」的那一面。丹伸出手,向葛雷道賀:「我真的為你感到高興,老兄。」

「謝謝。」葛雷很謹慎地握著丹的手。

「要結婚了,對嗎?」查理說,一邊塞了一把烤花生到葛雷的手裡。「什麼時候求婚的?」

「昨天晚上。」葛雷接下花生並轉向我。「兩對一起結婚怎麼樣?你跟我,安跟梅兒。這樣可以省一半的錢!」

我沒有笑,也沒有聳肩,我沒有做出應該要有的動作。我哭了。豆大的眼淚就這樣從眼眶掉下來。每個人在生命中都會有感覺很窘的時候。好吧,我決定讓我的朋友看到我最尷尬的一面。我其實已經不太記得自己上一次哭是什麼時候。我跟梅

兒在一起的時光總是快樂的，而事實上，我大概也忘記要怎麼哭了。而現在，梅兒的事又讓我的眼淚決堤。

沒有人開口說話，大家的眼睛都盯著酒杯，甚至連點唱機都忘記要繼續唱歌，雖然那只是我的幻想罷了。我對自己感到很失望。有某些時機跟場所適合紓發情緒，有些則不適合。現在這個時空就屬於不適合的那種：在酒吧裡，朋友們看著我，好像我在做什麼奇怪的表演一樣。我的眼淚告訴自己一個事實：無論我怎麼逃避，真實世界還是有醜陋的一面。每個坐在這張桌子的人都明白真實世界的存在，所以我們也知道為什麼石器時代的人，在發明了輪子之後，緊接著下一個發明的東西就是酒吧。

在經歷了尷尬的數分鐘後，我深深地相信，如果我沒有跟他們說明原因，他們會在我接下來的有生之年，不斷地用言語傷害我幼小的心靈。「梅兒跟我分手了。」我坦承。「她說我根本就不想結婚。她說得沒錯，但這不代表我不愛她……」不敵我的情緒，我還是泣不成聲。從今天早上就一直壓在我肩膀上，那股沉重的絕望感，終於還是把我打倒了。「我的世界變得一團亂。有誰可以告訴我，要如何確定我到底要不要結婚？」

所有人更是沉默不語。我把眼淚、鼻涕擦了擦，還是沒有人先開口說話。

幾分鐘後，查理突然很小聲地說：「維妮懷孕了。她昨天吃飯的時候說的。我就知道一定發生什麼事，以前從來不會沒事就去昂貴的餐廳吃飯……我本來以為自己已經有準備當爸爸的打算，但其實我還沒有……我現在還不想要有一個小孩。」

沉默。

　　丹很大聲地咳嗽著，讓我們大家都看著他。「你們都知道米娜要結婚的事。嗯……好吧，昨晚當我跟一個美女聊天的時候，我卻還在想米娜的事情。跟米娜分手是我一生中最大的錯誤，我想她……就是我要的那個人。」

　　我們互相交換了一個眼神，然後又各自垂首看著自己的酒杯，頭愈垂愈低，心情也愈來愈沉重。還是沒有人開口說話。

　　又過了幾分鐘。葛雷用力地吸了吸鼻子，點燃一枝Silk Cut的煙，傳給在座的每個人。我們都吸了一口，等著聽他是不是也有什麼驚人的真相，好讓他也可以得到「感情輸家俱樂部」的會員資格。

　　「好吧。」他坐回位子，很緊張地點燃一枝煙。「有誰看了昨天晚上的『靈犬萊西』？」

我向自己不想承諾的事物許下承諾。

－費德里科・費里尼（Federico Fellini）

交換彼此的戀愛史

在這段感情一開始的時候，就只有我、梅兒，還有無數的歡笑。我們沉醉在彼此濃得化不開的愛意裡。

人們，通常是女人，每次在派對上看到我跟梅兒的時候，都會說：「你們看起來進展得不錯嘛」、「你們看起來好恩愛」，還有我最愛的一句：「你們看起來真是速配」。他們說的沒錯，我從來就沒有遇過像梅兒這麼好的女人。她是如此美麗、慈悲又聰慧。她讓我的生活裡充滿了笑聲、陪著我到處大吃大喝，當我在看電視的時候，她也會隨著劇情而大吼大叫。她根本就是上天送給我的天使！不過最好笑的是，當我第一次遇到她的時候，我根本就不覺得自己有機會可以追到她。

那個時候，我二十四歲，在一家離萊斯特廣場不遠的雜誌出版公司裡的管理部門，剛開始一個為期兩個月的臨時工作。第一天午休的時候，我就遇到了梅兒。我們在一家離公司不遠的義大利三明治店裡，她排在我前面。當她準備離開的時候，我悄悄地跟在她後面，偷看她要往哪個方向。等她消失在 Mentorn House 的旋轉門時，我的心都快跳出來了，因為那裡也是我工作的地方。我心中的狂喜繼續延燒到當我們一起搭電梯的時候，發現她居然跟我搭到相同的樓層。她走出電梯，

往廣告業務部的方向走去。

　　我目瞪口呆地站在電梯門口，看著她的背影，這個女人已經佔據我腦袋裡的整個思緒。她吸引我的不是她的臉孔或是身材（雖然這兩者也不錯啦），而是她走路的姿態。她走路的姿態、高跟鞋蹬蹬響的腳步聲、性感的背影，還有少見的美麗面孔，這些都讓我神魂顛倒。

　　在接下來的兩個星期，我又發現了許多關於我夢中女神的事情：她的名字是梅兒‧班森；二十四歲；在愛丁堡念大學；喜歡雞肉酪梨三明治；不喜歡她的有氧運動教練；在廣告業務部工作；未婚；穿黑色衣服很好看。又過了一個星期，我才有機會跟她講話。

　　每個星期五，廣告業務部都會到公司對面的George酒吧吃午飯，所以我很厚顏無恥地去拍湯尼的馬屁。他是我們公司的廣告執行，腦袋裡只知道板球的中年男子。當下個星期五到來的時候，他就邀請我跟他們部門一起去吃午飯。一到達餐廳後，我就無情地甩開他，趕緊換到梅兒旁邊的座位。

　　我一坐下來，馬上開始跟梅兒聊天。我問她的工作，她說她是「媒體規劃師」，這幾個字讓我一頭霧水。然後她問我的工作，我說我是來打工的，但是補了一句，說我也是一個喜劇演員。通常當我這麼回答的時候，人們都會說：「那好，說個笑話來聽吧！」我其實很不喜歡這樣，因為我又不是隻在水族館裡表演的海豹。但是梅兒卻只說了一句：「看到有人可以實踐他們的夢想，真好。」我被這句話給深深打動了。在接下來的二十七分鐘用餐時間中，我讓她笑了二十三次。這可是我個人的最佳紀錄。

　　在接下來的第二跟第三個星期中，我也都跟他們部門一起

吃午飯。很快地，我們會在星期一的時候，問彼此的週末過得如何；在星期五的時候，也會問週末有什麼計劃。從我過去的戀愛史來看，這無疑是我最長、也最認真的一次。

在第四個星期的時候，我終於開始有動作了。梅兒站在電梯旁邊，用一枝筆有節奏地敲著手中的藍白色塑膠水壺。「這首歌叫做『三』嗎？」我笑著說。

她笑開了，我第一次看到她的牙齒，小小的、很整齊，大概就是人家說的貝齒吧。「你幹嘛每次都逗我笑啊？」

「我也不知道。大概是妳很容易就被逗笑吧。」

「可能是，但你是個很風趣的人。」

她所說的「風趣」，聽起來不像是「哈哈」兩聲冷笑，或是「不要再跟蹤我了，變態！」我想現在正是最好的時機。「妳今天晚上有空喝杯酒嗎？」

「你在約我嗎？」她正經八百地說著。

我的腦袋尋找著正確的詞彙來回答她。我已經盡最大的努力，讓它聽起來像是個普通的邀約，好讓她不要先踐踏我的自尊心，然後再拒絕我。但是現在，她居然要我先確認我的問題。

「呃，沒有……嗯，我想……是。」

「我也是這麼猜。」她笑著說。「非常謝謝你。我很受寵若驚，但是我的答案是『不』。」

我知道應該就此收手，但我卻沒有這麼做。相反地，我厚臉皮地問她：「為什麼？」

「沒有為什麼。」她很緊張地扭著手。「只是現在時間不對。」

我倉惶地逃回位子上，用以前都沒有過的認真態度，埋首在工作裡。我下了一個決定：從今以後我都要避著梅兒。我在辦公室裡躲著她、在走廊上避著她，也不去飲水機或是George 酒吧。終於，當我在電梯裡遇到她的時候，該來的還是來了。

　　「你在躲著我，對不對？」在電梯門關上，她按下了「一樓」的按鈕後，問了我這個問題。

　　我的腦袋又開始尋找著正確的詞彙來回答她。我已經盡最大的努力，好讓她不會在任何地方看到我。但現在她就在我的面前，又要我確認問題。

　　「沒有……嗯，我想……是。」

　　「我也是這麼猜。」她笑著說。「我一直希望我們會不期而遇。」

　　「為什麼？」

　　「你的話，改變了我的想法。」她很不好意思地說著。

　　我注意到了這幾個奇怪的字，但是沒有讓她繼續說下去。多餘的話語只會讓我更疑惑。如果我能夠在不知不覺的情況下，就改變她的想法，那就可以再一次把她的想法改回來。

　　在電梯中，我們沒有再說任何一句話。當電梯到達一樓的時候，她從袋子裡拿出一枝筆，抓起我的手，在我的手掌中，寫下她的電話號碼，然後頭也不回地走了。

　　當天晚上，我們約在一家叫做Freud 的酒吧見面。梅兒大概在八點四十五分的時候到達，遲到了十五分鐘。而這幾分鐘的時間，已經足夠讓我緊張到手心發汗，還一邊猜想她到底會不會來。當她出現的時候，穿著深藍色牛仔褲、運動鞋、白色

T 恤跟一件外套。她穿得很輕鬆，而那也是女人展現自信的最佳服裝。

「我們可不可以先把話講清楚？」她一坐下就說。我茫然地看著她。「我現在還……呃……不想要交男朋友。我們先當朋友就好。」我還是繼續一臉茫然。「我不是針對你，只是感情太複雜了，而我現在只想過簡單的生活。不要誤會，你是個好人，只是現在時間不對、地點不對、人不對。」她停了下來，好像察覺到我的不安。「你要說些什麼嗎？」

現在該輪到我了，一個千載難逢的機會。我親了她，而這已經違反了「不可以吻你不熟的人」的規則：

1 、在喝太多的情況下。

2 、在等待最佳時機的情況下。

我喝著的是無酒精的萊姆汁加蘇打水（這家店最便宜的飲料），所以並沒有喝醉；而最佳時機嘛……我只能夠解釋成在等了這麼久之後，這是我唯一想做的。當我還在想著我怎麼會有這股衝動的時候，她也吻了我。我們深深地吻了大概有三、四分鐘之久吧，那真是個令人臉紅心跳的吻。

「我真不敢相信我居然這麼做。」她說，不敢看著我的眼睛。

「我也是。」我也不敢看著她的眼睛，頭低低地回答她。「但它還是發生了。」

在接下來的時光中，我們不斷地喝著酒，深深地被對方的魅力所吸引。後來，我們肚子都餓了，梅兒提議去吃點東西。我早就喝到沒錢，所以不得不說我口袋空空。她似乎不是很在

意，事實上她還覺得很有趣，所以她請客，在一家義大利餐廳吃了點東西。我一邊吃著義大利麵，發現她不發一語地看著我。

「怎麼啦？」我不安地說著。「我的下巴沾到蕃茄醬嗎？」我用手在嘴巴上擦了擦。

「沒事。」她一副明明就是有什麼事的樣子。我叉起一大口的麵，想著「沒事」這兩個字，其實就是代表「有事」。「我們已經接過吻了，但卻不瞭解彼此。你不覺得我們應該要瞭解一下對方的過去嗎？」

「交換彼此的戀愛史嗎？」

梅兒慧黠地笑了笑。「是的，說說你過去的交往情形。」

「好吧，」我說。「但是妳先說。」

她告訴我，她最近剛跟交往兩年的男友分手，她本來覺得他們會結婚的，而那個男人也覺得他們會共渡一生，所以開口要她搬過去一起住，但是她拒絕了。

梅兒花了兩個小時訴說整段故事。最後，我得知她六歲時因為跌倒，在膝蓋上留下了一個微笑形狀的疤痕；她三年前在跳蚤市場買了一張艾拉·費茲傑羅（Ella Fitzgerald）的專輯，把它視為珍寶；她一直都很想養隻貓，但因為現在她一個人住，所以那只是說說而已。這些事情聽起來都很可愛，但也讓我聽得一頭霧水。

我只花了五分鐘就報告完我的戀愛史。我沒有告訴她關於阿曼達的事情，只說另一個女友的事情。她叫做蘿貝卡。當我跟蘿貝卡分手的時候，她只留給我一句話：「我要出國了，不要再跟蹤我。」我覺得這句話很好笑，但是梅兒卻沒有笑。

「你的戀愛史就這樣？」

「對啊。」

「其他細節呢？我要知道細節。」

「我已經告訴妳全部的事情啦。」

「你什麼也沒有告訴我。我卻告訴你所有的事情。」

我一臉困惑地看著她（只比一臉茫然好一點）。

「男人到底是發生什麼事？為什麼你們就是不能好好地告訴我們呢？你在念書的時候有學過這個嗎？你出生的時候就割掉聲帶了嗎？」

「不是。」我說。真感謝她這次終於笑了。於是我告訴她其他的事情，雖然我不是很願意講那些。雖然我知道這代表她對我有興趣，但是我也擔心討論這些失敗的戀情，可能會破壞我們的關係。

「我想我們該走了。」她說，一邊舔著甜點匙，環顧著餐廳。當我們走進這間餐廳的時候，是滿滿的客人；現在，只剩我們兩個而已。

「今天晚上真的很高興。」我說。我牽著她的手，從附近的戲院，穿過人群走出來。「真是……有趣啊。」

「我也是。」她說。我們很快地走過馬路，有一個瘋狂的公車司機差一點就撞到我們。「但是我們這樣是不會有結果的，對不對？」

我停下了腳步看著她，不知道這句話是出自她的不安，還是她在溫柔地拒絕我。「為什麼這麼說？」

「因為……」她往前靠近了我一步，兩旁的車子正呼嘯而過。「第一，我現在正打算在工作上衝刺……」

「那另一個呢？」

「另外一個……我才剛從一段戀情裡脫身。你會讓我想起我的前男友；我們未來也可能會傷害對方。我很喜歡你，不希望傷害你的人是我。」

「所以讓我們不要傷害彼此。」

「你說什麼？」

「愛我，也不要愛我。我不是一個好情人，也不是妳夢中的白馬王子。而且我常常會忘記那些重要的日子：生日、週年紀念日，還有銀行休息的日子。我對妳的企圖是很邪惡的，而且我會花很多時間在浴室裡。」我說。

「多久？」

「半小時吧。」

「跟女孩子一樣久。」

「但是另一方面，當我們的關係走得愈久的時候，妳一定會覺得很開心。那絕對會是一段充滿笑聲的戀情。就像是一段在非假日發生的假日戀情。而且我答應妳，當我們分手的時候，我絕對不會寄明信片，或是打長途電話騷擾妳。」

「假日戀情啊……」她想了想。「我喜歡這幾個字。」我們親吻了對方，一直到有部計程車「叭」了一聲，才讓我們又回到現實。梅兒踮起腳尖，在我耳邊輕輕說了一句：「帶一瓶桑格裏厄酒來吧！」

這就是我們相遇的故事。

我最愛的衣服

聽到我跟梅兒分手的消息，最傷心的人，大概就是我媽吧！尤其是當她知道是我不想結婚時，她非常的震驚。她問我：「你難道就不能跟著自己的感覺走嗎？」好像我也傷了她的心一樣。

我試著跟我媽解釋，但是她根本就不相信。維妮在聽到消息後，也是一臉不高興。她很直接地說，我根本就是個大笨蛋，因為這個世界上，沒有比梅兒更適合我的人。除了查理跟丹，我的其他家人跟朋友，都覺得我跟梅兒分手，是我人生中最大的錯誤。

整個四月，我就像是發了狂般，無日無夜地拼命工作。我跟著戲團到處去巡迴演出，去了 Norwich 、 Chichester 和北漢普頓。我也喝了不少酒（在喝完酒之後，整個人輕飄飄的，還有一種超現實的聲音，會在耳朵旁邊出現）。

在我想要藉由各種方式，希望早一點忘記梅兒的同時，有一天早上我起床的時候，突然發現那天是四月五號：梅兒的二十九歲生日。

我很想打電話給她，不單單是因為她的生日，其實我也很想她。在分手之後，她並沒有拿走留在我家的東西。在我的衣

櫃裡，有一個她專用的抽屜，裡面還有一件套頭毛衣、一件胸罩、兩條褲子、一盒衛生棉條跟一雙絲襪；一雙她上有氧運動課穿的運動鞋，還丟在我的床底下；冰箱裡也還有一大堆甘藍菜，因為雜誌上說多吃可以預防癌症。我要怎麼處理這堆他媽的甘藍啊？我暗暗地咒罵了一句。最後我還是把它們都丟掉了，畢竟看到它們，我就會想起梅兒。

一個月過去了，就我而言，我遵守了對她的承諾，一通電話也沒有打給她；現在，該是她遵守對我的承諾的時候。

過去，就像大部分的人一樣，我也會跟分手的對方說：「我們當朋友就好」，以取代「請不要把我的照片放在鏢靶上」；但是當我想要打電話給梅兒的時候，我是真的真的非常思念她。在梅兒之前的歷任女友，我都是單純地只想要「交往」或是「找個女朋友」而已；但是梅兒不一樣。我跟她的種種，不能全部一筆勾消。

星期一，在她上班的時候，我撥了通電話給她。「嗨，梅兒，是我。」我很愉快地說著。

「你好嗎？」最後她還是開口了。

「ＯＫ啦，妳呢？」

「還可以。」

「生日過得如何？」

「很好。」

「怎麼過的？」

「跟朋友去喝杯酒。」

話筒的另一端沒有聲音。

「工作呢？」

「還好。你的表演呢？」

「還好。」

又是沉默。

很明顯地，如果我們的對話少了這些「每天生活細節」之類的內容，大概就沒有什麼好講的了。這些就是分手對妳造成的影響，我很生氣地想著：讓妳不能再跟妳的前男友，分享這些雞毛蒜皮的小事。

「我知道我們已經結束了，梅兒。我也知道妳希望我們不要再見面。但是……希望我們還可以當朋友。梅兒，我不要我們一刀二斷，我還是希望我們是彼此生活中的一部分，不管會有多困難。」

我個人覺得這一大段話，已經顯示我在這段日子裡成熟了一點，而我想梅兒也發現了這一點，因為她終於答應我，在星期四的時候跟我見面。這其實跟我變成熟一點關係也沒有，我只是單純地想要挽回她的心。

時間到了要見面的那一天。我提早十分鐘下班，巧妙地閃過門口的櫃台。當我離開辦公室的時候，儘量選擇讓我不會遲到的交通工具。最後我還是靠我的雙腳，從倫敦市中心走到目的地。

梅兒建議我們在一家區於蘇活區的泰式餐廳見面。我從來都沒有去過那裡，就我所知，梅兒應該也沒有去過。我想她這麼做是有原因的，挑一個我們都不熟的地方，比較不會遇到熟人。

下午的時候，梅兒先撥了電話給我，說她只有一個小時可以跟我見面，因為她晚一點還有別的事情。隨著見面的時間愈來愈接近，我也愈來愈有自信，因為她願意見我，說不定還有

復合的機會。

　　我喘噓噓地走到那家叫做「Paradise」的泰國餐廳。時間還早，所以我先走到餐廳的地下室，那裡有一間酒吧。我坐在高腳椅上，叫了一瓶Michelob，不時地引首看著餐廳的金屬樓梯。

　　梅兒遲到了十五分鐘。當她走下樓梯時，我一眼就先看到她的小腿。她穿著黑色無袖的短洋裝，那是我最愛的一套衣服，她穿起來很好看。

　　她用貼頰吻跟我打了個招呼。「嗨，達菲。」

　　「嗨。」我很羞怯地跟她打了個招呼，也在她臉頰上輕輕地點了一下，又抱了她一下，以平衡沒辦法吻到她嘴唇的失落感。這些都是需要在肢體上接觸的細微動作，但是我不知道自己還能不能再擁有。

　　「妳看起來氣色很好。」我很關心地說。

　　「謝謝。」她微笑著說。「你看起來滿頭大汗。」

　　我看了一下吧台後方的鏡子。梅兒說得沒錯，我臉上的汗比剛從三溫暖裡出來還要多，因為為了準時到達這裡，我剛才拼命地跑。當她跟酒保講話的時候，我試著讓自己看起來不要這麼慌張。她又幫我點了一瓶啤酒，然後想了很久，才決定要點柳橙汁加伏特加的雞尾酒。

　　聊了一下子之後，我已經快要忘記我們已經不是情侶的事情了。我們交換著生活中微不足道卻又很重要的事情（我告訴她我的工作、最近的表演，跟昨天晚上EastEnders的劇情；她告訴我她的工作、公寓和最近她去過的酒吧和餐廳）。

　　當我提到維妮懷孕的事情時，梅兒簡直快樂翻了。我建議

她去看看維妮，但是她很尷尬地笑了笑，說她最近可能沒有空。因為我們分手，讓她跟維妮無法再繼續當朋友，真的是件令人婉惜的事情。她也要我跟查理還有維妮打聲招呼，並且在她的行事曆中，寫下要寄張卡片給他們。她也問了我有關丹的消息，我告訴她丹一切都好。我本來打算告訴她關於米娜要結婚的事情，不過想想現在好像不適合提那件事。

「我收到米娜寄來的一封信。」梅兒說。「丹的前女友，你也認識她。你知道嗎？她居然要結婚了！」

「我知道。」我很謹慎地回答這三個字。「她有寄喜帖給丹。」

「噢。」她意有所指地說著。「我想她有她的理由吧。」她停了一下。「米娜在信裡也附上了請帖。好吧，其實她是寄給你跟我的。她不知道我們已經……」

「我想那封信是要給妳的。」我很快地打斷她，不讓她說出那幾個我不想聽到的字。「米娜一直都很討厭我。」

「才不是。」她把請帖拿給我。「拿去吧。我已經很久沒有看到米娜了。我應該會寄個禮物給她。」

我把請帖退回給她。「聽著，她會邀請妳，是因為她很喜歡妳。我的名字會在信封上，只是她表示禮貌而已。如果丹不去的話，我應該也不會去的。妳怎麼不跟茱莉去呢？妳不是很愛看別人有個美好的婚禮……」我發現我的失言而住口。「對不起……妳知道我的意思。」

「沒關係，」她說。「我知道你的意思。」

下班後來這裡喝酒的客人，開始坐滿所有的位子。為了要營造一個「這是很炫的餐廳」的感覺，酒保將一卷帶子放進播放機裡。我原本以為音樂能讓我心情好一點，但是當它開始播

放的時候，我完全被打敗了。

「梅兒，」我說，吵鬧的音樂充斥在耳際。「妳今天能夠來，對我有著很大的意義。我只是要讓妳知道，我還是深深地愛著妳。我們會走到這個地步，絕對不是妳的錯。我的意思是……如果我沒有娶妳的話，我也不會娶任何人……」

「謝謝。」她很痛苦地說著。

「我不懂，為什麼妳一定要把我們的關係一刀二斷？我希望我們還是朋友！我要我們還是朋友！」

梅兒慢慢地喝光杯子裡的酒。「這就是你，達菲。有時候你只看到自己，根本就沒有瞭解別人的想法。你知道我要的是什麼嗎？什麼讓你覺得我想跟你繼續當朋友？每一次的見面、每一通電話，都讓我想起你寧願……」她在思考一個讓我無法反駁的詞彙。「跟丹住在一個亂七八糟的豬窩裡，也不願跟我一起住！我已經等了你四年，卻什麼也沒有得到。不要說什麼『你沒有娶我，也不會娶別人』，其實你根本就不想跟我結婚。」

我完全沒有回話的餘地。她說的一點都沒錯。如果今天情況相反的話，我大概也不會坐在這家播著可怕音樂的酒吧裡，聽著梅兒告訴我，她雖然還愛著我，但是並不想跟我白頭偕老的理由。

「我錯了。」我說。

「沒錯。」她嘆了口氣，又幫我點了一瓶啤酒，也幫自己再點了一杯雞尾酒。

我問起了馬克跟茉莉，希望轉換話題，疏解一下緊張的氣氛。

「他們很好。」梅兒說，淺淺地啜了一口酒。「馬克還是忙於工作。茱莉也很忙，但她還是抽空在下班後去上陶藝教室。目前她已經會做煙灰缸，呃……其實她本來是做花瓶啦，不過後來就變成煙灰缸。我已經有五個了耶！」她笑了，看起來是放鬆了一點。「你要一個嗎？」

「獨一無二的嗎？」我也笑了。「好啊，我要一個。」這樣的感覺真好，我這麼想著。這就是我們原本的樣子。「還有什麼其他消息嗎？」

梅兒又喝了口酒，想了一下。「他們決定明年要搬到一個更大的地方，時間上希望可以趕上他們的婚禮。」馬克跟茱莉常常在搬家。當我認識他們的時候，他們已經買了三棟房子。我想他們是計劃當價錢上漲的時候，把這些房子賣掉，然後搬到他們最想住的地方：Notting Hill Gate。「噢，還有，他們打算在八月初的時候，跟幾個朋友去義大利托斯坎尼租一個獨棟別墅。他們也邀請了我，其實我不太想去，但是茱莉很堅持，所以……我還是會去。」

她說完這句話後，看了一下手錶。「已經七點了，達菲。我必須走了。」

「好吧。」我說，拉開了她的椅子。雖然我對於沒有讓她改變心意，覺得很失望，但這不代表我沒有機會。酒吧裡坐滿了客人，我們很努力地穿過人群，走上樓梯，離開這家店。

「好吧，達菲。」梅兒突然開口。「我必須要跟你說再見了。」

「要去什麼好玩的地方嗎？」

「只是跟朋友出去而已。」她簡單地回答我的問題。「你要走哪邊？」

「往萊斯特廣場那邊。」我發現她並沒有說她要跟誰出去。

「聽著，」梅兒說。「對於你希望維持朋友關係的事情，很抱歉我嚇到你了。」

「沒有，妳並沒有嚇到我。」我向她道歉。「都是我活該，真的。」

她微笑著。「雖然要跨出這一步並不容易，但是對於你說要當朋友的這件事，我還是很高興。因為我們本來就是朋友啊，對不對？」

這就對啦，我想著，那個我所要的「關鍵時刻」。

她在我臉頰上吻了一下，我則是給了她一個擁抱，也吻了她一下。我吻在她的嘴唇上，那並不是個蜻蜓點水式的吻，而是個深深的、重重的、濕濕的吻。我是這麼的輕薄又卑劣。我現在的頭銜是「前男友」，所以我親吻的地方，只能侷限在臉頰上而已。臉頰是專門給「前男友」、「一般朋友」跟「親人」使用的地方；而嘴唇則是專門給「親密好友」、「填充玩具」以及「現任男友」使用的地方。這些是規定，而我故意打破了這個規定。

梅兒尷尬地看著我，好像要說什麼，然而還是什麼也沒說。相反地，她嘆了一口氣，然後轉身離開。

我心煩意亂地往萊斯特廣場的方向走去。突然，我回過頭（你可以稱之為第六感，但是我寧願稱之為「我的悲劇感」），看到一部車牌是羅伯一號的Ｓａａｂ黑色敞篷車，停在梅兒的身邊。一個西裝筆挺的男人下了車，跟梅兒打了招呼，雙手環繞在梅兒的腰際，然後吻了她。

吻在嘴唇上！

他並不是她的好朋友，不然我應該認識他。

而他也看起來不像是個填充玩具。

那也就是說……他是最後的那個選項！

我的心裡又出現一個大黑洞。我回想了一遍，其實那個男人的吻，並沒有給我太大的打擊。讓我生氣的是，他居然把手放在她的衣服上。那是我最愛的一件衣服啊！

你要多出去走走

　　梅兒神秘的態度、那個兩唇相接的吻，還有那個有著個人車牌的「新朋友」，這三件事已經快讓我瘋狂了。如果我是地球的話，那個「羅伯一號」就像是顆撞擊我的巨大彗星，把我的軸心給撞偏了，讓我又陷入冰河時期。

　　我們才分手一個月，根本不敢相信梅兒這麼快就找到替代我的人，更別說是一個這麼有錢又長得體面的男人。那些傷心難過的療傷期呢？現代的女人喔，難道都忘記分手的禮儀嗎？我這麼想著。其實我覺得最挫折的，是我根本沒想到再去找一個替代梅兒的人。我怎麼這麼笨啊！

　　一般正常人在結束四年感情的時候，合理的療傷期應該是多久？因此我進行了一個非正式的投票，詢問家人、朋友跟同事，試著找出答案。

　　以下為「分手後療傷期」的調查結果：

　　丹：「如果前女友是像是梅兒那樣的女人，至少要三個月吧！你這次犯的錯可大條了，老兄。那個男人一定是她的兄弟啦。什麼？你說她沒有兄弟……哈哈，那一定是她許久不見的朋友啦！」

　　查理：「我想不起來在維妮之前，跟我分手的女孩子，她

們的療傷期要多久？不過，以你的案例來看，三個月應該是基本標準吧！」

葛雷：「對一個剛結束四年感情的女人來說，療傷期應該是從六個月到無限長吧。但是對男人來說，應該是愈快愈好。這絕對不是性別歧視，完全是站在天性的角度來看：女人要的是一個好的歸宿，而男人要的只是爽而已。世界就是這樣啊！」

維妮：「就算我是個懷孕的女人，容易脾氣暴躁、大吃大喝，但我還是要說：女人可以隨時隨地做她們想做的事情，因為男人都是笨蛋。」

我媽：「是需要一段足夠的時間去療傷，不過也不能太久，以免淹死在憂鬱裡。」

除了我姐姐的回答外（還有葛雷的答案），我得出的結論是──梅兒應該還在療傷期才對。她應該是算錯日期，才會跟那個新的「男性朋友」一起出門閒逛。

女人！現在才五月初，妳應該還在療傷期；妳要到八月以後，才可以跟新男友出來鬼混！

其實在這之前，我覺得自己可以好好地過沒有梅兒的日子，就好像她只是在假日的時候出遠門，然後一去不回來。但是當我看到她跟「羅伯一號」在一起的時候，所有的傷痛又回來了，而且比之前更深、更重。

以前當我跟其他女人分手時，都會讓她們完全從我的生活裡消失。但這次「讓我們繼續當朋友」的愚蠢想法，卻還是一直深植心中。我必須找出事情的真相，讓這個永無止盡的情傷，可以隨著時間的消逝，減輕一些它帶來的痛苦，所以我決定小小放縱一下。

我撥了通電話到公司去請病假、取消下個星期的所有表演，一邊看著難看的日間電視節目時，吃著一包又一包的Butterkist太妃糖口味的爆米花，我甚至穿上我媽送的聖誕節禮物－那是一件Marks & Spencer的藍色睡衣。收到這個禮物的時候，我說我平常都是裸睡，但是我很清楚地記得我媽說：「拿著吧！緊急的時候，你會穿得到的。」現在我知道她指的是什麼了。

整個星期我都一副失魂落魄的樣子。每隔幾天，丹、查理和維妮就會邀我出門散散心，但是我拒絕了他們的好意。星期六下午二點，我進入療傷期的第八天。我還沒有從情傷裡走出來，這段感情所帶給我的傷痛，比以往更深。我想我必須學著接受它，才能繼續生活下去。

在這個星期中，我第一次用女用除毛刀來刮鬍子（我在報復她！梅兒以前一直警告我，不要用她的除毛刀來刮我的鬍子）；把這段期間穿的衣服，全部都丟到洗衣機裡；走進淋浴間，象徵性地把身上的悲傷全洗掉。當我用那罐梅兒沒帶走、她常用的Laboratoires Garnier洗髮精洗頭的時候，我下了一個決定。我決定要改變，要成為一個充滿魅力的性感男人、一個受女人歡迎的單身漢；一個除了給予承諾外，什麼都敢嘗試的花花公子。

我百分之百確定，我想要變成一個充滿魅力的性感男人，但首先需要一個可以讓我徹底改變的人。我翻遍了通訊錄，看看有誰符合這個條件？從A到Z，又從Z到A。我翻了兩次，找不出誰有著「性感男人」的氣息。看來可能要用一些很特別的方法，才能讓我完全地走出四年感情的陰影。

當我突然瞄到艾麗莎的名片時，我思考了很久是否該打個

電話給她。

「她不是說你有一種『稚氣未脫的可愛』嗎？」我的自尊心在鼓吹著。「她是性感火辣小野貓呢！」艾麗莎絕對是我克服「羅伯一號」攻擊的最佳武器，但是我大概要先運動運動、把肌肉練一練，這樣才能配得上她。

下午三、四點，我跟丹吃著烤麵包、喝著啤酒（丹說那是個「歡迎回到正常生活」的派對），我們也一邊討論著目前我、查理跟他的問題，看看有什麼辦法可以解決。現在我們要做的就是說服查理。

「我不要去夜總會！」

當天稍晚，我跟丹來到查理家，但是他拒絕參加我們的計劃，他坐在沙發上，眼睛看著我跟丹，好像我們兩個人都瘋了一樣。

有時候我們跟查理之間不一致的意見，會突顯年齡上的差距。他說他已經三十四歲了，不想再做一些沒意義的活動；而他也是少數在他的年齡層裡，能夠欣然接受自己已經步入中年的人。

「夜總會？」丹刺激著他。「你是不是剛從 1 9 6 2 年來到現代啊，老爹？你怎麼會用『夜總會』這麼老套的名字？你要多出去走走才對啊！」

「好吧……」查理說。「總之，我才不要……」他開始結巴了，好像接下來的字會讓他吐出來一樣。「……去夜總

會。」他停了下來，看看我們對這個字的反應如何。「抱歉啊，年輕人。我是老頭子，動不了了……」雖然查理有張娃娃臉，但他的身材卻說明瞭他已經步入中年的事實。他對婚姻生活的滿足，也增加了他的腰圍，就像是樹木的年輪一樣，一年增加一圈。但我們相信在他的內心深處，還是有一個年輕小伙子，想要跟我們出去玩樂。我們必須把那個小伙子找出來。

「放輕鬆。」丹安撫著查理。「我們已經都計劃好了。『男人之夜』會讓你忘掉小孩的事，達菲也會忘記梅兒的事，而我也希望可以忘記米娜，跟她那張可笑的結婚請帖。」

「對啊，男人之夜。」我也在一旁搧風點火。「這比醫生開的抗憂鬱藥還有效。」

在準備出去玩樂的同時，我想起了很多事情。梅兒之前的女友、再之前的那一個、再再之前的那一個……一直想起了我十七歲的時候，每個星期六晚上的例行活動都是這樣上演的：

1、收看「盲目約會」。

2、在廣告的時候，我的朋友就會打電話來，討論要去哪裡玩。

3、我跟維妮就會為了誰要先洗澡，而大吵一架。通常都是我輸，然後我就得等上半個小時，發現她把熱水都洗完了，只好用快冷掉的水來洗澡。同時我的另一個朋友又會打來，留一個訊息給我媽，告訴我有誰要去、在哪裡還有幾點碰面。

4、我們一群人會先到Hollybush集合，就在我們六年級校舍的轉角附近。用半個小時來梳妝打扮，好讓我們看起來像是滿十八歲的樣子，再噴上Paco Rabane香水。

5、在喝了幾杯飲料後，我們講話的聲音愈來愈大聲，隔壁有幾個在星期六也常來的教會學校的女生，會抗議我們太吵

了。我們就坐公車到市區去，另外找一家酒吧，但是我們也知道，大概有四分之三的人會被擋在門口。

這就是星期六晚上應該要有的樣子嘛：友情、穿著帥氣的衣服，還有無盡的歡樂。

晚上九點，我跟丹終於看到查理了，比預計時間晚了半個小時。我敢說除了他稍早那副不情願的樣子，現在他的表情就跟我和丹一樣興奮。在接下來的幾個鐘頭內，我們又回到了十七歲。這種感覺真好。

在這種好心情下，我們也邀請葛雷出來。所有人準備就緒，我們要出發了！

我愛這個！

　　這家離萊斯特廣場不遠的夜總會，有著一個很通俗的名字：「不羈夜」。我們說好要打扮成七十年代的復古裝扮。本來我們想去市區最熱門的酒吧，但是根據性感男人的想法（我跟丹），那裡的妞看起來比較難追的樣子，為了確保大家都有個愉快的夜晚，也可以吸引女孩子的注意，「七十年代之夜」是個比較理想的選擇。

　　當我們走過夜總會的大門時，彷彿回到１９７８年一樣。當時比吉斯是最受歡迎的歌手、約翰‧屈伏塔是所有叛逆小子的偶像，而喇叭褲則是最ｉｎ的裝扮。當我們大搖大擺地走在鮮紅色地毯上時，兩旁的閃光燈不停地閃著，讓我們的步伐看起來好像慢動作一樣。我就知道今晚會是個值得紀念的一晚。

　　「你要喝什麼？」葛雷向我吼著。

　　我仔細地想了想，「我要喝Ｓｔｅｌｌａ。」我回答他。

　　「我也是。」丹說，一邊從酒吧後面的鏡子，檢查他的衣服。

　　「我跟你們一樣。」查理說，他被一群跳著康加舞（ｃｏｎｇａ）的酒醉女人給擠到旁邊去了。當她們經過的時候，他驚訝地叫了一聲。

「怎麼啦？」我問查理。

「有人偷捏我的屁股！」他一副不敢相信的樣子。

聽到這句話，丹回頭向查理開玩笑似地眨了眨眼。「我能說什麼呢？你太辣了！」

丹離開去買煙，查理去上廁所，只留下我跟葛雷。他正大膽地「獵色」中。

「看看那個屁股。」他說，指著剛走進來的一群辣妹。我很無力地笑了笑。我也愛看辣妹，不過葛雷那種低級的態度，讓我很想跟他劃清界線。我以前跟丹出去把妹的時候，都是各看各的，我們就是知道哪個合我們的意，反正人各有好嘛。但是葛雷粗俗的言語，讓我覺得今晚出來的目的已經變質了。現在我真的開始想念起梅兒。

葛雷去上廁所的時候，剩下我一個人守著吧台上的四杯Stella，我心裡想著梅兒；更正確地說，我心裡想著梅兒跟「羅伯一號」。

他們今天晚上應該會出去約會吧。看啊，他們是多完美的一對：羅伯一號是個彬彬有禮的男人，會告訴她許多有趣的故事，讓她覺得她是世界上最幸福的人。我剛認識梅兒的時候，我也是這麼對待她的。梅兒會看著他的眼睛，聽著他所說的每一個字，沉醉在猜測未知事物的驚喜中。

我停止我的想像，心情更糟。

時至午夜，我們都快無力了。查理花了一個小時在找他的手錶，一邊抱怨著他應該像其他男人一樣，回家陪老婆睡覺。丹一臉不高興地坐在沙發的扶手上，有一口沒一口地喝著啤酒，他整個晚上都沒有給葛雷好臉色看。而葛雷還在舞池裡，跟幾個小美眉在追逐著。諷刺的是，葛雷已經訂婚了，卻是今

晚唯一去跟女孩子搭訕的人；而已婚男人查理，甚至還被偷捏屁股。那我們這兩個充滿魅力的性感男人呢？發生什麼事了？

「我真是不敢相信。」丹很生氣地說。「女人怎麼感覺不到葛雷是個爛貨呢？」

「很無力，對吧？」我同意他的話。「看看我們兩個，年輕、單身的男人；而他，又不年輕、長得又不好看，而且已經訂婚了。真不知道安是看上他那一點。」

「女人心，海底針。」丹又要開始關於「這個世界真爛」的長篇大論。「她們說在每一個無心無肝的爛男人心裡，其實都有一個等著被愛的小男孩。但是這句話是錯的……」他往葛雷看了一眼。「因為她們不知道對於某些沒心肝的人來說，即使劈開他的心，得到只是更多狼心狗肺的爛男人。」

就像是聽到丹話裡的暗示一樣，DJ正巧播放著葛洛莉亞·蓋諾（Gloria Gaynor）的「I Will Survive」，全部的人都跟著一起唱。有一個學生打扮的女孩子，戴著一頂螢光藍的圓蓬蓬假髮，跳往我們這邊。她什麼話也沒說，抓著我的手，把我拉到舞池中。我的腦中一剎那間出現了幾個決定：拒絕她，好維持一下自尊；或是放棄自尊，讓大家知道我有多興奮。最後我還是投降了，不管我現在high不high，我發現她那張藏在大假髮下的臉孔，其實還滿好看的。

她瘋狂地向我大笑，然後拉著我不停地轉圈圈，好像她的生命就是依靠這些圈圈而活。她知道這首歌的每句歌詞，也會在正確的時機彈她的手指。她已經完全把「害羞」這兩個字拋到腦後，她的自信也感染了我，所以我也放下矜持，開始隨著音樂大搖大擺。

「你叫什麼名字？」那個藍色大蓬頭的女孩子大聲吼著。

「達菲！」我也大聲吼了回去。「妳呢？」

「艾瑪！」她放開我的手，開始扭動身體。「艾瑪‧安德遜。很高興認識你，達菲！」

當我們跳舞的時候，我不只發現她有一雙我從未見過的灰綠色美麗眼睛，而且她的眼睛還不斷地吸引我進入她的幻想世界。我拼命地試著要想起，在這個狀況下，我應該要怎麼做。吸引異性，就像是騎腳踏車一樣，學過一次就絕對不會忘記。但是我還在想啊……

當歌曲結束的時候，她抓住我的袖子，不讓我離開。我很絕望地看著丹和查理，他們似乎很享受剛剛的表演。而葛雷一臉淫笑地，還在跟同一個女孩子跳舞，好像是在說：「嘿嘿，我把到她了！」

DJ又開始放「鄉紳合唱團（Village People）」的「YMCA」，這是我最討厭的一首歌。凱薩琳阿姨在維妮十歲生日的時候，送給她一張「搖滾樂最佳金曲第二輯」的迪斯可雙唱片合輯。結果在接下來的幾個月中，她就不斷地放著「ＹＭＣＡ」這首歌，假裝她是兒童界的超級明星。每次她都一定要當Ｃｏｃｏ，而我就得配合她當Ｌｅｅｒｏｙ，不然就會被她毒打一頓。這根本就不公平。我知道Ｃｏｃｏ是女生，但是我覺得她比較適合當暴力的Ｌｅｅｒｏｙ。

環顧四周，我發現我是不愛這首歌的少數份子。這首歌開頭的喇叭聲，像是要叫醒喝醉酒的人，把所有在酒吧裡、廁所裡，還有在沙發上的人，通通都吸引到舞池裡。

「我超愛這首歌！」艾瑪很興奮地叫著。

「喔，我也是！」我也大叫著。「我也是！」

隨著這首歌結束，我發現我的襯衫早已經濕掉，緊緊地黏

在腋下跟背後。艾瑪又拉著我的手，往舞池邊的沙發區移動。她緊靠著我，只差沒坐在我的大腿上。「真熱啊，對不對？」她一頭大汗地說著，然後拿掉大假髮，露出一頭短短的、沙棕色的亂髮。「我打賭你一定認為我的頭髮是藍色的！」她露出一個淘氣的笑容。「『達菲』是你名字的哪一部分啊？」

　　「達菲是我的姓氏。」我很不好意思地說著。「我的名字是班，但是我不喜歡。跟菜市場名一樣。」我的眼角突然看到丹偷偷地走過去，我心裡突然有種不安的感覺。我不該跟一個陌生、瘋瘋顛顛的小女孩坐在這裡。她並不是梅兒。我必須向自己承認，我根本就不是什麼充滿魅力的性感男人。

　　「聽著，」我向艾瑪解釋。「我跟朋友要走了。」

　　「要去什麼有趣的地方嗎？」

　　我用力地搖了搖頭。「回家。」她意有所指地挑了挑眉毛。「我們白天還要上班，妳瞭解吧。」我很快地補了這一句，比了比要回家的動作。

　　「所以你是個勞工囉？」

　　「算是吧。」

　　「哪一種勞工？」

　　「呃……妳知道的，這邊搬搬重的東西，那邊搬搬重的東西。反正就是在搬重的東西啦！」

　　她挑逗地舔了舔嘴唇，緊緊地拉著我的右手。「嗯……難怪你身材這麼好。」

　　突然間我發現我完了，再不快點離開，我大概會死在這個女孩子的手上。但是她用全身的力量把我壓在沙發上。「我跟你還沒完呢……」她很害羞地說。「你不可以去任何地方，除

非帶我一起去。」

我趕緊冷靜下來,好想出脫身之計:

Ａ. 逃出她的提議(但是第二天一定會後悔)。

Ｂ. 屈服於她的提議(但是第二天一定會後悔)。

Ｃ. 拖延她的提議(第二天再想想要怎麼辦)。

我的選擇是「Ｃ」。

「我真的必須走了。」我很堅決地說著。「下個星期妳要出來喝些東西嗎?」

「好啊,聽起來不錯。」她很用力地點著頭。「你們住在哪裡?」

「Muswell Hill。」我回答她。我真是不敢相信,我居然不費吹灰之力,就有了四年感情結束後的第一個約會。或許我還真的是個充滿魅力的性感男人吧。「妳呢?」

「Hornsey。」她回答我,一邊手還玩弄著假髮。「你知道在 Crouch End 的 Kingfisher 嗎?那裡很不錯喔。」

「我不知道,但是我會找到它的。星期二怎麼樣?」

「不行耶。」她搖搖頭。

「那星期三?」

她還是搖搖頭。「我直接告訴你好了,星期四也不行。」

「學校要考試了嗎?」我問,希望她還是繼續保持喜歡我的心情。

「不是。」她很害羞地說。「如果我爸媽又發現我晚上從學校偷溜出來,一定會發瘋的。」

天啊!為什麼地上沒有個洞讓我跳進去?真是丟臉!我真

的很想再給自己一次機會，但是這個小女孩……會不會年紀太小了啊？我已經不想再跟任何一個在「七十年代之夜」遇到的女孩子講話了。這不僅是個無聊的晚上，也讓我得到了教訓。

「我想……我……」我已經沒有力氣講完一整句話。突然間，舞池邊傳來一陣混亂的聲音，吸引了大家的注意。我跟她都站到椅子上，好看得更清楚。原來是丹跟葛雷正扭打成一團。我趕緊利用這個機會離開艾瑪，溜到查理的身邊。

「發生了什麼事？」我問查理。

查理喝了一大口酒。「葛雷跟那個女孩子在接吻，丹走過去揮了他一拳，然後就變成這個樣子啦！」他又指了指那兩個扭打在一起的人。「我早就說過我們應該待在家裡。」

夜總會的警衛急急忙忙地出現，把丹跟葛雷給拖了出去，查理和我跟在後面。當他們兩個被趕出大門的時候，我跟查理幫他們付了儲物櫃的錢。我拿著葛雷的外套，轉身準備離開時，有個聲音讓我停下了腳步。

「你打算不告而別嗎？」我身後的一個聲音說著。

我轉過身，看到了艾瑪。在大廳的螢光燈照耀下，現在的她，比剛剛看起來年紀更小，但還是很漂亮。事實上，如果我現在是十七歲，應該會試著去把她吧。但是，我已經二十八歲了。每件事看來還是時間早晚的問題。

「不好意思。」我向她道歉。「我的朋友發生了一些事情。我必須要走了。」

「我想下個星期的約會也取消了，對嗎？」她很平靜地說。

我點點頭。「我想是的。」

「因為我才十六歲嗎？對不對？」

我又點了點頭。「妳說的沒錯。」

她往前站了一步，將我的領子拉了拉，然後在我臉頰上親了一下。「你最好快走吧。」

「嗯。」我說，她的吻在我臉頰上緩緩逝去。

當我走出夜總會的時候，查理跟丹早就不知去向，而葛雷一直招不到計程車。「計程車司機不會想載一個衣服上有血漬的客人。」我說，把他的外套交給他。

「謝謝。」他說，「如果你是在找你的朋友們，他們早就走了。」

「到底發生了什麼事？」我說。

「你應該問丹吧。」他伸手在口袋裡摸了摸。「他突然走過來，滿口廢話地講著我不應該欺騙安。關他什麼事啊？」他終於找到打火機，點燃了一枝煙。「然後他就一拳揮過來。媽的，根本就是一個瘋子！」

丹是不應該動手，但是我想他有他的理由。我懶得去遷就葛雷，也不想對他說教，我只是覺得很煩，不想再看到他。我伸出我的手。「聽著，對於這些事情，我很抱歉。握個手，當做沒這回事，好嗎？」

葛雷甩都不甩我，把手上的煙丟到地上，然後坐進一部計程車的後座，很快地就開走了。

現在只剩我一個人，外面也開始慢慢變冷了。我想著等一下要做什麼。我不太想回家，因為就算夜晚的冷空氣把身體裡的酒精吹散了一些，我還是處於亢奮的狀態。我達到了我的目標：又回到了十七歲、追逐著女孩子，還有人因此而打架。這

種感覺真好！我一點也不想變回二十八歲的孤單老人。

我想跟這種亢奮的感覺溫存久一點，決定繞去一家位於 Long Acre，叫做 Comedy Cellar 的小酒吧。我跟丹偶爾會在那裡表演，想去那邊找個人聊聊天。

我踏著輕快的步伐，正準備橫越馬路的時候，我看到了一男一女，手牽著手。

我看著那個女人，心裡一陣驚訝。

那個女人也回看著我，也是一臉驚訝。

那個男人先看著那個女人，再看了看我，同樣也是一副驚訝的表情。

我看著那個男人跟那個女人，臉上的驚訝更是勝過他們兩個。

這是什麼狗屎運啊？大概是百萬分之一的機率吧！

「達菲。」這個聲音來自於一臉驚訝的梅兒。她正站在我面前。

「梅兒。」我心頭一陣亂，不知道要怎麼跟她打招呼。

「剛表演結束嗎？」

「不是。」我結結巴巴地說著。「你們剛剛去哪裡？」

「去吃晚飯。」她說。

「去什麼好地方嗎？」

「The Ivy。」她很含糊地說著。音量之小，大概連會讀唇語的聾人，都不知道她在說什麼吧。

「噢。」我說。那是一家她一直很想去的餐廳。我曾經答應她，等我的表演事業有起色之後，一定會帶她去那裡吃飯。

「你剛剛去哪裡？」她問我，一邊玩著外套上的扣子。

我一直想著如何用成熟又機智的方式來回答她，但看來我是失敗了。「去參加夜總會的七十年代之夜。」我說。

我忍不住比較起我們這一夜是如何渡過的：梅兒是在倫敦最高級的餐廳，擁有一個美好的夜晚；而我呢，卻是跟一群臭男人在一家普通酒吧裡渡過。但是我卻讓我的夢想成真：我又回到了十七歲－幼稚、沒錢、也沒女朋友的十七歲。

「玩得開心嗎？」梅兒藏不住她的好心情。

「還好。」我聳了聳肩。

「丹呢？」

「他先回家了。」我很無力地回答。

像是背後的電源被打開了一樣，梅兒的男伴－那個衣著光鮮的男人，終於開口講話了。

「嗨，我是羅伯。」他說，並且伸出手。他滿高的，也長得很好看，就像在目錄裡看到的內衣男模特兒一樣；說話的聲音，低沉中帶著一股權威感。我也伸出手，跟他握了握。

「真是不好意思，我太失禮了。」梅兒說，想要控制這個尷尬的場面。「我都還沒有介紹你們兩個呢！達菲，這是羅伯。」她不經意地往他的胸膛方向指去，似乎在他那件深藍色、精緻的西裝外套下，心池已經泛起陣陣漣漪。「羅伯，這是達菲。」她也往我（希望她也會不小心指到我的胸膛）的胃的方向指了指，看來在我的 T 恤下面，並沒有發生什麼事。

「很高興遇到你，羅伯。」我點了點頭。

「我也是。」他說，也向我點了點頭。

梅兒仍然看著我的 T 恤。「你的衣服上怎麼有血漬？」

我低頭看了看，暗笑了一聲。「這不是我的血啦，是葛雷的。」我正想解釋，然後又很快地補了一句：「說來話長，還是不要打擾妳的興致。」我看了看錶，好像還急著趕去別的地方一樣。「我該走了，我還有別的事。」我停了一下。「看到妳真好，梅兒。」不知怎麼了，我熱情地握著她的手，她一定以為我瘋了。我向羅伯點了點頭。「很高興遇到你，羅伯。」

　　「再見。」梅兒說，在這句話的結尾，加上了一個帶著淺淺哀傷的微笑。

　　「嗯，希望很快可以再見到你。」羅伯說，他的語調顯示出一種極度的滿足感，好像是說：「在今晚見到你之前，你還有著很大的影響力；但原來你也沒什麼嘛，因為你根本就是個無名小卒。」

　　「我也這麼希望。」我回答他，我的語調顯示出一種極度的悲傷，好像是說：「你開著大車、穿著昂貴的華服，而且你握手握得他媽的用力－你說得沒錯，我就是個無名小卒！」

就像感到喜悅

　　我睜開了眼睛，看了看四周，很困難地眨了眨眼睛。幾秒鐘之前，我好像聽到梅兒熱情地說：「誰贏了這場決鬥，就可以贏得我的心。」聽到這句話，我立刻就做出了反應，抓起身邊最近的一個武器（一隻瘦小、還沒煮過的雞），然後向羅伯一號的方向衝了過去。我終於可以報仇了！我這麼想著。不幸的是，這場「達菲 VS 羅伯一號」的決鬥，只是一場夢而已。

　　我還是穿著昨天晚上的衣服。我聞了聞衣服，有股混合了啤酒、煙味、跟都拿其辣醬的味道。我又看了看四周，我到底在哪裡啊？我居然躺在廚房的地板上。還好，至少我是在家裡。我搖搖晃晃地站了起來，讓大腦恢復運作，一邊查看著四周。地板上散佈著好幾片麵包。看到這些麵包，讓我突然清醒了過來。烤麵包。我想起來了，我在找烤麵包吃。

　　在遇見梅兒跟羅伯一號之後，我心煩意亂地走到酒吧繼續喝，一直喝到整個人攤坐在椅子上傻笑，分不清楚東南西北。清晨四點，有人把我扶了出去，幫我叫了部計程車。司機問我要去那裡，我說我要去 Muswell Hill。沒錯，我還記得要回家，不過我卻忘記我家的地址了。在附近繞了二十分鐘後，我終於想起自己住在哪裡。

一進門後，我直接走到廚房，想要烤麵包來吃。在等麵包烤焦的三分鐘之間，我告訴自己：「好累，休息一下好了。」然後立刻沉沉睡去。但是為什麼我會聞到都拿其辣醬的味道？實在搞不懂。

　　然後我走回自己的床上，一動也不想動。接著維妮來了，她把我從一個美夢中給吵醒。很顯然地，查理跟丹是搭計程車回家的，然後丹吐在查理的身上。但是看來這並不是維妮對我發飆的原因。

　　「都是你們，讓查理更不想當爸爸了！」她大聲地斥責我。「真是感謝你們這麼愚蠢的一個晚上，讓他相信他已經變成一個討人厭的老頭。我下次會自己舉辦一個更好的『男人之夜』！」

　　幾個小時後，當我從我姐的猛烈攻擊中復原時，終於可以下床出門了。我在走廊遇到了丹。他的頭髮全部翹往右邊、下巴有個瘀青，鼻子上還有血漬，一副也是剛起床的樣子。

　　「你還好吧，老兄？」我們一邊走進客廳，我問他。「我要坐沙發。」我加快腳步，一屁股躺在上面。

　　「隨便啦！」丹生氣地說，往扶手椅那邊走去。

　　「你鼻子上還有血漬。」

　　他用手擦了擦鼻子，又聞了他的手，舔了一下。「這不是血啦，是都拿其辣醬。不知道怎麼會沾到這個？」他坐進扶手椅，開始不停地轉著電視頻道。「你幾點回來的？」他伸手抓了抓頭髮，順便問我。

　　「應該是五點半吧。其實可以早點回來的，但是我忘記我們住哪裡了。」我停了一下，看了看房間。「我昨天晚上遇到梅兒了。」

「壞消息嗎？」他看著我的臉，補了這一句。

「最壞的那種。」

「什麼？她跟新男友在一起嗎？」

我點了點頭。

「抱歉，老兄。真糟啊！他是個怎麼樣的人？」丹問我。「我猜他是個走路像大猩猩，穿緊身襯衫、露出胸毛、全身掛滿金鍊子的傢伙。」

「不是。」我伸了伸懶腰。「想像這隻手是我。」我揮了揮右手。「這隻手是他。」我又揮了揮左手。「在這兩隻手中間，有著幾百萬種不同的男人。我們完全是天差地遠的兩種類型。」

「他是乾乾淨淨、有錢的、有好工作的、聰明的……那一類的嗎？」

「沒錯。」我很傷心地說著。「跟我完全不一樣的人。我想，梅兒終於找到白馬王子了。」

現在是星期一早上！

7:00AM!

現在是星期一早上！

7:00AM!

現在是星期一早上！

7:00AM!

現在是星期一早上！

7:00AM!

鬧鐘正吵鬧地響著。當我十七歲的時候，即使經過星期六通宵達旦的玩樂，頂多睡到星期天中午而已；但是當我二十五歲的時候，玩通宵已經快讓我死掉了。而現在，我二十八歲，我的大腦正一陣陣地抽痛著，好像快要爆炸一樣；再加上那些星期六發生的事情，讓我不禁強烈懷疑，我到底是不是已經完全恢復了？

我洗了個澡、刮好鬍子、穿好上班要穿的衣服。我看了一下手錶，「天啊，快遲到了。」我在房子裡跑來跑去，試著找到左腳的鞋子，然後一邊看著電視，一邊把吃完早餐穀片。我衝出門，跑下樓梯，稍微看了一下有什麼信後就出門了。

那班我常搭的早上七點三十三分的１３６號公車，已經提早五分鐘先走了。在相同的位置上，同樣排著怪裡怪氣的面孔，他們心裡一定在想著：「這個傢伙是誰？他是陌生人！他跟我們不是一國的！」

被他們看了十分鐘後，公車終於來了。我呼了一口氣，登上公車的上層，坐在左邊最後一排的位子。以前學校旅行的時候，老師就規定我一定要坐這個位子。當公車搖搖晃晃地開動時，我很快地看了一下信件：邀請我申請Ｂａｒｃｌａｙｓ信用卡的信、以前大學朋友寄來的明信片、還有一個信封，上面是我媽的字跡。

親愛的班：

這封信是星期五寄來給你的。我想應該是封很重要的信，所以我再轉寄給你。希望你一切平安。記得，如果你需要任何

幫助的話，我會陪在你身旁的。

　　　　　　　　　　　給你我滿滿的愛，

　　　　　　　　　　　　媽媽

　　我在大信封裡面找到了一個小小的信封。上面蓋的是倫敦的郵戳，而地址是潦草的男性筆跡。我打開了那個信封；看了裡面的內容；又再看了一次裡面的內容；抬頭看了一下窗外；回過頭，繼續看著裡面的內容；然後把信紙跟信封揉成一個紙團。我選擇了下車。

　　在梅兒工作的公司裡，大概每隔三十秒，電話就會響起，然後就有幾個被棕櫚樹所包圍、坐在亮晶晶辦公桌椅上的人們會去接電話。我從來就沒有在這麼酷的辦公室裡工作過，我猜電視公司的廣告業務部門應該就是這個樣子吧！梅兒已經在這裡工作了兩年，也很努力成為最頂尖的客戶經理之一。

　　我很有耐心地站在接待處，等著那個一頭火紅色頭髮的接待小姐翻完手上的《Hello！》八卦雜誌。當我覺得自己是不是不該來這裡、準備轉身要走的時候，她終於抬頭看到了我。「今天辦公室裡很亂。請問有什麼事嗎？」她很鎮定地說。

　　「我想見班森小姐。」

　　「你跟她有約嗎？」

　　「抱歉，沒有。」

　　「你是哪一家公司的？」

「我不是哪一家公司的。」

她拿起了電話，一臉期待地看著我。「我要說是誰來找她？」

「告訴她，有個以前讓她笑到牛奶從鼻孔裡噴出來的男人來找她。」

「你只有一分鐘。」

從我走進這間佈置成冷色系的超寬敞空間時，我就知道這裡一定是梅兒的辦公室。我環顧這個有著梅兒風格的空間：在窗櫺上有著非洲菊（那是她最愛的花）、桌子上有著她父母的照片。我發現並沒有我的照片，這點讓我很難過，因為我知道她以前放過一張我們在 Paignton 海灘上吃霜淇淋的合照。但是我也發現在她桌上沒有「羅伯一號」的照片，這一點倒是讓我很高興。

那個「冷酷無情版」的梅兒又回來了，一副面無表情的樣子。我希望她能夠開口問我發生了什麼事，但是她一個字也沒說，而我也是。她開始倒數了：「三、二、一。」當她數到零的時候，很快地說了一句：「你自己走出去吧！」然後漫不經心地使用著滑鼠，好像準備開始工作了一樣。我什麼話也沒說，轉身就離開。

我站在電梯旁，準備逃離這座到處都是亮晶晶的監獄時，我不禁想著自己為什麼會來這裡？突然我聽到身後的大門打開，轉過身，看到梅兒朝我走過來，不再是那個冷酷版的梅兒，現在這個是「我的梅兒」。就算我們沒有在一起，梅兒還是很難生我的氣。知道這一點真讓我高興。

「等等，達菲！」她叫道。我停下腳步。「在下一場會議之前，我有三十分鐘的空檔。你要喝杯咖啡嗎？」

「妳知道我不喝咖啡的。」我回答她,而她只是微笑著。

她帶我去附近的一家咖啡店。一路上我並沒有說些什麼,我知道她正在天人交戰中,但她還是很努力地遵守信用。外面天氣很好,所以梅兒建議坐在外面。她進去點東西,我負責找位子。我後面坐著兩個女性上班族,而我旁邊的桌子,坐了一個看起來像是西班牙人的女子,正在跟一個牙牙學語的小孩吃早餐。無論發生什麼事,生活還是要繼續下去-我這麼想著,一邊看著自己在咖啡店櫥窗中的倒影。

梅兒拿著一杯卡布奇諾跟一杯柳橙汁走了回來。「到底有什麼事?」她順手點燃了一枝煙。

她以前從來不抽煙的。

「我們……還是朋友嗎?」我遲疑地問著。

「這就是你來找我的原因嗎?」

我點點頭。「有一部分是。」

她抬起了眉頭,喝了一口咖啡。「我一點也不想對你大吼大叫,達菲。你知道我還是很關心你的,我又不是鐵石心腸,但是我沒有辦法在這種狀況下,還跟你保持朋友關係。」

我深深地吸了一口氣,緩緩地吐了出來。「我並沒有說這是件容易的事。我只是說那是我所希望的。我答應妳,我再也不會來打擾妳的生活,好不好?」

她不表態地聳了聳肩,拿出了另一根她不應該抽的煙。「我們必須看事情如何發展下去,達菲。我無法答應你任何事情。」

我們就這樣靜靜地坐著。我分六口把柳橙汁給喝完,而梅兒只是慢慢地喝著咖啡和抽著煙。一個女服務生走出來清理桌

面。我又看回梅兒，感覺她還有很多話要說。

「妳還在因為訂婚的事而生我的氣？」

「沒錯，我是還在生你的氣。難道你認為我已經忘記你不想娶我的這件事？」

「沒有。」我很畏縮地說。「我不知道要怎麼解釋，」我停了一下。「妳會停止恨我嗎？」

「我不知道。」她回答我，笑得很平靜。「或許不會。」

我試圖讓自己更誠實一點，我已經明白自責、後悔是怎麼一回事，它們都快變成我身體的一部分了。我嘴裡吸著一個冰塊，又把它吐回杯子裡。我試著想出哪些字可以表達歉意，但是又不會聽起來沒有誠意。我很努力的想著，卻一個字也說不出來。

「那個男的……」我終於開口了。「星期六晚上，跟妳在一起的那個男人，是新男友嗎？」

她搖了搖頭。「不算是。」

我的呼吸加快、雙手合十，整個人突然坐直，把桌上的煙灰缸撞落到地上。我一邊把煙灰缸撿起來，一邊心裡想著：拜託，讓那個男的當普通朋友就好！或者是很久沒見面的兄弟也沒關係；甚至是個在路上纏住她的流浪漢都好，就是不要是她的男‧朋‧友！

「你記得我第一次遇到你的時候嗎？」梅兒開口了。「那時我剛跟前男友分手。呃……那個人……就是羅伯。」

我心裡咒罵著，我怎麼還會想用這麼可笑的藉口來欺騙自己。我對自己說，這絕對是我生命中最後一次有這麼樂觀的想法。

羅伯。

我四年前就知道這個人的存在，但是直到現在才知道他的名字。

羅伯。

雖然我記得梅兒以前就提過，但是我也很確定，那個時候，這幾個字從我左耳進來，馬上就從右耳出去了。

羅伯。

這是我女友的前男友的名字，我幹嘛要記住啊？

「妳跟以前交往過的男人出去約會嗎？那個跟妳求婚的羅伯？那個妳甩了他的原因，是因為妳不想跟他住在一起的羅伯嗎？」我用挖苦的語氣說著。「噢，就是那個羅伯啊……我記得那個傢伙。」

「是的，就是那個羅伯。」梅兒說，容忍著我的嘲諷。「那天我和你分手之後，我在 Ｂａｒ　Ｚｉｎｃ 遇到他。我們聊了一下、交換了電話號碼。本來我以為大概就沒下文了，沒想到他打電話來問我要不要出去吃個晚飯。一開始我拒絕他，但是我又想了一下，為什麼不去呢？為什麼我要每天待在家裡哭泣，像個怨婦一樣？為什麼我就不能去尋找幸福？所以我決定還是跟他出去。我一點都不會覺得愧疚，達菲。」她停了下來，平復一下心情，也調整一下過快的呼吸。「我回答你的問題了嗎？」

這些話一點都沒有解開我心中的疑問。但是，有些事情還是不要知道的好。我的好奇心又讓我想開口。她的最後一個問題，就像個挑戰一樣，讓我不得不面對我曾經對她做的那些事情。「他……呃……是不是有讓妳快樂？」我終於還是開口了。

她笑了。「你向來都不會用這麼委婉的字句，達菲。」

梅兒想歪了，她以為我在暗示她們之間的性生活，其實我根本就不曾想過她跟羅伯已經上過床。「不是，妳誤會我了。」我澄清。「我的問題很簡單：他讓妳覺得快樂嗎？就像是妳會不會開心、心情好不好之類的。」

梅兒一臉疑惑地看著我。我猜她根本就沒料到我會問這個問題。「是的，他讓我很快樂。」

「那我就安心了。」我說。「那是妳應該得到的。」

接下來又是一陣沉默，好像跟我的人生一樣長。我大概是已經對這些沉默入迷了吧。「讓我想一下。哎，再讓我多思考一下。」這些沉默還要持續多久？沉默似乎如影隨形地跟著我，潛伏在黑夜裡，等待最佳的時機，準備一舉把我殲滅。

「這些不是你來的目的吧？」梅兒先打破沉默。「告訴我，達菲。發生了什麼事？」

「今天早上我收到了一封信。」我說，把那個被我揉成一團的信拿給梅兒。「是我爸寄來的。」

在梅兒看完整封信後，只淡淡地說了「噢」。然後她把椅子拉近我，將雙手疊在我的手上。「我很遺憾。我真的感到很遺憾。」

這就是我來這裡的原因。梅兒是這個世界上，唯一我不用開口解釋，就知道我在想什麼的人。事實上，她比我自己還要瞭解我。

「他說他想要見我。很奇怪吧，對不對？」

「隔了二十八年後，他才這麼說，是不是太遲了？」梅兒的眼眶裡充滿著淚水，輕輕地握著我的手。突然，她大概是覺

得不好意思，趕緊把眼淚給擦掉。「真不好意思，我失態了。只是這些話讓我很生氣。他怎麼會這麼輕易就想回到你的生活裡？你會跟他見面嗎？」

「我想我不會。」

「需要我向你母親或是維妮說這件事嗎？我想幫你的忙，真的。」

「我沒事的。」我說。「真的不需要做些什麼。就像我說的，我不會去見他。我只是想找個人聊聊而已，而我唯一想找的人就是妳。」

梅兒笑了。「很高興我們還是可以互相依靠。」她說完這句話，看了一下手錶。

「我也是。」我回答她。

「你要跟我一起走回去嗎？」她問我。

我點了點頭。

當我們走回她的辦公室時，一路上都很熱烈地聊著：毛髮（她想要把頭髮剪短；我想要留山羊鬍）；雜誌裡的文章（我讀到了一篇文章說西元2030年之前，地球上的男人會全數滅絕；她讀到一篇文章說現在美國的女人，已經不再跟男人約會，寧願買隻狗來填補心靈的空虛）；還有EastEnders（我們在不同地方，看著週末的重播，居然同時對著同一個主角，大喊相同的意見）。

終於我們走到了那棟在正午陽光下閃閃發光的大樓。我們互道了再見。

「謝謝你說的那些……呃……希望我能夠快樂的事。」她往前踏了一步，在我臉頰上留下一個吻。「那對我來說意義很

重大。我真的希望我們能夠還是朋友，也希望你一切都好。」

我看著她的眼睛，突然發現自己的心裡還是有滿滿的事情沒有說出來，而我也突然有一股衝動想要告訴她。

我想要告訴她，關於我爸的事情，還有我媽仍然一直覺得他會永遠愛她的事；我想要告訴她，關於葛雷如何欺騙了他那忠心耿耿的女友的事；我想要告訴她，關於丹如何在他跟米娜同居的時候，把米娜已經視為老婆的事。我想告訴她，世界上有幾百萬的男人，自覺可以許下承諾，但最後卻拋家棄子的事；我想告訴她，我都沒有辦法娶她，因為我怕發生在我爸身上的事，也同樣發生在我身上；還有，我想告訴她，在發生這麼多事之後，她依舊是世界上我最需要的人。但是我什麼都沒有說，只是默默在心裡想著。

「你還好吧？」梅兒問。「你看起來又失神了。」

「嗯，」我很含糊地回答她。「我想可能是吧！」

看電影、喝個小酒、吃點東西、跳個舞⋯⋯打保齡球

　　在過去的幾個星期中，我花了很多時間，假裝沒有在考慮我爸說要見面的事情。終於，我還是得承認我太愚蠢了。我向維妮坦承了所有的事情，奇怪的是，我爸並沒有跟維妮聯絡，而維妮似乎對於跟他見面的事，一點興趣也沒有。

　　最近的我把思緒整理了一下：把我爸的事放到最後面；把梅兒跟我可能會重新變成朋友的事情放到第一順位；而當我在想要不要把工作放到中間的時候，突然想到了一件事－我得到The Hot Pop Show的試鏡機會了！我去試鏡的那天，還跟艾麗莎小聊了一下。

　　「達菲，是你嗎？」艾麗莎叫道。「真的是你！」

　　我抬頭向上看，跟她打了個招呼。其實當我一走進三號攝影棚的時候，就已經在走廊上看到她了，但我還是在裝酷，沒有先跟她打招呼。雖然試鏡那天是個潮濕的星期四下午五點，按理說，就算是最美的超級名模，也會看起來很狼狽，但是艾麗莎卻美呆了。

　　「你在這裡做什麼？」在兩個貼頰吻之後，她說。

　　「來試鏡。」我一臉尷尬地說。「妳知道的，就是妳的節

目裡要找的那個人。」

「我當然知道啦。」她一副「我早就知道」的樣子。「我在名單上看到你的名字，只是我忘了今天是試鏡的日子。結果怎麼樣？」

「我不知道。」我聳了聳肩。我覺得這個試鏡好像已經進行了一整天。我把平常表演的那一套秀出來，也根據他們給的一些情境，即興編了一些小短劇，然後還有自我介紹。最後，我還是不知道他們的意見或決定是什麼。

「你覺得他們喜歡你的表演嗎？」

「希望吧，他們也沒有表現出不喜歡的表情。這很難說。他們不會很明確地表示，對不對？」

「沒錯。」她同意。「當初我來試鏡的時候，他們也是那個樣子。在試鏡完後，我根本就是寢食難安。」她安慰似地拍了拍我的肩膀。「我想你一定可以通過的，達菲。」

「有這句話就夠了。」我說。「妳最近好嗎？節目如何？」

「不錯啊。」她滿腔熱情地說著。「我最近很忙，快累死了。但是這種累是好事，對吧。」

「嗯。」我說了個謊。我所經歷過的累，都是那種很爛的累。

「你呢？近來可好？」她回問我，好像我是她節目裡的來賓一樣。

「還好。」我說，這是目前我唯一能回答的兩個字。

幸好艾麗莎沒有追問下去，她又回到很熱情的樣子。「聽起來不錯啊！」反倒是我突然覺得尷尬，趕緊假裝咳了一下遮掩過去。

「你最近有看我的節目嗎？」在我咳完的時候，她問我。

在上一集的節目中，我看到她訪問一個穿著紫色亮面運動服、戴著棒球帽、最近人氣很旺的男孩樂團。雖然他們好像才十六、七歲，卻用著性暗示的語句在挑逗她，不過她好像一點也不吃這一套。

「沒有。」我又說了個謊。我不想讓她覺得，我會跟她說話，是因為她看起來很性感。

「這樣你就錯過很多精采的東西了。」她直直地看著我的眼睛。她停了一下。「我前幾天跟馬克稍微聊了一下。」

「噢。他好嗎？」我回答她。

「還不錯。我們聊了很多關於你的事。他說你跟梅兒分手了。」

「嗯。」我說，好像這是目前唯一發生在我身上的事。「我想是吧。」

沒有人開口。

「不愉快的分手嗎？」她還是問了。

「誰分手的時候是愉快的？」我回答她。

又沒有人開口。

她那副熱情的表情怎麼不見了？為什麼她突然變了一個人？就我所猜測的，有以下三個原因：

1、她覺得這個對話很無聊，但是基於禮儀，又不好意思結束對話。

2、她真的不知道要說什麼。

3、她想要暗示些什麼。

我仔細地看著她的臉，不像是覺得很無聊或是找不到話說的樣子，所以她一定是在暗示些什麼。她還是不講話，那就換我來問好了，我這麼想著。

　　「我該走了。」我看著錶。

　　「很高興見到你。」她回答。

　　又是一陣沉默。

　　再加把勁。「我在想……呃……妳……這個週末有沒有空？」

　　「噢！」她用著一般人絕對不會用的誇張語氣嘆口氣說。「沒空耶，我在洛杉磯。那邊有電影要上映，我要去採訪一位明星，他是……（她說了一個趁哈洛斯百貨打烊時，大肆採購的好萊塢男藝人的名字）。」我想以後還是不要玩這種「你比我猜」的遊戲。

　　「但是我可以把星期六空下來。」她補了一句。「不好意思，最近比較忙，但我相信你的等待是值得的嘛！」

　　管它接下來會有什麼表演還是工作的，我假裝查看著我的約會行事曆。「太好了，」我說，眼睛都亮了。「就這麼說定。」

　　跟她聊完之後，我覺得整個人都充滿著力量。我的生活又回到正軌了，我得到電視節目的試鏡機會，還能跟一個性感寶貝約會！我又重拾跟梅兒講話的信心，還有什麼比這些更好的事？

　　在我改變主意之前，我開始用電話跟梅兒連繫，而且情況還不錯。在這個星期中，她會在上班時間打給我，而我也會在上班時間打給她，有時甚至還一天打二到三通的電話。在我們

的對話中，沒有沉默、沒有緊張，完全就只有讓彼此高興的笑聲。

星期三，在一個不尋常的歡樂氣氛下，我說她跟羅伯進展的不錯，讓我覺得很安心。不過我的語氣聽起來像是「如果妳敢再越雷池一步的話，就給我試試看」。突然間，她沒有回答我，而我那個「善良前男友：達菲」的面具也被打破了。

其實我根本就不希望他們進展的很好。如果她真的希望身邊有個人可以陪她，我倒寧願是一個條件比她差的人。到目前為止，我聽到的消息是，羅伯對藝術的眼光極高、很會做菜，還有⋯⋯他愛買一些窗簾、地毯、靠墊等的室內陳設品。

梅兒覺得我剛才的那句話，是從我嘴裡聽到最棒的一句話，顯示了我們真的是朋友、顯示了我已經變得更成熟。但是對我來說，那只是我快發瘋的一個象徵。

剛剛那句話，是在我們「維持朋友關係」的努力中，一個很重要的關鍵點。自此之後，我們的話題就變了。以前在她的話題中，「羅伯一號」所佔的比例只有百分之十而已，但是最近關於他的話題開始逐漸增加。「噢，羅伯做了這個⋯⋯」「噢，羅伯做了那個⋯⋯」梅兒不斷地說著，而我只是在電話的另一頭做著鬼臉。

有時候她還會不小心說出一些很露骨的事情，像是他們在對方家裡過夜的事，雖然沒有明講他們做了什麼事情，不過聽起來就好像他們是一起去買東西，或是一起去吃晚飯一樣地平常。根據梅兒的說法，茱莉跟羅伯一號處得很好，馬克雖然很想念我搞笑的樣子，但也覺得羅伯是很棒的人。除了我之外，每個人都喜歡羅伯一號。梅兒甚至想要拉近我跟他的關係。「你一定會喜歡他的。」她有一天這麼跟我說。「他跟你臭味

相投呢！」

聽到這句話，我應該要怎麼回答她？很好啊，帶他來吧；太讚了，那我一定要跟他出去喝一杯；妳說的沒錯，如果妳跟一個不是和我臭味相投的男人交往，那我一定會很生氣；所以聽到這句話的時候，我裝做是主管剛好走到身邊的語氣說著：「……是的，謝謝您的來電，哈利遜先生，我確定您的留言已經交由相關部門處理了。」然後就把電話給掛掉了。

很快地，時間到了我跟艾麗莎要約會的那天晚上。在我跟她約好要見面的一個小時前，我站在浴室裡，看著自己在鏡子中的倒影。

我給自己打氣：「你現在完全就是傳奇靈魂樂歌手貝瑞‧懷特（Barry White）的化身。」

我在鏡子裡的倒影簡直性感極了，我看起來這麼帥、這麼有自信，一定是被貝瑞‧懷特的鬼魂給附身。艾麗莎或許是隻性感小野貓，但是她一定不敵我強大的性感攻勢。

「你身上怎麼有股怪味道？」當我走過客廳的時候，丹大聲叫著。我所用的香奈兒鬍後水的味道（那是梅兒送的禮物），已經完全把他在吃的糖醋雞塊的味道蓋掉了。

我想都沒想地就吼了回去：「我今晚要跟命中註定的女人約會。」在丹投以吃驚的眼光之前，「不用幫我等門了。」我說，隨即走出大門。

「嗨，達菲。」艾麗莎在我右臉頰上親了一下，又在我左

臉頰上親了一下。而我則是在她耳朵上親了一下。

真可怕的媒體式兩頰親吻法。

「真高興再看到你。」她一邊說，一邊坐到椅子上。

「謝謝，我也是。」我回答她，一邊打量著她全身上下。她今天晚上穿著一件白色長袖 T 恤、一條黑色及膝裙跟一雙球鞋。她的穿著非常有流行感，感覺像 Kookai 或 Karan Millen 櫥窗中的假人模特兒一樣，只是少了誇張突起的乳頭而已。

「妳看起來……真是美呆了。」我說。「我沒有想到妳會盛裝打扮，不然我……」我指了指自己寒酸的衣服，不知要說什麼。「更好一點。」

「你看起來也不錯啊，達菲。」她說，一邊向吧台邊一個她認識的人揮手。「通常我都是穿牛仔褲，不過我也喜歡偶爾做一點改變。」

飲料送來了，我先點了一瓶啤酒，也幫艾麗莎點了一杯馬丁尼。「這是妳的酒。」我把馬丁尼放在她的面前。

她喝了一小口。「伏特加。」她興奮地說著。「你怎麼知道我愛喝這個？」

「我猜的。」我回答她，這句話可能連大文豪王爾德也自嘆不如。我喝了一口啤酒，好打發沒說話的沉默。「我花了好久才找到這家店，大概經過了有四、五次吧。現在這些酒吧是怎麼了？為什麼都沒有招牌，好讓客人可以找得到地方？」

「那樣就不好玩了。」艾麗莎很俏皮地皺了一下鼻子。「如果太好找，那就一點也不酷了，對吧？」

如果有什麼性感量表，是從最低一分到滿分十分的話，那艾麗莎一定拿到十二分。

「嗯，」我說，「今晚妳想要做什麼呢？」

「我有什麼選擇？」

「看電影、喝個小酒、吃點東西、跳個舞……打保齡球。」

艾麗莎皺了皺眉頭跟鼻子，讓她看起來更可愛了。「打保齡球？這不是十四歲約會才做的事情嗎？」

「大概是吧。」我很勉強地回答她。「所以我們現在算是在約會嗎？」

「嗯……讓我想想看。」她用賣弄風情般的語氣說著。「約會條件一：兩個人是不是都單身？」她笑著說。「嗯，我們都知道你的情形。」我很平靜地點了點頭。「很明顯地，我身旁也沒有別人，所以我們符合這個條件。」她小啜一口馬丁尼。「約會條件二：兩個人是不是都認識對方？」她看著我，而我也很小心地點了點頭。「男方說對，而我的答案也是對。」她從杯子裡把橄欖拿出來，丟到嘴裡吃掉。我從來就沒有這麼渴望變成一顆橄欖。她繼續說著：「所以我敢說，如果我們的動作看起來像是在約會，我們的樣子看起來也像是在約會，那我們應該就是在約會。」

「啊哈！」我瞭解她的意思了。「但是我怎麼知道，我們看起來像是在約會？」

「試試看吧。」艾麗莎轉向左邊一個穿著長皮衣的壯碩男人，拍了拍他的肩膀。那個男人正跟一個梳著金色髮辮的女子說話。「不好意思。」艾麗莎說。「我跟我的朋友在猜，我們看起來是不是像在約會的樣子？你覺得呢？」

真可怕的電視節目主持人！我們喜劇演員是需要別人來證明自己很有趣，而艾麗莎卻是用主動去證明。我覺得好尷尬。還好那個男的認出她，一臉等不及要巴結她的樣子。

159

　　「你們看起來像是老同學。」他說，試著在搞笑。「妳根本就看不出來有第一次約會的緊張感。妳覺得呢，奧莉維亞？」

　　「我想你說錯了，傑茲。」他的女伴很親切地說著。「他們根本就是情侶嘛。看看他們坐的樣子、看看他們的肢體語言。普通朋友才不會這樣子，這是愛情的魔力。」她笑著說。「光是看著他們兩個，我臉都紅了。」

　　「謝謝你們。」艾麗莎說，轉過身朝我笑著。「我好開心聽到這樣的話。」

我看到一對情侶

我們離開了酒吧，艾麗莎勾著我的手，就這麼悠閒地走在路上。

她說自從在電視圈工作之後，已經吃厭了那些高級餐廳的料理，所以想帶我去一家靠近看起來沒什麼裝潢，叫做Punjab Paradise的印度菜餐廳。

在吃了雞肉和明蝦咖哩之後，我們很熱烈地談著彼此的生活，還有一些讓自己聽起來會讓對方留下好印象的故事。我發現她想要把話題轉到過去的感情生活上，眼看著勢必得談這些事的時候，我很直接地告訴她，我跟梅兒已經分手了，原因是我沒有辦法跟她結婚。我想我嚴肅的口氣已暗示我不想談論梅兒的事，所以艾麗莎也換了別的話題。

大概九點半的時候，我們離開了那家餐廳，她提議找個不錯的地方喝杯咖啡。我們走到了蘇活區的一家咖啡店，裡面滿滿都是人，她沒耐心等，所以又拉著我的手，發揮當主持人的功力，試圖說服我在萊斯特廣場附近散散步。算了，管它的，可以跟這麼辣的美女，手牽手在倫敦市中心的大街上散步，已經讓我覺得夠驕傲了。

我們就這麼手牽手地走著，一直到艾麗莎說她腿痠，想要找個地方坐為止。我們買了兩杯霜淇淋，一邊找著沒有流浪漢睡在上面的長椅。幾分鐘後，我們坐在長椅上，一邊看著面前的行人。突然間，她的眼睛直直盯著我。「你私底下並不是個很風趣的人，對不對？」她問。「現在的你，跟舞臺上的你並不一樣。」

「那我現在是什麼樣子？」

「在舞臺上的你，有種風趣、玩世不恭的感覺。但是現實中的你，卻很嚴肅、呆呆的、像是一直處於尷尬中的樣子。」

「所以妳是個電視節目主持人，也是一個業餘的心理學家囉？嗯，很有趣的組合。」我很世故地笑著。「妳很喜歡猜測別人。從我們第一次見面的時候，妳就在猜測我了。」

「你說得沒錯。」她承認。「我很喜歡觀察別人的行為，這可以訓練我成為一個好的訪問者。」

「妳現在已經觀察過我了。對於這個結果，妳滿意嗎？」

「我想是的。」她笑得很甜。「但是我需要再進一步的調查。」

我坐在長椅上，心裡盤算著如果此時此刻，我在這裡吻她的優缺點。（優點：今天晚上的風吹起來暖暖的，她或許會覺得很浪漫；缺點：這裡是路邊的長椅，不是海邊或是看夜景的地方，她可能會覺得一點氣氛也沒有。）

在我想出答案之前，她用一種調皮的眼光看著我。「我們來玩『情侶大分析』的遊戲。沒有任何預設立場喔，只能根據情侶的外表來猜。」我必須承認，我對她賣弄那些古怪念頭的傾向，覺得有點失望，但是我並沒有表現出來。不過老實講，這其實也滿有趣的，因為我從來就沒有跟美女玩過這個遊戲。

艾麗莎用手肘輕推了我一下，指了指第一對受害者。他們看起來大概只有十八歲，身上穿著寬大的 T 恤，牛仔褲的褲腳反折得高高的，腳上穿著色彩鮮艷的球鞋。那個男孩戴著一頂寬鬆的帽子，而那個女孩子的打扮，跟她的小男友差不多，只是在腋下多夾了個滑板。

　　「他們應該已經交往六個月了。」艾麗莎說，一邊舔著霜淇淋。「這是他到目前為止，最長的一段感情。他覺得她是全世界最美的女孩子。他們彼此真誠的交往中。」

　　我可不這麼認為。「妳注意了嗎？那個女孩子走得比較快。我想他們大概已經交往一年，但是那女孩在過去三個星期中，還跟另外一個叫做達倫的男孩子約會。而她現在正在鼓起勇氣要告訴他。」

　　「喂，你會不會太刻薄了啊？給他們一點機會嘛！」艾麗莎做了一個鬼臉。

　　我聳了聳肩。「我只是把看到的說出來而已。」

　　她又輕輕地用手肘撞了我一下。「好了，接下來換你。」

　　我看著來往的人群，看看有沒有很速配的情侶。「好了，那兩個怎麼樣？」我指著另一邊看起來最多只有十四歲的西班牙小情侶。「他們已經交往滿四個月了。他已經暗戀她兩年。他在未來十年中，都會記得現在這一刻，而且她在他心中建立了一個完美形象。從此以後，他所交往的每個女孩子，都會跟這個女生做比較。」

　　艾麗莎笑了。「你好嚴格喔。那我會跟誰做比較呢？」

　　我微笑著，沒有回答她的問題。

　　「我覺得你說錯了。」艾麗莎說。「那個小男生很帥，所

以身邊一定圍繞著一大堆女生，而她只是其中一個。她不斷地在暗示他，但是呢，那個男生是個呆頭鵝，所以她只好利用放假的時候先採取行動，而男生只覺得這是假期中的小插曲罷了。」

「好吧。」我說。「又換妳了。再一對就好，然後我們就去找個地方喝東西。」

「聽起來不錯。」艾麗莎點著頭。「我看到了一對情侶。」

「在哪裡？」

她沒有回答我。「那個女生已經喜歡那個男生一段時間，也像那個西班牙女孩子一樣，留下了許多暗示，不過那個男生並沒有發現。」我根本就沒有看到什麼情侶，倒是在夜總會門口，有一對看起來像是藥頭的男女。「那個女生通常不會喜歡這類型的男生。他是個很實際的人，但是女生覺得這點還不錯。」我看到一個三十幾歲高大的黑髮女人，跟年輕的男伴一起走過去。「女生會喜歡那個男生的原因，是因為男生常常會讓她笑；而且，她也在那個男生的眼中看到相同饑渴的眼神，但是他的心好像不在這裡。那個女孩子打算再給他多一點的試煉。」

當她說完的時候，我也放棄尋找她剛才說的那對情侶；我考慮了一下，還是在長椅上吻了她。這可是我過去十五年來，第一次在公共場所這麼做。

就像那些瘋狂沉醉於戀愛中的青少年一樣，我們在回到艾

麗莎位於 Camden 的公寓時，一路上也在計程車的後座瘋狂擁吻著。

我一直在想著，這真是他媽的棒呆了！我居然吻了一個跟梅兒一樣，聰明又漂亮的美女，而且還是個電視尤物。這個念頭大概只維持了十秒鐘，而我開始在猜，等一下到她家之後，還會發生什麼事。

當然就像電視裡演的一樣，她邀請我上樓喝杯咖啡。雖然我是很討厭咖啡啦，不過還是跟著她上樓；然後當我喝著 Douwe Egberts 咖啡的時候，她開始放 Miles David 的 Kind of Blue；然後我們就脫掉衣服；然後……

「怎麼啦？」艾麗莎說。當計程車猛然在一棟很大、有著摩登外觀的公寓大樓前停下來的時候，車體晃了一下。她很專注地看著我，而我太專心於幻想中，來不及反應。

「沒事。」我很平靜地說。「我沒事。」

她步出計程車，把錢付給司機，手扶在開著的車門上。「你要上來嗎？」

「去哪裡？」

「上面，我家。」好像我不相信她的話一樣，她指了指某間房子。「四樓、右手邊的邊間、燈亮著的那間。」我順著她的手往上看。那棟房子像是一棟被月光照耀著的城堡，旁邊圍繞著黑雲、打雷閃電，好像還有慘叫聲從裡面傳出來一樣，我看呆了。

「我不喝咖啡的。」我想了很久，才坦白這件事。

艾麗莎一臉媚色，低聲說著：「誰跟你說喝咖啡的事啊？」她又再壓低了音量。「上來嘛，我們來……」她停了一

下，不可遏止地笑著，對我大叫：「做愛！」

我很緊張地咳了一下，深怕計程車司機聽到她最後的幾個字。「這太……聽著，我明天還要早起……工作。我再打電話給妳，好嗎？」

「不行，」她抓著我的手。「你一定要跟我上樓。」

艾麗莎家的浴室，大概就跟我整個家差不多大。在浴室中間有一個圓形浴池，旁邊還有小樓梯可以走進去。到處都是鏡子跟鍍鉻的裝飾品。從洗臉盆的位置看出去，大概可以看到十五個不同角度的反射，真是讓我有點不知所措。不過，最讓我不知所措的，還是當我等一下走出浴室的時候，該怎麼做。

艾麗莎在廚房裡煮咖啡，但是我知道，如果我繼續待在浴室裡，她一定會起疑的。但是，難道我真的要在這裡待到她睡著，或是等到她六十歲，對演藝事業已經厭倦時，才要走出這扇門？我還沒打算跟別的女人上床。當梅兒穿著我最愛的衣服時，簡直性感到讓我受不了。對我來說，梅兒就夠了，我無福消受艾麗莎這麼辣的美女。

我的腦袋中一直想著一些瘋狂的想法，像是「如果我從四樓跳下的話，會不會死掉？」、「這裡是不是有什麼通風管，好讓我可以像「不可能的任務（Mission Impossible）」中的湯姆‧克魯斯一樣，從那裡爬出去？」還有一個最誇張：「一個肥皂的熱量有多少？我突然覺得好餓啊！」

艾麗莎急促地敲著門。「你還好吧，達菲？」

我看著浴室裡有什麼東西，好讓我可以發出正忙於「某事」的聲音。「沒事。」我找到一盒紫色小肥皂，然後把它們丟到馬桶裡。「等一下。」我按下了沖水桿。天啊！我一臉驚恐地看著一波又一波的泡泡，從馬桶裡湧了出來，就像熔漿從

火山裡冒出來一樣。當馬桶裡的水停止攪拌的時候，她的浴室裡已經到處都是泡泡了。我一邊把這些泡泡舀到浴缸裡，用大毛巾把地板擦乾的同時，一邊想著：「媽的，沒有什麼事比這個更糟了！」

　　現在艾麗莎跟我兩個人坐在客廳裡。整個房間昏昏暗暗，我們透過房子的落地窗，看著外面清冷的月光。我把剛剛在浴室裡發生的事情告訴艾麗莎，她笑到肚子痛，說我是她遇過最瘋狂的人。然後她站了起來，放了一首我從來都沒聽過的曲子。「這個團體下個星期有場表演，我們可以去看。」美妙柔和的音樂在耳際響起，她這麼說著。

　　我點了點頭。「聽起來不錯啊！」

　　她脫掉了鞋子，將雙腳蜷在沙發上，依偎在我的胸膛上。「很棒吧，對不對？」她的聲音愈來愈小、愈來愈微弱，也愈來愈接近真實的艾麗莎。

　　我聞著她的髮香、感覺著她的體溫，聽著這麼棒的音樂，我還能再要求什麼嗎？我們就這麼坐著，什麼也沒說，連呼吸也都變慢了，只享受著這醉人的時光。然後她吻了我。

　　我也吻了她。

　　我也吻了她胸前。

　　我們手忙腳亂地脫去彼此的衣服……

　　又再脫掉了幾件。

　　然後我發現了以前從來沒有發生過的事。

　　當半裸的艾麗莎帶著半裸的我，進到她的房間時，我發現有件事不對勁。不對勁的事是發生在我的褲襠裡。

　　它居然沒有反應。

沒有。

一點也沒有。

什麼也沒有。

就像火星表面一樣的荒涼和貧瘠，什麼也沒有。

到底發生了什麼事？我已經用了這個身體二十八年，沒有人比我更瞭解它。我知道，現在就算是哄它、捏它或是罵它都沒有用。

「怎麼了？」她溫柔地問。

每件事都有問題。我想這麼回答。真的，每件事都有問題。

「聽著。」我的聲音裡充滿了恐懼感。「我沒有辦法。」我很哀傷地說著。

「你當然可以。」她笑著，用力拉著我的手臂。「就讓它順其自然。」

我還是得告訴她。

「艾麗莎？」

「怎麼了？」

「它。」我看著我的褲襠。

「什麼？」

我無聲地指著它。

「噢！」她大叫著，一臉很惋惜地看著我的褲襠。「這種事偶爾會發生的，對不對？」

「但是從來就沒發生在我身上過。」我很沮喪地說。

「我的意思是……我以前在雜誌上看過……」她沒有講下

去，用手指在嘴唇上輕敲著，好像在想什麼。「你確定嗎？」

「我當然確定。」我厲聲說著，隨即跟她道歉。「真的很抱歉。實在不知道要怎麼向妳啟齒。我還是離開好了。忘記這件事吧！」

「是我的錯嗎？」艾麗莎說。「我做錯了什麼嗎？」

我現在真的很想回家。回家、躺在床上，然後一輩子再也不要起床。我再也不想半裸地站在這裡、跟一個美女談著這麼私人的事情，這只會讓我愈來愈痛苦。「聽著，艾麗莎，妳忘記了妳是性感小野貓嗎？這怎麼會是妳的錯呢？」

她看起來一副很氣餒的樣子。「我還是覺得很不好意思。」

「我對妳更抱歉。」我回答她，一邊找著我的長褲。「相信我，沒有人比我更難過的了。」

不就只是一根香腸而已嗎？

「你還好吧，達菲？你看起來怪怪的。」

在經歷了一個失眠的夜晚後，我跑到維妮的家。好像一個心愛玩具壞掉的小孩，我嘟著嘴，躺在扶手椅上。查理正在花園割著草，而孕婦維妮坐在我身邊，正嗑著一大碗霜淇淋，以為我神經病發作地看著我。世界上並沒有很多男人會跟他們的姐妹討論這種問題，但是我更不想跟查理或是丹提起這麼敏感的事情。

我需要瞭解女人對於這件事的看法，因為女人似乎對於自己的身體更自在一些。維妮就是這樣子，當她進入青春期的時候，就一直在討論月經、不斷鼓起的胸部，還有夜間報春花精油的妙用。

我曾經告訴她，不是每個男生都對那個有興趣。所以每次她拉著我講東講西的時候，我都摀著耳朵，然後大聲地唱著歌，不過看起來她說的每個字，還是有進到我的耳朵裡。所以當我開始交女朋友的時候，以我對那些知識的熟悉程度，連女友們都還會問我關於「女人的問題」。因此雖然維妮沒有我的那個東西，但只要稍微想像一下，應該還是可以給我一些建議，好讓我「恢復原狀」。

「不好。」我說，臉臭臭地回答她的問題。「一點也不好。事實上，我這是我一生中最糟的時候。」

「發生了什麼事？」維妮問。

「所有事。」我很沮喪地說著，準備跟維妮坦白關於那天晚上的殘酷內容。

她坐在沙發邊緣，仔細聆聽著發生在我身上的災難，還繼續吃著霜淇淋，中間不時地穿插著「噢！」、「真糟！」、「你真可憐！」等感嘆詞。當我講完故事時，她一臉不相信地看著我的褲襠。「你確定嗎？」

「你知道在『熱情如火（Some Like it Hot）』裡，當看到瑪麗蓮・夢露穿著那件超性感的洋裝，跟東尼・寇帝斯接吻的那一幕時，除了死人之外，每個男人都一定會『性奮』的。我的情況就跟那個差不多，只是我的小弟弟真是一點反應都沒有。我超想死的。」

「嗯，我知道。但是你真的確定嗎？或許你只是緊張而已。」

「相信我。」我嘆了一口氣，又回到了那天晚上。「我一點也不緊張。」

「是不是喝太多了？」

「我一滴酒也沒碰。」

維妮站了起來，手裡拿著碗走到廚房裡。當她回來的時候，手上又拿著一大盆的巧克力捲。她非常享受當孕婦的特權，她坐了下來，開始吃起那堆零食。

「你知道我的想法嗎？」她在吞下兩大口後，問了這個問題。

「什麼？」我悶悶不樂地說。

「你知道為什麼男人一直都很關心『那話兒』的事嗎？」

「嗯？」

「我覺得你的問題是，你還愛著梅兒。」

「妳真愛開玩笑。」

「想想看。以前它的功能都很正常，對不對？」

我張開了嘴，想要說些什麼，但維妮卻舉起了手，叫我閉嘴。

「不用說出細節，親愛的弟弟。只要告訴我對或不對。」我點了點頭。「然後它現在熄火了。」我又點了點頭。「這就對啦。這就是身心失調的情況。你的……呃……還愛著梅兒。」

「這根本就是廢話。」我說，不屑她的什麼鬼結論。

「好啦！好啦！」她說。「只是建議而已，達菲。不用這麼激動。」

「如果妳的建議都是那些狗屁，那就沒什麼好講了。」我很生氣地站起來，「我來這裡是要問妳的建議。如果妳想叫我去找醫生開一帖『討厭前女友』的藥；或是去超市買一些『反梅兒』的有機食品；還是乾脆去問Boot櫃台，有沒有尼古丁貼片的東西，可以貼在皮膚上就忘記前女友的話，妳最好閉上嘴！這件事跟梅兒一點關係也沒有！」我冷靜下來，發現自己發了好大一頓脾氣。「我要走了，我要自己去找出到底發生什麼事。當你們下次看到我的時候，我一定又是『硬漢』一條。再見！」

在接下來的一個星期中，我很努力地去恢復正常的生活。

我跟艾麗莎見了兩次面，每次都是難以言喻的完美。我們說著笑話、互相調情，享受著愉快的時光，但有些事情卻愈來愈奇怪……呃……她好像愈來愈想「要」我。

為了不負她「性感小野貓」的稱號，她一次又一次地邀請我上樓「喝咖啡」，而我也一次又一次地拒絕她，不想讓那個令人洩氣的星期六再度發生。

我愈是拒絕她，她愈是要我說「好」。然而我試了很多方法，像是買寬大一點的褲子、吃麩皮，還翻閱了女性內衣目錄，還是一樣沒用。

「你還好嗎？達菲？」

又一個星期過去了。我又來維妮醫生的診所報到。這一次我準備好要聽取她的建議，好讓我的小弟弟可以起死回生。不管是用水蛭、截肢還是叫我的前女友來幫忙都好。

「不好。」我悶悶不樂地說著。

「它是不是還……？」她指我的褲襠，一臉詢問似地看著我。

「沒錯。哎……」

「不就是條小香腸嗎？」維妮再也控制不了，還笑到從沙發上跌下來。她把眼眶裡的淚水擦了擦。「對不起，達菲。我真的控制不了自己。」

「是啊，我相信妳是控制不了。」我無助地把臉埋在雙手中。它真的變成了我的惡夢；如果可能的話，我甚至永遠也不

想醒來。「妳真的認為這件事跟梅兒有關係嗎？但是……」

前門打開的聲音，打斷了我們的對話。查理下班回來了。他手上提著塑膠袋，發出「砰砰」酒瓶碰撞的聲音。「我在地鐵上遇到丹。」他向維妮解釋著為什麼他會晚一個小時回家，還有身上的酒味。「他先去買些東西，等一下就過來。」

「你啊，」維妮火大了。「難道不知道要先打電話回來嗎？」

查理裝做沒有聽到，很快地換個話題。「什麼事這麼好笑？」

「沒事。」我回答他。

不過查理好像不打算收手的樣子。「我在外面就聽到笑聲了。拜託，到底是什麼事？」

維妮張開了嘴，好像準備要告訴他的樣子。

「維妮，不行！」我大叫著，彎過身摀住她的嘴巴。

查理一臉困惑地看著我，又看著維妮。不過他知道如果稍稍用話逼我一下，就可以得到答案了。「反正我遲早也會知道。」

「那是我的私事。」維妮咯咯笑著，我的手還摀著她的嘴巴。

維妮咬了我一口，好讓我放開手。「我沒有辦法瞞著查理，他是我先生。」她說，試著控制她的笑聲。「我們會向彼此坦承所有的事情，對不對，查理？」

「當然囉，親愛的！」查理用一種噁心的聲音說著，好讓我死了這條心。「妳最親愛的小弟有什麼秘密啊？」

「妳不可以說！」我開始威脅維妮。

「噢，達菲。」維妮勸我。「查理只是想幫你而已。而且我覺得你跟男人談一談，或許會有一點效果。他們可能知道如何處理這種情況。」

「那妳要怎麼跟肚子裡的寶寶說？」我指她已經隆起的肚子。「妳知道他聽得到。或許他會想，『為什麼媽咪要捉弄達菲舅舅呢？』她一定不是個好媽媽。我要抗議，我要讓媽咪痛五十二個小時後，我才要出來。」

「如果我痛超過十二個小時的話，我就把你拉進我的肚子裡！」維妮指著肚子笑著。「如果寶寶是男生的話。」她很溫柔地拍著肚皮。「他已經學到很寶貴的一課：絕對不要像達菲舅舅一樣喔。當你長大的時候，不要把事情悶在心裡。你可以跟我說、也可以跟爸爸說，雖然我不建議你這麼做啦。甚至你也可以跟達菲舅舅說。總有一天，這個世界上的男生會自動爆炸的，因為他們在心裡塞了太多的東西，而我不希望你是其中之一。」她停了一下。「如果妳是女生的話，讓我告訴妳，妳有多幸運。當個女人啊，生活會輕鬆一點。我們比較⋯⋯沒有牽掛吧。」維妮笑著看著我。「試試看，達菲。把問題告訴查理，他一定可以幫你的。」

查理一臉好奇的樣子。「查理有碰過這種情形嗎？」我問維妮。

「從來沒有。」維妮已經快控制不住了。「至少我還沒經歷過。」

查理的臉上出現了一個很驚恐的表情，好像他已經知道是什麼事了。「你是說你的⋯⋯呃⋯⋯噢，小弟，我很抱歉。」

天啊，他知道了！我真是無地自容。

「我聽說這種事滿常見的。」查理說，試著鼓勵我。「不

用管它，順其自然，過一陣子就沒事了。」

「你們在說什麼？」丹說。他手裡拿著一大包家庭號的Quavers薯片，從門口走了進來。

「達菲的那話兒啦。」維妮一本正經地說。「他覺得它一蹶不振。」

丹的身體很明顯地在顫抖，很努力地在憋著笑。「噢，老兄啊！」他一開始是在安慰我，但後來卻用顫抖的聲音說著。「我完全同意查理的話。不用管它，它大概是睡著了，或是在冬眠。」

「你們兩個給我停止『睡著還是冬眠』的鬼話。」維妮笑罵著。「如果情況沒有好轉的話，記得還是要去看醫生。你們知道嗎？達菲很擔心這個情況是不是跟梅兒有關係。」

「這跟梅兒有什麼關係？」丹問維妮。

「所有事。每一件事。」維妮說。

「你知道接下來要做什麼嗎？」丹在聽完維妮的解釋後，這麼跟我說著。

「啊？」我說，等待著他又開始取笑我。

「驅鬼啊。」

「驅鬼？」

「應該不能說是鬼啦。」丹笑著說。「世界上應該沒有哪個牧師願意做這件事吧。但是我覺得你應該要對抗心裡的魔鬼。維妮的猜測是你還愛著梅兒，所以才會發生這件事，對吧？如果你不再愛她的話，應該就會恢復正常了，對嗎？」

我點了點頭。

「你一直希望你們兩個還可以繼續當朋友，所以最好的方

法就是真正去做。當你真的可以把梅兒只當『朋友』，而不是『前女友』時，你就可以再展雄風啦！」

「聽起來有道理。」查理說，他的聲音聽起來好像被「丹也可以講得出大道理」給嚇到了。「這是目前唯一你可以做的事情。」

「他說得沒錯。」維妮看著丹，有點不太能接受「我居然也同意丹」的樣子。

「有朋友真好。」我看著他們三個。「希望這會有用。」

我們應該常常這麼做

「你好嗎，達菲？」

「OK 啦，妳呢？」

「還不錯。」

現在約是下午三、四點，剛好介於吃過午飯跟準備吃晚飯的中間。除了想睡覺、看著天花板發呆，還有打電話給朋友聊天以外，在辦公室裡完全提不起勁。我選擇打了通電話給梅兒。

在電話中，我向她更新了維妮最近產檢的結果（「就像是瘦瘦乾乾的溫斯頓·邱吉爾（Winston Churchill）一樣，只是尺寸小了很多，還少了一枝雪茄」）、查理還在努力地學習如何當一個爸爸（他做了在《Pregnancy For Fathers》雜誌裡的準爸爸小測試，結果滿分二十分，他才得三分），還有丹最近在喜劇事業上有東山再起的打算，他在一齣叫做「跌倒的猴子大王」裡，扮演了一個角色（假裝他是一隻一直跌倒的猴子，妳必須自己來看才會相信）。梅兒突然說：「聽起來真棒。你們的感情真好。」

「是啊。」我接著她的話。「這代表我們都長大了，就像紅酒和起司要成熟一樣。」

梅兒笑了。「那我就是紅酒，而你是起司囉！」她停了一下。「很高興我們可以用這麼輕鬆的方式聊天，因為我想說一件你不想聽的事，但我們是朋友，我還是得告訴你。」

　　「好吧。」我說，我的胃開始緊縮了起來，也開始呼吸困難。「說吧！」

　　「羅伯跟我……我們下個星期要跟馬克還有茱莉，去托斯坎尼渡假。」

　　「噢。」我開始想像他們在波光粼粼的湖畔，笑鬧嬉戲著，然後坐在躺椅上，在明信片上寫著：「真希望你也在這裡」。這真是太過份了。「我不敢相信，你們已經到相偕出遊的階段了？我們可是到交往的第二年才一起出去玩呢！」

　　「那是因為我們交往到第二年，你才願意花五天的時間陪我去渡假。」

　　「沒必要提到這個吧。」

　　「對不起，你說的沒錯。」梅兒說。

　　「我也有些事要告訴妳。」既然我們說好要對彼此誠實，我早就想告訴梅兒有關艾麗莎的事，看來現在是個不錯的時機。「妳記得那個認識馬克、來看過我的表演的女人……她是個電視節目主持人的那個……呃……」

　　「噢。」梅兒說，電話那頭陷入沉默。「你跟那個性感小野貓已經……多久了？」

　　「一陣子了。」我向她坦承。雖然她用渡假的事情來傷害我，但我卻不想用相同的方式來傷害她。我們都知道各自的生活必須繼續下去，但是新男／女朋友的事卻還是傷害了彼此。

　　「該來的還是會來。」她很平靜地說。「我替你感到高

興，真的。她讓你快樂嗎？」

我們又回到那個話題了。「我們還沒進行到那裡。」我安慰著她。「但我們相處得還不錯。」

她沒說話。

「所以，現在我們兩個都往前進了一步。」我最後說了這一句。

「看來是這個樣子沒錯。」她回答我。

「這代表我們可以當很好的朋友囉？」

「是啊，我想是的。」她說。

我沒有馬上回答她。「我可以在妳去渡假之前去看看妳嗎？」

「我不知道。」她說。「最近工作很多，我看一下行事曆。」她停了一下，「只有星期四晚上有空。」

「ＯＫ，那就星期四。」

梅兒發出很大的「嘖嘖」聲。「噢，等一下，我星期五早上要報告，所以星期四晚上應該會加班。」

我好失望。從那天去她辦公室找她之後，已經很多天沒有見過她了，而我真的很想見她。我想要親自確認我們只是朋友而已。這跟把她的記憶從我的褲襠裡給趕走的事，一點關係也沒有；我只是想鞏固我們之間的關係罷了。如果不這麼做的話，等她跟羅伯渡假回來之後，一定會跟他變得更親密，而跟我變得更疏遠。

「不然在外面喝一杯也沒關係。」我懷抱著希望。

「加班一定很累，我不想出去了。」她很哀怨地說著。「嗯，這樣好了，你來我家怎麼樣？你帶一瓶酒來，我去

Marks & Spencer 買些好吃的東西。」

「聽起來不錯。」我說，心裡又燃起一絲希望。「那就星期四見囉！」

平常我只要五分鐘就可以出門，但今天卻花了五十分鐘。我的床上滿滿的都是衣服，整個晚上我就這樣一直穿穿脫脫，拿不定主意要穿什麼。最後，我還是決定穿牛仔褲、球鞋、白 T 恤跟我的燈芯絨外套。

我看起來有一點邋遢，但是管它的，這不是重點。我想要讓梅兒知道，我並沒有刻意地為她裝扮自己。她太瞭解我穿什麼衣服所代表的意義，我只要稍稍做一點打扮，就會馬上被解讀為想要跟她上床的暗示。

我遲到了十分鐘（我在「不刻意理論」上花了太多時間），然後按下了門鈴。

我等了一下，梅兒開了門。「嗨！快進來。」她在我的臉頰上親了一下。

我跟著她上樓。她穿著深藍色牛仔褲、亮黑色上衣跟一件綠色羊毛開襟外套，看起來很低調、很居家也很舒服。看來她也有自己的「不刻意理論」。我把在 Safeway 商店買的酒拿給她。其實我不太知道那一瓶算不算好酒啦，只關心它有沒有通過我的三大購酒基本條件：

1、有沒有好看的酒標？

2、我認不認識有誰去過那個產地渡假的？

3 、售價是不是低於五鎊？

這瓶酒的酒標上有一顆西洋杉、產自義大利（丹在很多年前，學校旅行的時候去過），但是讓我考慮很久的是它的價錢：4.99 鎊——剛好介於不貴也不便宜的界線。

「我去拿杯子。」梅兒走向廚房，把我留在客廳裡。我看著房間裡有沒有什麼改變。她換了窗簾、把沙發旁的立燈移到房間角落、多了幾部新的電影：碧海藍天（The Big Blue）跟大幻影（La Grande Illusion）（一定是羅伯一號送的）；除了這些以外，沒有什麼太大的變動。這可讓我心中的那塊大石頭終於放下來。

我們在廚房的桌子上吃著東西。桌子的一邊放著一堆帳單、一本《ELLE》雜誌，而另一邊坐著我們兩個人，加上一個燭台。梅兒還真的很奉行「不刻意理論」哩！

我敢打賭，她一定從來沒有在羅伯一號面前這麼放鬆過。

我又倒了一些酒在杯子裡，吃著從我們分手後，我覺得味道最好的一頓飯。正當我大口嚼著馬鈴薯的時候，梅兒跟我說抱歉，說她沒有煮什麼好料的，我說沒關係。為什麼呢？因為這又是另一件她……

……永遠也不會跟羅伯一號做的事！

晚餐結束。桌子上擺著兩瓶已經喝光的酒瓶，還有一瓶已經喝掉一些。我們大口吃著甜點，她的是夏日水果布丁，而我的是櫻桃起司蛋糕（這可是我的最愛）。這感覺很舒服。這感覺很……好。

「真好吃。」梅兒說，把椅子移到我旁邊，這樣她就不用伸長手吃我的蛋糕。「我們永遠都是一對像情侶的朋友，你不這麼覺得嗎？」

「是啊。」我用肩膀輕輕地推了她一下。「好朋友。」

她稍稍用力地回推我。「沒錯……好夥伴。」

我用相同的力道再推了她一下。「是啊，好搭擋。」

她又推了我一下，結果推得太用力，害我從椅子上跌下去。當梅兒試著拉我起來的時候，我坐在地上大笑著：「對啦，好伴侶！」她拉著我的手，一不小心失去重心，跌坐在我身上，咯咯笑著。大概是酒喝得太多了，我們都站不起來。我從桌子上抓著那瓶喝剩的酒，跟她在地上慢慢爬著，爬到客廳去休息。

「你還好嗎？」我問。我懶懶地斜躺在沙發上，喝著又再倒的酒。「生活裡的每一件事都好嗎？」

梅兒沒有回答我。我又推了她一下。「啊？」她好像剛睡醒般地搖了搖頭。「不好意思，我剛剛在想事情……坐在這裡、喝著很多的酒、聊著、笑著……已經很久沒有這樣的生活了。」

「沒錯。」我脫掉鞋子。「的確好久沒有這樣了。」

「人們都喜歡戀情剛開始時的喜悅，也都討厭戀情結束時的痛苦，但是中間的過程呢？中間的過程才是重點啊！你看著你愛的人，知道他們在想什麼；看著電視裡播的節目，知道他們的反應如何；或是知道他們會穿什麼衣服來見你。」

我很溫柔地笑著。「妳知道我今天晚上穿什麼？」

「去看看那個胖佛像下面壓著的東西。」她說。

我滾下沙發，爬到壁爐台邊，拿起馬克跟茉莉多年前去泰國旅行回來時，送梅兒的陶製小佛像。我把佛像拿起來，發現下面有張從筆記本撕下來的紙片，上面寫著：「白 T 恤、牛仔

褲、球鞋、燈芯絨外套」。

「妳早就知道我今晚會穿什麼嗎？」我說，一邊爬回沙發。

「我猜你還穿了那條灰色的內褲。」她笑著。

這就是梅兒。我記得有一次她告訴我，她小時候是渾合唱團（Ｗｈａｍ！）的死忠歌迷，甚至連喬治‧麥可（Ｇｅｏｒｇｅ Michahel）跟安德魯‧瑞德利（Andrew Ridgeley）的私人資料，像是鞋號大小都如數家珍。也這難怪她會知道我所有的資料。她會這麼做，只因為如此可以讓她覺得很快樂，卻沒有發現她已經養成一個很重要的技巧。

在交往的四年中，梅兒很用心地學習我的每個小細節：胸圍、第一個女友的名字、最愛的電影……關於我的所有事情。我常常在想為什麼她要這麼做，一直到現在當我坐在沙發上時，才發現這是她自我滿足的一種方式。對她來說，完整地瞭解一個人，代表了她跟這個人有著親密的關係，她可以愛這個人像愛自己一樣。在她的大腦中，她可以用這些資料預測我的每個動作跟行為，甚至知道我會穿什麼顏色的內褲。這可讓我佩服至極。

「恭喜啊！」梅兒笑著向我傾過身。「過來這邊。」她摸著我的臉頰。「讓我好好看看你。」

她吻了我。然後我吻了她。

我們胡亂地脫掉了彼此的衣服。

又再多脫掉了幾件……

好像又回到了從前。

我們做了兩次。

好啦⋯⋯只有一次半啦！

早晨的陽光從窗簾的縫隙射了進來，讓我從美夢中醒了過來，但是我不敢動，深怕吵醒了梅兒。所以我慢慢地睜開眼睛，小心地轉動身體。後來我發現大可不必這麼小心翼翼，因為她早就在浴室裡洗澡了。我又躺回到枕頭上，把手放在頭後面，品嘗著勝利的甜美滋味。

我就知道我們一定會和好的。我知道這只是遲早的問題罷了。我們對彼此都太重要，只是分手分得太簡單。我想我們會慢慢地回到從前的樣子。每個星期見兩次面，然後再慢慢地增加次數。除了這次之外，我確定自己不會再失去她了。

梅兒穿著白色睡袍走了進來，手裡拿著吹風機，用力地搖著。她的頭髮還是濕的，看起來好像有點不高興。

「我的吹風機壞掉了。」梅兒說。「這是一個徵兆。」

「什麼徵兆？」

「要懲罰我在這裡⋯⋯」她指著房間的地毯。「還有這裡⋯⋯」她指著那張她祖母給她的桃色扶手椅。「還有這裡⋯⋯」她指著床。「⋯⋯跟你做的事情。我的頭髮啦，達菲。怎麼辦？我總不能頭髮濕濕的去開會吧？」

我坐了起來，試著擺出性感的樣子，通常在好萊塢電影裡都是這麼演的。「大概是保險絲燒斷了吧？」

「你不懂啦！」她氣沖沖地說著。「你根本就是個ＤＩＹ白癡。我記得你把我浴室門的把手給裝反了，而且三年後它還是那個樣子。」

這並不是我預期的早晨啊？我預期的是一個愉悅的早晨，能夠有興奮的感覺更好。而對一個壞掉的吹風機生氣，並不在

計劃之內。

「妳是不是為了昨天的事而感到愧疚？」

梅兒重重地坐在桃色扶手椅中。「愧疚？這已經不是愧疚而已。我欺騙了羅伯！真不敢相信我們居然做了那件事。」

我突然有了一股放鬆的感覺。她並沒有對昨晚的事感到愧疚。她只是覺得痛苦和良心不安，因為當她甩了羅伯一號的時候，她會傷害到他。她需要有人幫助她。她需要一個男人的思考邏輯。

「妳說錯了，梅兒。」我加重了語氣。「妳做的……呃……我們做的並不算是欺騙。這只是遲早的問題而已。反正妳遲早也會甩了羅伯一號，所以在妳告訴他我們所做的事之前，只是剛好處於最糟的灰色地帶罷了。」

梅兒的臉馬上從毫無表情變成暴怒。「第一點！」她大叫著。「你可不可以不要再叫他『羅伯一號』？我討厭這幾個字！第二點：這並不是什麼灰色地帶，達菲！黑就是黑，白就是白；有就是，沒有就是沒有。第三點：我並沒有打算甩掉他。我們兩個不應該發生這件事的，真的不應該。」

此刻我真的覺得臉都丟光了。「但是我以為……」

「你以為的都是錯的。你對『親密關係』的想法有變過嗎？」

我沒回答。

「對，我的想法也沒有變過！」她走到我旁邊坐了下來，臉埋在雙手裡。她的憤怒來得快去得也快。「看看我們做了什麼！」她說。「我們『回到朋友關係』的事該怎麼繼續？」

「當然還要繼續下去。」我很沮喪地說。「只要我們不再

碰一瓶4.99鎊的紅酒就好。」我到處尋找內衣褲，因為我還是光溜溜的。「可不可以把衣服拿給我，拜託？」

梅兒從地板上拿起牛仔褲，然後開玩笑似地丟給我。「你故意的，對不對？」

「什麼？」

「你根本就是來勾引我的，然後跟我上床。」

「才沒有。」我抗議著。

她笑了。「不好嗎？難道我沒有讓你來引誘我的魅力嗎？」

「那妳呢？」換我開始說她。「妳邀請我來這裡，因為妳忌妒我跟艾麗莎在一起。一直以來，都是我聽妳說羅伯一號的事情。現在我也找到屬於我的那個人，但是妳忌妒，對不對？」

我知道自己不該說出這些話的。是的，這是事實。是的，雖然這些話讓我在「自以為是」的計分板上又得到了些分數。但是，值得嗎？一點也不。是的，我又忘記要「適可而止」了。為什麼我總是在錯的時候，講出錯的話呢？

梅兒沒有再說任何一句話。她靜靜地換好衣服，穿上外套跟鞋子，抓了公事包，很用力地甩上門。力道之大，客廳裡好像有東西摔到地上。我站了起來，看了一下客廳。果然那個胖佛像在地上摔得粉碎，佛像的頭還滾到了沙發邊。我很惋惜地把那些碎片撿了起來，把它們放在客廳茶几上。

我走回梅兒的臥房，從窗戶看到梅兒正準備開車出門。她好像還是很用力地甩上車門。這還真是奇景，因為我一直在想，她的頭髮還是濕的呢！

187

……所以，妳的計劃是什麼？

「達菲，是我，梅兒。」

「嗨。」我很謹慎地回答她。距離我上一次看到她，已經是兩個星期前的事情了。「妳什麼時候從托斯坎尼回來的？」

「半小時前。」

「妳的……假期怎麼樣？」

「還好。」她輕描淡寫地說著。「我在那邊水土不服，一路上都在吐。」

如果我問羅伯一號是不是也生病了，會不會顯得太多事了點？還是問他有沒有腸胃炎？拉肚子？或是腳氣病嗎？「那羅伯也不舒服嗎？」

「他並沒有待到最後。他有工作得先回來。」

天啊，真是棒呆了！這比他生病還要好－上天用辛苦的工作來懲罰他。

「真是可惜。」我很做作地說著。

「我想你一定是真的關心他。」她語中帶刺地回答我。「不過這跟我打這通電話一點關係也沒有。我想了很多關於上

次我們見面的時候，你所說的話。沒錯，我是很忌妒你跟艾麗莎。我也不該邀請你到我家，又發生了那件事。我只是想知道，你是不是像以前一樣地想要我？如果你夠誠實的話，你也想知道同樣的事情。你必須承認這點，達菲。」

「不，我不承認。」

「你當然必須承認。」她很堅持。「請不要忘記，我非常瞭解你。」

「好吧，沒錯。」我還是屈服了。「但這有什麼意義？我們對彼此還是有感覺。但是妳現在有了羅伯，我也有艾麗莎，結果我們還是跟別人在約會。」

「我想，」梅兒很嚴肅地說著，「我們都必須面對這個問題。我們對彼此還是很重要，卻從對方的生活中得到不一樣的結果。我們交往了這麼久，那種熱情還是一直持續著。毫無疑問，我們還是想從對方的生命中得到些什麼……」

「……所以妳的計劃是什麼？」我打斷她的話。我可以感覺到，梅兒已經進入一種過度分析的情緒中：針對同一件事，可以找出十五種不同的講法。我不想再聽下去，叫她直接說重點。

「你知道這有多讓我心煩嗎，達菲？」她氣沖沖地說。「所以我的計劃是，既然我們無法共同生活，而似乎也不能在生活中沒有對方，我們就應該要做成熟一點的事、大人做的事。」她還是沒有講到重點。

「所以……是什麼？」

「嗯，在我看來，我們之中有一個人，似乎有著比較健全的心智，另外一個人則是假裝他沒有，而我卻非常肯定他有。所以按照法庭常用的一種方式，會安排犯人跟受害者見面，好

承認他們的罪行。我們也應該安排一下，見見對方的新朋友。」

我很緊張地咳著。「妳在開玩笑吧，對不對？」

「這很合理啊，達菲。」

「在住滿精神病患的星球上或許適合，但這裡是地球，妳一定是發瘋了才會這麼想。」

梅兒完全不理會我。「當我們都見過彼此的新朋友後，他們才會正式成為你我生活裡的一部分。如此我才能把對艾麗莎的想像，從『跟我前男友上床的臭女人』，變成『艾麗莎，介入我們感情的第三者』。我才能看到一個活生生的她。」

「妳是不是忘了一件事？」

「什麼？」

「我已經見過『跟我前女友約會的酒鬼』羅伯一號了，所以我可以不用面對這個可怕的場面。不過他並沒有變成『介入兩個……』我很小心地選擇著字句。『仍然對彼此有著強烈感覺的人之間的可憐蟲。』在妳正式介紹我們認識之前，我已經看過他了，但我還是很討厭他。」

「讓我解釋一下，達菲。」梅兒開始用一種談生意的口吻，「你必須明白，如果我們不改善這個局面，就無法繼續當朋友。不會再有電話、不會再見面、不會再有e-mail，我也不會再跟你溝通。我知道這很勉強，但如果你不做，這就是唯一的結局。」

「妳是認真的，對不對？」

「是的，我是認真的。」她說。「哎……」她降低了音量，「其實你跟羅伯也不算正式見過面。他真的是個好人。他說他

很欣賞你。」

我快聽不下去了。「我敢打賭，他是不是還說他不介意妳打電話給我；他很高興我們還出現在對方的生活裡；當妳提到我的名字時，他一點也不生氣……等等。」

「是的。」梅兒生氣地說。

「梅兒，這都是男人的謊話！妳難道不明白嗎？在男人的天性中，絕對不可能去欣賞另外一個競爭的男人。這是物競天擇的定律啊，人性就是這麼自私。」

「聽著，我是很認真的。我們必須做這件事，而且現在就要做。」她亮出了手中的王牌。「你有更好的建議嗎？」

「沒有。」我說。

「那只好用我的方法！下個星期六晚上，你跟艾麗莎來我家，我會煮一些好吃的，然後大家把話講清楚。」

「難道他們不會起疑心嗎？我的意思是，妳不會把整件事都告訴羅伯一號吧？」

「我是一個非常不會說謊的人，以前每次我騙我媽說我有吃早餐，我都很怕被閃電給劈死。如果把全部的事都告訴羅伯，對他來說一定是很大的打擊。」她停了一下。「如果你把全部的事情告訴艾麗莎，那她會怎麼想？」

「她一定會發瘋。」我說了個謊。我根本就不知道艾麗莎會怎麼想。

今天是星期六，也就是晚餐邀約的日子。我剛到達艾麗莎

的家。我穿著深酒紅色的西裝，但沒有打領帶，這樣看起來比較時髦，也比較休閒。而艾麗莎堅持要盛裝出席，她穿著一件佈滿縐折的紫色上衣，是個我不知道如何發音的荷蘭設計師的作品，還有一件 Joseph 的黑色寬版褲。我會知道這些牌子的名字，是因為艾麗莎要我陪她在 New Bond Street 逛了一下午。

這真的是個很可怕的經驗。不只因為她一直在挑衣服跟試穿衣服，而且還花了三小時考慮要不要買一雙鞋，最後還是沒有買。比較起來，跟梅兒去買那些家飾品，簡直輕鬆太多了。

「請進。」艾麗莎說，把門打開讓我進來。我跟著她走進客廳。「你要喝杯酒嗎？」

「好啊，謝謝。」我坐在沙發上說著。當她拿著酒過來的時候，我看著她的腳。「這是上次沒買的那雙鞋嗎？」

「是啊。」她笑著說。「當我一回到家，我發現還是想要買這雙鞋，所以馬上就叫了計程車回到那家店，把它買下來。『它們真的太美了。』我還這麼對自己說呢！」

「是啊，它們很漂亮。」我說。我很仔細地打量她。「妳穿這樣看起來很美。」

「你看起來也不錯啊。」

她坐到我身邊，喝了一口酒。「我要說一些你不會想要聽到的話。」她說。

「什麼事？」我問，希望她要說「我們之間是不可能的」之類的話。其實我跟艾麗莎本來就不可能會一輩子走下去。她年輕貌美、又不是個愛慕虛榮的人，但我們之間就是少了點什麼。雖然我已經恢復正常男人應該有的「功能」，但是對她，我還是繼續假裝我沒有辦法。而這是我跟她之間的關係，已經

變調的一個象徵。

　　當我稍早跟她提及梅兒的建議，她居然不加思索地就答應了。世界上沒有哪個正常人，會去跟現任情人的前男／女朋友見面的吧？如果艾麗莎叫我去跟她的前男友們見面，我絕對不會去。其實我並不會很在意，因為我真的覺得跟她當朋友比較好，尤其技術上來說，我跟她還沒有正式做過那件事。

　　「是跟試鏡的事有關。」她說。

　　我楞住了。

　　「執行製作一個鐘頭前打電話給我，很抱歉，你沒有得到這個工作。我真的很努力推薦你，真的。他們根本就不知道你的才能。不要灰心，達菲。我相信一定很快就會有其他機會。」

　　我喝乾了杯子裡的酒，沒有說任何一句話。我故意不去想試鏡的事，但是，現在我坐在這裡，腦袋裡一片混亂，只聽到整個世界在耳邊崩裂的聲音。

　　在過去幾個月裡，除了挽回梅兒的這件事外，試鏡對我來說，是我生命裡最重大的一件事。在歷經了八年被謾罵、被小偷光顧還有被欺騙的日子後，這是發生在我身上最好的一件事。沒有得到這個工作的打擊，已經遠遠超過我所能夠承受的程度。我看著艾麗莎，看著這個我正身處的房間，一切都不對了，一切都錯了。

　　「你得到了什麼，就會失去什麼。」我最後說出了這句話。「最後他們決定錄取誰？」

　　她拿起一張放在電話旁的紙片。「一個叫做葛雷·班奈特的男人。我好像在某一次的試鏡會中遇過他。」

「是不是一個看起來很糟、頭禿禿的男人？一個愛用很多拿破崙時代的複雜句型，又很愛談足球的男人？」

「是吧。」她一臉疑問地看著我。「對了，我想起來了，當我跟他講話的時候，他說他認識你。」

我受夠了，我對自己說。該是結束的時候了。「我決定要放棄我的喜劇事業了。」我說出了心裡的話。雖然在這個時候說出這句話有點怪，但我卻鬆了一口氣。

「因為這個試鏡的結果嗎？」

「沒錯。我已經在喜劇事業投入了八年的時間，而這個試鏡的機會原本是上天給我最好的禮物。或許上天要告訴我什麼吧，我不知道。或許我該明白，我還是跟那些失敗的人一樣。我一點也不難過。」我停了一下。我沒有必要欺騙任何人，至少沒必要欺騙自己。「錯了，說實話，我很痛苦。我非常非常的痛苦。我放棄了很多事情來追尋夢想，在我的夢想毀了我之前，現在該是停止的時候了。」

「不，達菲。你很有表演天份，這不過是一次的失敗而已。你先休息幾個星期，忘掉那些關於試鏡的事情，一切都會不同的。」

「妳知道瑪格麗特‧柴契爾（Margaret Thatcher）曾經說過：『如果一個已經二十六歲的人，發現他自己在這個年紀，卻還只能夠搭公車而已，他能說自己是人生中的失敗者嗎？』」我說，心裡想著要怎麼告訴艾麗莎，我不想再繼續跟她見面的事。

「不行。」

「錯，她認為是。我去年在讀到這篇文章，還把它剪下來，釘在廚房的記事板上。」我重重地嘆了一口氣。「妳知道

我每天是怎麼去上班的嗎？」

「坐公車？」

「我已經搭了三年的公車。」我說。「而現在還繼續搭公車。我必須要放棄我的喜劇事業，必須要回到現實生活。我不能再搭著公車到處跑。」

「拜託，達菲。那你打算要做什麼？在辦公室裡工作嗎？不超過一個星期，你就會去撞牆的。」

我聳了聳肩。「或許我會去念書吧。我不知道。找一些比較有建設性的事。」

「你只是為了沒有得到工作而沮喪罷了。一定還有其他試鏡機會的。」

「或許吧。」我又嘆了一口氣。「也或許沒有。」

「你還有別的事要告訴我，對嗎？」她說，她的眼睛搜尋著我臉上的表情。

「什麼意思？」

「關於我們的事。」

艾麗莎似乎跟梅兒一樣，都具備可以讀取別人腦波的能力。

「呃……沒錯，我是打算談談關於我們的事。我……」

「你還愛著你的前女友。」

「這不是我打算要告訴妳的事情。」

「我知道，但這是事實。你準備要告訴我，我們是不可能在一起的，因為你害怕面對現在跟未來要發生的事。對於愛情，我並不是個專家，但我可以很清楚地感覺到，你還深愛著梅兒。當一個男人會答應跟他的前女友，以及前女友的現任男

友吃飯時，只有三個原因：1、他瘋了；2、他傻了；3、他還愛著前女友。但是你既沒瘋又不傻，所以還有什麼別的原因嗎？你一直覺得『許下承諾』是外星人才會做的事，絕對不是你的風格。但難道你還不明白，這段時間以來，你一直都是在『給予承諾』嗎？我曾經在一本書中，讀到一個很有趣的理論：『參與跟給予之間的差別是什麼？想想看雞蛋跟培根吧。雞是參與者，而豬是給予者。』達菲先生，你永遠都絕對是那隻豬。」

我想著艾麗莎的話。「妳的意思是，我根本就是個笨蛋，因為我早就給了梅兒許多的承諾……」

她點了點頭。

「如果我早就給了她承諾，就沒有什麼事可以阻擋我……」我站了起來。「我得走了。」

「我瞭解。」艾麗莎說。

「妳難道不生我的氣嗎？我害妳花了一大堆錢買了不需要的衣服；還有那天晚上，我差點就跟妳上床。」

「嗯，你就把那些當成……」艾麗莎笑了。她傾過身，給了我一個吻。「第一、我超愛買衣服；第二、今晚當你跟女朋友求婚時，我絕對會穿著新鞋子出去狂歡；第三、學會拒絕，對我的靈魂來說是件好事，即使我是個火辣小野貓。達菲，你是個好人，真的。我希望我們可以當個好朋友。不過我沒有為這件事煩惱的原因是，我太容易接受一個happy ending了。」

坐在計程車的後座，我看著呼嘯而過、被夜霧包圍的倫敦市，耳際唯一能聽到的，就是噗通作響的心跳聲。方才艾麗莎所給我的教訓，就是讓我重新明白，在過去的這段時間裡，我到底對梅兒做了什麼事。

　　那些讓我們墜入愛河的原因，其實並沒有多大的改變，事實上我還覺得這些原因滿呆的。但是在一開始的時候，卻對我產生了很大的意義。我變了一個人，不再沉迷於以前的自我。梅兒讓我逐漸擺脫那些跟丹住在一起時，所養成的懶惰跟邋遢，使我回到正常人的生活：浴室有三種不同種類的洗髮精、跟枕頭成套的羽絨被、不再吃罐頭食物、甚至還會重視食物的排盤。不可否認的，有時候我會覺得，我是不是突然闖進了一個模糊地帶－既不是舊的我，也還沒完全變成新的我；而且老實講，有時候我真的想回到過去那種沒人管的日子。不過，我想要變成一個性感的男人，而且我也真的變成一個性感的男人，因為我已經是個改頭換面的人。過去我只會關心我的喜劇、音樂跟女人；多虧了梅兒，我關心的事物，才擴大成我的生活、這個宇宙，以及所有事物。

　　梅兒，絕對是上天給我最好的一個女友。她風趣、溫柔，最重要的是，她對我很忠誠；而我卻是個渾蛋。我對於在這段戀情中，伴隨發生的所有事情，都有著嚴重的排斥感，像是IKEA事件、這次的晚餐事件……還有婚姻。婚姻是她最想要的東西，而我卻無法給她。

　　我想我現在已經準備好了。

藍色

　　計程車停在梅兒家外面。我一動也不動地坐在後座上,腦袋裡想著這些問題:我究竟要怎麼告訴她,我不是要來吃飯的,而是要告訴她,我想要跟她共渡餘生?我看出車窗外,不斷地找尋著靈感。

　　梅兒的2CV在雨中閃閃發亮,不過我卻沒有看到羅伯一號的大車。他大概是搭計程車來的吧,這樣才可以喝酒,我這麼想著。突然,我想起了手中的那瓶酒。下午跟艾麗莎去逛街的時候,我說我要學她那樣瘋狂地購物。我拋棄了平常買酒的原則,在超市隨便抓了一瓶酒後就去付錢,結果它花了17.99英鎊。我這麼想著,最好是這瓶酒的確有物超所值的快感,不然我一定會去把錢要回來。

　　達菲先生,你已經拖很久了。我責備著自己。現在就上去,否則再也沒有機會了。我站在梅兒家門口,看著計程車揚長而去。我的腳居然微微地顫抖著,好像剛跑完馬拉松一樣。真神奇,它們居然沒有辦法好好地支撐我的身體,胃液好像煮沸的狀態一樣,每呼吸一次,就快要從胃裡衝出來。但是我卻對這些情況有種安心的感覺,因為這代表了我身體裡,有知覺跟沒有知覺的兩個自我,都已經準備好要迎接這個重大的時

刻。

我按了門鈴，等著梅兒來開門，一邊也默念著等一下的求婚詞，好在那一刻來臨時，我才不會手足無措。

「梅兒，我愛妳。妳願意嫁給我嗎？」

很好。

「梅兒，我是個笨蛋才會不想娶妳。妳願意當我的新娘嗎？」

還不錯，但有點像在演連續劇的感覺。

「寶貝，我想像我穿著西裝，妳穿著白紗，管它牧師穿什麼。」

我是哪根蔥，布萊德‧彼特嗎？

我閉上眼睛、深深地呼吸著，試圖讓心情平靜下來。終於我聽到門鎖轉動的聲音，睜開雙眼，看到梅兒站在我的面前。她在哭。

「怎麼了？」我驚叫著，她臉上有兩條黑色睫毛膏流下來的淚痕。「妳沒事吧？」

她用手掌擦去零星的眼淚，說著：「先進來吧。」

我跟著她上樓，走到客廳裡，一邊想著到底發生了什麼事。我猜可能是她跟羅伯一號吵架了，不過好像更嚴重的樣子。我又猜可能跟她的父母有關係。梅兒的母親，幾年前有輕微中風的經驗，後來不斷地進出醫院。

「妳還好吧？」當我們走進客廳的時候，我這麼問她。「是妳爸媽的事情嗎？」

「不是，他們一切都好。」她說。

我把手上的酒放到桌子上，「羅伯呢？」

「他⋯⋯」她說，一邊走到沙發邊坐下。「他走了。」

我坐到她身旁，想要伸手抱著她。「你們吵架了嗎？」

「對。」

「很抱歉聽到這件事。」我很平靜地說。出乎意料，這句話居然是出自我的真心。

「你沒有必要說謊，達菲。」她露出一個無力的笑容。「我跟羅伯不會再繼續下去了。這太可笑了，我會跟他出去約會的唯一原因，因為他跟你完全是不同類型的人。」她停了一下。「但是，他並不是讓我哭的原因。」

「我不明白。」我說，把身體靠近她一點。「那是什麼原因讓妳這麼難過？」

「我懷孕了。」她說，不敢看著我的眼睛。

我試著抓住她話裡的意思，但是我的大腦突然當機了，完全沒辦法做出任何反應。除了自己的心跳聲外，也沒有辦法聽到別的聲音。

「這孩子不是羅伯的。」她說。「不可能是他的。因為我沒有辦法跟一個我不愛的人上床，而且我不愛羅伯。」

「妳什麼時候發現妳懷孕的？」

她看了一下手錶。「三小時又二十七分鐘以前。我並沒有在算它，但是我晚了一個星期還沒來。以前我也有過晚來的經驗，但這次就像人們常說的，我知道我懷孕了。我買了三種不同牌子的驗孕劑。」她淺淺地笑了笑，站了起來，走到壁爐檯邊，拿起一包東西。「我想我會保留這些當成紀念。」她打開了衛生紙，把三枝驗孕棒一枝枝地在桌上擺好。「藍色、藍色、藍色。三枝都是藍色，這代表我真的懷孕了。」

她滿懷希望地看著我。現在該換我說些什麼。我終於鼓起勇氣，說：「我想我們……」

「這就是人生。」她突然說道。「不斷地有意外發生。」她在房間裡緊張地來回走著。「達菲，如果這對你來說是個意外的打擊，我很抱歉，但這對我來說是個更大的打擊。我的生活已經天翻地覆了。」

「聽著，梅兒。」我打斷她。我必須要讓她知道我愛她；我想要跟她在一起。無論發生什麼事，我們都可以共同克服。「我有些事要告訴妳。」

「什麼也別說。」她大叫，眼淚又從傾瀉而下。「我已經受夠你每次都打斷我的話。這次你就閉上嘴巴，聽我說！」她閉上了眼睛，用力地呼吸著。當她再次開口時，情緒已經比較緩和了。「我決定要生下這個小孩，達菲。但是我也要讓你明白，我們還是不要在一起比較好。」

「不是這樣的，梅兒。我要妳回到我身邊，這也就是為什麼艾麗莎沒有跟我來的原因，因為我要跟妳在一起。」

「別說了，達菲！我不希望因為我懷孕，才讓我們復合。我希望我們在一起，是因為我們愛著彼此，但是太遲了。這真是很可笑。當我們分開的時候，我沒有告訴過你，其實我還愛著你。以前我們每天都會說『我愛你』，在分手後就再也沒有這麼做過，而我是這麼想念這句話。我們再也不說『我愛你』，而是用『我多麼關心你』或是『我多麼需要你』來代替，因為我們都害怕承認還深愛著彼此。是的，我愛你，達菲。但是這個念頭，讓我很害怕，但是我無法再這麼做，我沒有辦法。」

「所以，妳要告訴我什麼？」

「我要說的是，即使我還愛著你，我們還是結束了。現在當你靠近我的時候，我根本就不知所措。以前我總是想著什麼對你是最好的，但現在我必須要考慮到自己。」

　　我看著她溢滿淚光的雙眼，知道她是認真的。當淚水也盈滿我的眼眶時，我也瞭解到她說的一點也沒錯。如果現在有任何可以改變她想法的機會，我一定會緊緊地把握，但是她永遠也不會相信我了。不是上天不給我機會，而是她不給我機會。從她說話以及看我的方式，我知道她已經在我們之間設下了一個巨大的柵欄。

　　我站了起來，站在她的面前，心裡也充滿著對她的愛。我求著她：「拜託，梅兒，我懇求妳。我可以做些什麼來改變妳的心意嗎？」

　　「沒有。」她說。「有些事情是沒有辦法改變的。」

禮節是非常重要的。
雖然現在流行不婚，
但是我卻對這股潮流一點興趣也沒有。

—約翰·藍儂（John Lennon）

偷天換日

　　星期五，深夜１１：３０。從巴黎飛來的班機，晚了三個小時才抵達希斯洛國際機場的四號航站。我即將在巴黎停留整整十四天的痛苦日子。

　　當我到達巴黎的第一個晚上，我突然想到睡在巴黎火車站，這樣可以省下很多錢，而不用去租一個只有床跟廁所的房間。但是當我看到巴黎火車站時，發現那是一個錯誤的決定。空氣中瀰漫著火車所散發出來的難聞氣體，而且連咕咕叫的鴿子，嘴巴都是黑黑的。

　　凌晨三點鐘，巴黎火車站看起來完全就是個罪犯集中所。在三十分鐘之內，已經有四個流鶯來問我要不要「買」、一個穿著長外套的男人問我要不要毒品。在一夜無眠之後，終於，我還是去訂了一個房間。

　　接下來的兩個星期中，我遊歷了巴黎的所有景點：羅浮宮、艾菲爾鐵塔、跳蚤市場、左岸等地，但身邊少了一個伴，再美的景物都是索然無味。無論我走到哪裡，總是看到情侶相互擁吻著、相互凝望著對方的眼睛，或是隔著餐廳的桌子，甜蜜地分享著食物。我知道巴黎素有「戀愛之都」的美名，但這實在太誇張了－這就像是在銀行假日時，大家都衝到ＩＫＥＡ一

樣，但我在這裡卻無路可逃，覺得好孤單。

甚至連我在機場要劃位回家的時候，也是惡夢一場。當地勤小姐問我要靠窗還是靠走道的位子，我說都可以。她在電腦鍵盤上敲敲打打後，對我說已經沒有靠窗的位子了。最後我坐在哪裡？靠機尾的一個被夾在中間的位子。當她問我是誰幫我打包的時候，我很想告訴她，我的行李是我媽、恐怖份子還有毒品大盤商一起幫我打包的。但我很怕如果這麼說，她會在座位的電腦上搞什麼鬼？

總而言之，在這趟旅行中，我從頭到尾都很倒楣。

梅兒完全拒絕聽我的解釋。那天晚上當她告訴我她懷孕的事情後，我一直在她家待到天亮才離開。我什麼也沒有做，只是握著她的手，一起陪著她哭。雖然這樣完全於事無補，她還是堅信分開對我們兩個都是件好事。

在我離開的這段期間，我很努力試著站在她的立場，去瞭解她真正的感覺。她現在二十九歲、單身、懷有一個小孩，又有一個無法信任的前男友，當然她沒辦法在她不確定我會不會跟她共渡一生的情況下，讓我回到她的身邊。看看我過去的紀錄，我總是讓她失望，這一次她又為什麼該相信我？

梅兒的困擾已經這麼多了，而我的問題也是一大堆，我一直不確定自己有沒有能力一直愛一個人。梅兒可比我強得多了，她似乎是與生俱來，在心裡就有一個地圖跟指南針，在感情的道路上，指引著她怎麼走。

梅兒跟我之間就像一部聲音跟動作永遠不同步的爛功夫片：梅兒是那個演員，而我的聲音則落後她好幾拍，永遠也追不上她。但問題是，我們是已經有著相同的共識？還是我們「同時」有著相同的共識？這個問題，到底是哪邊比較重要？

梅兒早在我之前，就已經有了結婚的想法，而我到現在才體會這一點，但她卻又已經進到下一個階段。整件事說白一點，其實還是時間早晚的問題罷了。

梅兒說她需要一點時間，一個人清楚地想一想；而我也說自己同樣也需要時間。我回到家，把所有事情都告訴丹：跟艾麗莎分手、放棄喜劇表演、我跟梅兒承諾的話，還有我要當爸爸的事。

丹問我有沒有什麼需要他幫忙的，我回答他：「現在沒有任何人可以幫我。」這個時候，我決定要離開一陣子。為什麼選擇巴黎？那又為什麼不選擇巴黎呢？

起初，我不太想告訴任何人我回程的時間，但是查理跟維妮載我到機場時，一路上不斷地問我。最後，我只好答應我會從法國跟他們聯絡。我並不想變得這麼難搞，只是想把一切釐清後再回到英國。我從來就不曾在情感上有過如此的創傷，也不知道要花多少時間才會得到答案。我只帶了十二件內褲，加上我又不愛洗衣服，看來我這次的遠行時間也不會太長。

最後，除了不喜歡法國的食物、覺得很無聊、還有乾淨的內褲穿完了之外，把我叫回英國的原因是丹。在我出門之前，他說他還在考慮要不要去參加米娜的婚禮。他並沒有叫我陪他去，但是丹總是一直陪在我身邊，所以我絕對不會讓他一個人獨自去面對那個難堪的場面。

當我進入境大廳時，找了電話亭，立刻撥了個電話給梅兒。當我在巴黎時，我想我每天都打了一百萬通電話給她吧。但每次都是響了幾聲就掛斷，原因是我擔心她覺得我在逼她。

電話不斷地響著，終於有人拿起了電話。我沒有說出任何一個字，就掛上了。我走出入境大廳，看到了查理和維妮。

「你好嗎？」維妮說。現在她的肚子已經很大，當她跟我打招呼的時候，我不得不從旁邊抱住她。

「我很好。」我回答她，但是語氣完全不是這麼一回事。「就像人們說的，我還活著。」

「你回來真好。」她勾著我的手。「通常我不會這麼說，但是再過兩個星期，小寶寶就要出生了，我就可以擺脫荷爾蒙失調之類的事。」她停了一下，笑著。「親愛小老弟，我真的很想你。」

「我也是。」查理說，給我一個男人的擁抱。「每天回家發現冰箱裡還有食物、在碗櫥裡還有啤酒、沒有人霸佔遙控器的日子真的很怪，不像是在我家會發生的事。」

「妳覺得興奮嗎？」我看著維妮的肚子。

「當然囉！我一定是全世界最出色的媽咪。」她停了一下。「講到出色的媽咪，媽要來倫敦跟我們住一陣子。因為到時候查理不能常請假，我又一定忙得不可開交，所以媽就自願要來幫忙。」

「很好啊，等媽來了之後，就會發現我的屋子裡有多亂。」我抗議似地開玩笑說。「媽又對廚房這麼挑剔，她一定會追著我跑，叫我把廚房給打掃乾淨，或是乾脆自己動手整理。要不要打賭，你們去車站載她的時候，她一定會帶著一大堆的清潔產品？」

「這種事根本就不用賭嘛！」維妮大笑著。

查理到處走來走去，努力回想著他把車停在哪個停車場。同時我跟維妮坐在入境大廳外面，等著他把車開過來。我知道她想問我的心情，但是又怕我會嫌她囉嗦。

「我知道妳有些話想問我，」我對她說。「就直說吧。」

「我只是想知道你是不是一切都沒事。你是我最親愛的小弟。」

「我很好。」我說。「我承認雖然不是很好，但是我沒事。」

「你看起來不好，達菲。你的臉色很差。」

「謝謝妳喔。」我反諷回去。

「我記得你叫我不要告訴媽任何事，但是過幾天她就要來了，你還是得告訴她梅兒懷孕的事，對不對？」

「嗯。」即使連告訴我媽這件事，都讓我覺得不舒服。「但是我還沒準備好。」

「即使你不說，遲早她還是會發現的。媽媽們對這點最敏感。如果是被她自己發現的，她一定很難過。」

「我明白。」我看著維妮。「我會考慮的。」

「你好嗎，老哥！」當我走進客廳，把帆布背袋丟在地板上的時候，丹大叫著。

「你怎麼像隻竹節蟲一樣瘦啊？」丹笑著說。「我要趁你睡著的時候，把豬油滴在你嘴裡，把你養胖一點。你看起來病厭厭的。」他站了起來，一隻手抓著後腦杓。「那件事現在怎麼樣？」

「還好。」他拿一罐 Red Stripe 啤酒給我，我順口回答他。「有六成的進展了。」

「我有三件事要告訴你。這三件事都會讓你相信，世界上還是有擊敗邪惡的力量。」

「先說讓我最高興的事情吧！」我懶洋洋地坐進扶手椅。回家的感覺真好。

「好吧，在你出門的時候，艾麗莎打過電話來。她說葛雷在節目裡的表演效果不好，所以製作人叫他不用再寫笑話跟短劇，只要幫玩偶配音。我把上個星期的節目錄下來，當我聽到的時候，差點笑到心臟病發，那真的就是葛雷的聲音。誰說這個世界上沒有公平的事？」

「其他的呢？」我笑著說。「該不會也跟這個消息一樣好吧？」

「也跟葛雷有關係！我上個星期在 Haversham 遇到可愛的安，你猜怎麼著？她已經甩了他！」

「報應！所以她知道他的那些風流事了嗎？」

「不完全是。應該說是她別無選擇吧。我告訴你……」丹在我的耳邊小聲地說，「安邀請他們所有的朋友，在家裡辦了一個慶祝會，要恭喜葛雷得到新工作。在喝了半瓶的金賓酒後，葛雷居然勾搭上了貝森・摩根。她是安最好的朋友。安簡直快氣炸了，就把他趕了出去！」丹停了一下。「真希望我可以親眼看見。」

「那第三件好消息是什麼？」我問道。「不要告訴我，你已經有了自己的情境喜劇。」

「比那個更好。猜猜三十分鐘後在 BBC2 要演什麼？」他拿著遙控器，指著電視說。

「不知道。」

「偷天換日（The Italian Job）。」

「噢，那真是個好消息。」我說。那是一部我跟丹都很愛的電影。「答錄機裡有沒有留言？」

「沒有。」丹說。

我還是希望梅兒會打電話過來。我看著錶，現在太晚了，一個孕婦還能去哪裡？我站了起來，走到電話旁，撥了她的電話號碼。還是沒人接。我留了一個訊息給她，說我跟丹還不確定會不會參加米娜的婚禮，所以我會試著再打給她。丹一定是只聽到我留言的最後幾句，因為當我轉頭的時候，他正若有所思地看著我。

「其實我也還沒決定到底要不要去，」他很嚴肅地說。

「你會去的。」我說。「你不介意我當個跟屁蟲吧？」

他知道跟我辯是沒有用的，所以笑著說：「謝謝。至少旁邊還有個人可以講話。」他站了起來，把電視關掉。我一臉疑問地看著他，他說：「還有另外一件事要告訴你。」

「什麼事？」

「我們要談一談。」

「談什麼？」

「我們。」他說。

「我們？」

「是的，談一下關於我們的事。」

「我不知道你在巴黎的時候，有做出什麼關於你跟梅兒，或是你未來的決定，但在你離開的這段時間，我很認真地思考著我的未來。我也想到你說要放棄喜劇表演的事，而那是從我認識你以來，最爛的一個決定。我知道我們在這段時間都發生

許多重大變化，但喜劇表演卻是一直讓我們減輕壓力的方法。我們還沒有老到要放棄笑聲的地步，所以我要說的是……我們應該要一起合作。」

「你的意思是什麼？」我說。「當表演上的夥伴嗎？組成一個雙人團體嗎？」

「就像 Abbott 和 Costello。」

「Morecambe 和 Wise。」

「Hope 和 Crosby。」

「George 和 Mildred。」

想不出還有別的雙人組了。

其實這次我在巴黎唯一得出的結論，跟艾麗莎說的一樣。我如果做那種辦公室工作，在一個星期之內一定會用頭去撞牆、不斷地打電話去請病假，或是被警衛給趕出去。某些人可以適應這種朝九晚五的工作，但我並不是這種人。

丹拉著我的手，笑著說：「你，班傑明‧多明尼克‧達菲，願意將丹尼爾‧亞倫‧卡特，視為你在單口相聲表演事業上的合法伴侶嗎？」

「我願意。」我說，笑得像個小孩子。「你，丹尼爾‧亞倫‧卡特，願意將班傑明‧多明尼克‧達菲，視為你在單口相聲表演事業上的合法伴侶嗎？」

「我願意。」丹說。「藉由神所給予我的神聖權力，我現在宣佈我們正式成為合法的雙人團體。『卡特和達菲』。聽起來真響亮，不覺得嗎？」

「『達菲和卡特』聽起來比較好。」我回嘴說。「不過先將就著用吧！」

新郎也很帥

　　我突然從睡夢中驚醒，仔細地看著鬧鐘。我的胃緊縮了一下，把手枕在腦後，眼睛盯著天花板。今天是米娜結婚的日子。對丹來說，則是他的作戰日。

　　昨晚在我們回房間睡覺之前（我看「偷天換日」到一半就睡著了），丹告訴我，他決定去參加米娜的婚禮。我知道勸他改變心意是沒有用的，所以我說無論如何我都會跟他一起去。希望在離出發的這段時間裡，他可以再想清楚一點。

　　我穿上丟在地板的 T 恤，下了床，走到他的房門口，敲了敲門，大叫著：「早安！」然後開了門走進去。雖然窗簾緊緊地拉上，一絲陽光還是從縫隙裡跑進來，我看到丹還躺在床上的人形。他的音響開始播放馬文·蓋（Marvin Gaye）的專輯「What going on」。丹把床頭燈給打開。

　　「早啊！」我又說了一次。

　　「嗯。」他神智不清地回答我。他看著錶，還是沒有說一句話。

　　「我建議我們留在倫敦，嘲笑葛雷在節目裡的配音，再找查理出來聊聊天。如果你心情不錯，還可以去Archway Road

的咖啡店，他們的早餐不錯。怎麼樣，我請客。」

我想要改變丹的行程的如意算盤，完全被打敗。「今天不行。」他揉揉眼睛，伸了個懶腰。「達菲，你覺得我應該怎麼做？我應該要去參加前女友的婚禮嗎？」

即使我早就知道自己要回答什麼，仍覺得這是一個很糟的決定。「不。」我還是給了他這個答案。「如果你待在這裡自怨自艾，對你並沒有什麼好處；而如果你去那裡，看著你還……」我想著最適當的字詞。「有著強烈感覺的女人，嫁給另外一個男人，對你來說更是沒有什麼好處。」

「我就知道你會這麼說，達菲。」丹說，一邊把音響關掉。「我會知道的原因，是因為那也是我給你的建議。當然我也知道不要去比較好，但我還是要去。日子不會一直都這麼簡單的，對不對？我們都想要一個簡單的生活，這裡多一些歡笑、生活中少一點緊張。但是看看過著這種生活的我，現在是什麼樣子？我失去了米娜；我跟你在這裡住了一年半，而且看來還會跟你一直住下去；我過著一成不變的日子。達菲，她要嫁給別人了，而我卻無能為力。所以我要去展現身為一個二十八歲男人的成熟，獻給她最深的祝福。如此，我才會真正長大。」

丹穿上了正式的西裝，也繫上了領帶。上一次我看到他穿成這樣，是兩年前他突然放棄喜劇表演的時候。他為了一家IT公司的面試，在Burton買了這套西裝。二十分鐘後，他收到第二次試鏡的通知。自此，這套西裝就又回到衣櫃裡，而他也再次回到有著笑聲、夜生活以及一群會起哄的觀眾的世界。

我們坐上了開往諾汀漢的火車。一路上，我們不太開口說話。丹很明顯地在想關米娜的事，而我也在想著梅兒。我一直

都很關心她跟寶寶，像是她睡得好不好或是她工作方面的事。她一直都在我的心上，但對我來說，絕對不是個負擔。

我們在車站叫了部計程車去戶籍登記處，二十分鐘後，我們到達了。有許多人圍在外面，空氣中也瀰漫著一股喜悅：人們穿著時髦的服飾，臉上混合著「興奮」跟「這雙鞋快殺了我！」的表情。

丹跟我坐在停車場的圍牆上。我們都把領帶給鬆開，雖然現在是九月天，天氣並不是很炎熱，但是我已經汗流浹背。突然，克利斯－米娜的弟弟，在我們的肩膀上拍了一下。大家都知道，克利斯在丹跟米娜分手時，曾經放話說要「打斷丹的腿」。

「卡特和達菲。」他很冷漠地說。不過他叫我們名字的方式，還真跟我們現在組成的雙人組名稱一模一樣。「真驚訝看到你們。」

「你好嗎？」丹說。

「我只把話說一次而已。」克利斯語帶兇狠地說著。「今天是我姐結婚的日子，你絕對不可以毀了這場婚禮，否則我會把你打到連你自己叫什麼名字都不知道。」他猛戳著丹的胸口。「瞭解嗎？」

「我不是為了要毀掉她的婚禮才來的。」丹大聲抗議著，但是他沒有看著克利斯的眼睛，免得激怒一頭兇猛的野獸。「我只是來參加一個好朋友的婚禮，好嗎？」

克利斯狠狠地瞪著丹，又狠狠地瞪著我。在他走開之前，又狠狠地看著我們兩個。

我轉頭過去看著丹，正打算要譏諷克利斯，可以不用他的蹄，就能走得這麼筆直，卻被另外一個人給打斷了。有一個大

概快六十歲、留著濃濃鬍髭的禿頭男人，站在我們旁邊。而他身邊站著一個看起來一臉陰暗的女人，她穿著成套的奶油色套裝跟帽子。我猜他們應該是米娜的父母。

「我原本以為你應該懂得不要出席這個場合的禮節。」艾默斯先生對丹說。他在強調「你」的時候，還挑高了眉毛。

「是您女兒邀請我來的，艾默斯先生。」丹說。「她是我的朋友，不出席是很失禮的。」

「好吧，但你還是不應該來的。」艾默斯先生嘀咕著，不知該為他女兒的無知而說些什麼。

「為什麼？」丹問。

一種疑惑的表情，突然佈滿在艾默斯先生的臉上。兩道濃濃的眉毛逐漸往眉心集中，額頭上的皺紋也突然加深，嘴唇更是抿得緊緊的。

艾默斯太太卻好像沒有對這個問題表現出困惑的樣子，她代替他回答：「因為你本來就不應該來這裡。」她的嘴裡大聲地噴噴作響，好像支持她先生的意見。

「你絕對不要毀掉我女兒的大日子。」艾默斯先生威脅著丹。「答應我，你今天絕對不會給我出亂子。」他輕蔑地看著丹，丟出了這句話。

「聽著。」我站了起來，輕輕推著艾默斯先生的背。「你已經說了你要說的話。現在請你們離開，好嗎？」

「把你的手拿開，小子！」

世界上我最不想做的一件事，就是跟別人打架，尤其是跟一位老先生。但是，他在威脅我的朋友，我不得不挺身而出，才不管我擺出的打架姿勢，就像個八歲小女孩所擺出的一樣。

「請你們走開，可以嗎？」我試著用最強悍的聲音說著。

艾默斯先生跟他太太朝我丟了一個厭惡的眼光，兩人就轉身離開，也讓我享受了一點小小勝利的炫耀。我坐回牆上，雙腳微微地在發抖。

「如果讓他們打我一頓，事情或許就不會這麼糟了。」丹很平靜地說。

「不對。」我說。「艾默斯先生的假髮可能會在打鬥中飛掉。」

「你覺得他戴的是假髮？」丹轉過頭，「我就知道那個老傢伙頭上怪怪的。米娜告訴過我，她爸一直不肯讓別人剪頭髮。」

那一瞬間，丹突然回到從前那個愛笑鬧的樣子，不過很快地又回到現在沮喪的丹。

當我正在想著要怎麼幫他打氣的時候，背後又出現一個聲音：「覺得很遺憾嗎？」

其實聽到這個聲音，我並沒有太大的驚訝，我回頭看到一個高高的黑髮男人，穿著一身新郎才會穿的衣服，旁邊還站著兩個人，應該是招待吧。哎，我們又要被人家威脅了。我給丹了一枝煙，也拿了一枝給自己。

「夠了。」丹說，想要阻止這些人出言恐嚇。「你不用開口說些什麼，保羅。你已經贏了。」他深深地吸了一口煙。「你已經得到了米娜，而我也知道你的表演功力已經比剛離開學校時進步許多。但是，看看我。我沒有得到米娜，而我的工作……並沒有像你一樣值得炫耀。所以，請不要用打架來證明你的男子氣概。這件事就到此為止，好嗎？」

那兩個幫手中的一個，似乎急著證明他跟新郎是一夥的，重重地在丹的背上推了一下。我站了起來，也狠狠地推了他一把。他一下失去了平衡，跌到另一個招待的身上。他正打算爬起來海扁我的時候，保羅阻止了他。

　　「沒關係，詹姆斯。」他說。「如果我們在這裡幹架，米娜會生氣的。」

　　詹姆斯沒有再對我動手動腳，只朝我啐了一口。「你死定了！」他狠狠地指著我。我向他微笑著點點頭，然後賞了他一根中指。我真不知道自己怎麼有這樣的勇氣。

　　「不知道米娜以前是看上你哪一點，真的。」保羅說，發現丹冷冷地看著他。「你在學校的時候，就是個廢物；而現在，還是個廢物。」他停了一下。「今天是米娜請你來的，而我尊重她的決定。我要警告你：如果你今天敢毀了我們的婚禮，你絕對會後悔的。」

　　「為什麼大家都覺得我要毀掉米娜的婚禮？」丹對我說，而不是對著他身後的那幾隻大猩猩說。「我愛米娜。為什麼我要毀掉她的婚禮？」

　　「保羅，我們最好離開這裡。」那個沒有動手的招待說。他們沒有再口出惡言，朝登記處的方向快步離去。

　　離戶籍登記處五分鐘路程的地方，有一個公園。眼看著還有二十分鐘的空檔，我跟丹就在那裡信步走著，看著公園裡的花床，抽了一堆的煙。當我們走回戶籍登記處的時候，看到上一場婚禮的賓客，剛從登記處裡走出來，跟米娜的賓客一起塞在登記處的門口。在二點五分的時候，所有人的目光轉換到車道上，一台白色的勞斯萊斯載著米娜跟她的伴娘，來到登記處的門口。看著她走下車，真是一個超現實的體驗。我對婚紗沒

什麼概念，但米娜真是美極了。米娜的父親攙扶著她下車，而她也很驕傲地挽著父親的手。

「我真是不敢相信。」丹說，他的聲音微微地顫抖著。「我真是忌妒艾默斯先生。真希望米娜也能這樣靠在我的手臂上，即使她是要嫁給一個在The Bill裡演銀行搶匪的小演員。」

戶籍登記處的內部到處用單調的奶油色裝潢著，讓整間屋子看起來冷冷的。丹跟我坐在最後面的塑膠椅子上，對一名剛剛讓路給我們、穿著橘色洋裝的老太太微笑著。登記所裡的風琴手，開始徐徐演奏起孟德爾頌的婚禮進行曲，每個人都站了起來。

「她看起來真美。」當米娜跟她父親走在紅地毯上時，那位老太太對丹這麼說著。「新郎也很帥。」

丹點了點頭。

「我真替她感到高興。」那名老太太又說。「差一點這場婚禮就辦不成了。她母親說，她今天早上還覺得害怕呢！」

「真的嗎？」丹說。「為什麼？」

「我不是知道的很詳細啦，」她意有所指地說著。「畢竟她才跟保羅交往一年，或許這就是問題所在。雖然我聽說她過去交往的男人，也都不怎麼樣，不過根據她母親的說法，米娜的前男友是個不受歡迎的人。」

「我聽說那個人根本是笨蛋。」丹說。「沒聽說過他有什麼豐功偉業。」

「他應該在這附近才對。」老太太看著室內，好像在找腳上有蹄，還是屁股上有尾巴的人。「你能想像怎麼有這麼不要

臉的人嗎？他敢真的來參加米娜的婚禮嗎？」

丹搖了搖頭。

「算了，反正也不重要。」老太太不屑地說著。

我看著丹，不過他的眼睛直直地盯著前面進行著的儀式。

接下來的情節，我在「畢業生（The Graduate）」等好萊塢電影裡，已經看過幾百遍。我知道當證婚人大喊：「如果在座有任何人，有反對新人結婚的理由，請現在提出，否則就請安靜」的時候，丹應該要說些什麼，任何表達他不想失去米娜的話都好，但是他沒有。他只是緊緊地抿著嘴唇，努力地不讓眼淚掉下來。

當米娜跟保羅正式被宣佈為夫妻時，所有人都熱烈鼓掌。一開始我並沒有跟著其他人的動作，有點像是要聲援丹的感覺。不過連丹也開始拍手的時候，我發現在場只有我沒有拍手，看起來有點蠢。

前方，那對快樂幸福的新人正在登記入籍資料，我身旁的老太太卻一臉悲傷地看著丹。「太感人了，對不對？」她拿出一張面紙給丹。「希望你不要介意我說的話，不過在婚禮上很少看到一個大男人在哭。你一定是跟米娜非常親近的人。」

「是的。」他說。「我是的。」

就像「偷天情緣」裡的那個傢伙

　　米娜安排她兩個大學同學，珍妮和莉莎，載我跟丹前往喜宴的會場。在路上的時候，她們問我是怎麼認識米娜的，而我撒了個小謊，說她以前住在 Muswell Hill 時，我們住在她的樓上。丹一直不發一語，我只好東扯西扯，好轉移她們的注意力。不過她們還是發現丹的神色有異。

　　終於，莉莎受不了了，問丹一個「你是做什麼的」，沒什麼殺傷力的問題，不過丹完全沒有回答。「我真是不知道你有什麼問題？」當車子停在紅燈前，她這麼跟丹說。「你不用擺一付臭臉吧？」

　　突然，丹打開車門走了出去，隨手把車門重重地甩上。

　　「呃，你要我把車開到路邊嗎？」珍妮很不安地對我說著，她已經準備要打方向燈靠邊了。

　　「我不是故意要惹他生氣的。」莉莎一臉抱歉地說著。「你不用去追他嗎？」

　　「不用。」我很平靜地說著，一邊看著丹閃過車陣，跑到馬路的另一邊。「我不用去追他，妳也不用把車停到路邊。」

　　她們看我的眼光，彷彿就像是目睹史上最慘的友情背叛劇

一樣。我知道現在的丹並不需要我的意見、同情或是安慰，只需要獨處，好好的冷靜一下。

「他沒事的。」我向她們解釋。「只是今天日子跟他對沖啦！」

那輛白色的勞斯萊斯將這對新人載往舉辦喜宴的 Piermont 飯店，現在正被一群小孩子圍繞著。他們對著司機指指點點，我從那個司機的臉上看得出來他大概在想，值不值得冒著被炒魷魚的危險，叫那些小鬼滾開。

其他的賓客則是三三兩兩地在飯店前的草坪上喝著飲料，或是跟許久未見的朋友、親戚聊著天。同時，米娜、保羅、他們的家人，還有一組婚禮攝影師，全部都在飯店的庭園裡拍照，紀錄下幸福洋溢的樣子。

珍妮、莉莎一到飯店時，就把我給丟下車了。我一個人在飯店大廳閒晃著，仔細看著裝飾用的常春藤，正覺得無聊時，有一群人向我走了過來，努力地招呼我，融入他們的話題裡。

我跟卡普太太（米娜的大阿姨）討論關於領帶流行的趨勢；跟莎曼姍（新郎的第二個表哥的前女友）討論她有多恨她前男友的事；跟露西（一個六歲小女孩，但是不知道她是男方還是女方的親戚）討論她二個星期後就要過生日的事……

在被糾纏了半小時後，感謝那個邀請賓客入席的聲音，讓我終於可以脫身。我才不想跟陌生人坐在一起，吃著哈蜜瓜，交換著關於婚禮的八卦。當我準備要叫計程車去車站，搭火車回倫敦的時候，我瞧見丹一臉哀傷地走在飯店的車道上。

「還好嗎？」當他走向我的時候，我問。

他點了點頭，雙手隨意地插在口袋裡。「嗯，沒事。」

「坐一下吧！」我指了指一個可以俯瞰大池塘的木製長椅。丹點頭，跟著我走過草坪，腳底下的乾草被我們踩得沙沙作響。

「你是走路過來的嗎？」當我們坐下的時候，我問他。

「坐計程車來的。」丹說，抓著他的頸後。「那個……剛剛很抱歉。」

「沒什麼啦。」我說。我們就這樣坐著，什麼也沒說。靜謐的氣氛漸漸把我們包圍住。我已經忘記怎樣形容這種感覺，而世上又有多少人能夠懂得這種享受。就這樣靠在椅背上、放鬆全身的肌肉和神經，什麼也不要想的時刻，我很樂在其中。

半小時後，丹說話了。「達菲？」

「啊？」

「你愛梅兒嗎？」

我想了一下，點燃了一枝煙。這真是一個很難回答的問題，而且現在是丹提出的，又增加了問題的困難度。「真深奧的問題，對吧？」我支吾著。「你怎麼會問這個？」

他聳了聳肩。他知道我在迴避。「我只是在想，如果我有回到過去的能力，事情一定不會是這樣的……」他的聲音被一台呼嘯而過的 RAF 噴射機的聲音給蓋掉了。他抬頭看著天空。「你知道的，連我自己都不確定我會這麼做。現在講這些，感覺好像在放馬後砲一樣：隨著時間過去，人們都會忘記自己過去有多愚蠢。一次又一次，我一直在重複相同的錯誤。就像「偷天情緣（Groundhog Day）」裡的那個傢伙。我永遠都學不會。如果永遠不去做正確的事，也就永遠也不知道它們會有多大的效果。我的意思是……」

「我就知道你們一定在外面。」一個女性的聲音打斷我們。最近怎麼大家都愛玩「從背後偷襲」這一招啊？

丹和我同時回頭看是哪個米娜的家人要來警告我們。我本來猜是米娜的伴娘，她超壯的，全身的肌肉跟摔角選手一樣。但是並不是她，而是新娘本人。

米娜一身純白地站在那裡，身上的白紗比我們在登記處看到的時候，好像更白了一些。一陣風輕輕吹動著她的裙擺，飄成一片白色的海洋。

「哈囉，丹。哈囉，達菲。你們好嗎？」

「很好，妳呢？」我緊張地說著。我站了起來，準備轉身走開。「還是讓你們獨處一下比較好。你們有一些心裡的話要講，希望我閃遠一點，對不對？」

「不。」丹的語氣很堅決。「請你留在這裡，達菲。你比任何人都需要聽到這些話。」他走向米娜，輕輕地給了她一個吻。「恭喜妳。」他給她一個溫暖的祝賀。「這是我們參加過最好的一場婚禮。」

「謝謝。」米娜說。「我……我很高興你能夠來。」

「我不希望以後會後悔。」

「你們還沒有吃午飯吧？」

「沒有。」丹跟她道歉。「都是我的錯。我在諾汀漢逛太久，忘記時間了。」

「如果你們還覺得餓的話，還有多的食物。」她說，指了指飯店的方向。「如果你們不想吃，也可以等到晚上的婚宴時再吃。」

「晚一點會有迪斯可舞會嗎？」丹笑著說。

「沒有。」米娜也笑著回答他。「保羅的爸媽請了一個叫做 No Tops 的樂團，雖然他們會表演各種曲子，不過比較擅長的是六十年代的黑人音樂。」

「沒有迪斯可？」丹的語氣有一點挖苦的感覺。「也沒有『Come on, Eillen』？沒有『Three Times a Lady』？連『Birdie Song』也沒有？」

米娜笑了，凝望著丹的臉，給了他一個意味深遠的眼神。

「變成已婚婦女有什麼感覺？」丹問。

「我也不知道。」米娜很貼心地說。「沒有什麼差別。至少目前為止還沒有感覺到。」

「妳記得我們曾經去參加過的那個婚禮嗎？」丹說。「好像是妳第一個工作的劇場的同事，那個伴郎跟她公公還大打一架呢！」丹沒有繼續說下去，臉上出現了一絲絲的疑惑，好像在想什麼。「妳覺得我們的婚禮也會像這樣嗎？我想應該會比這個小一點，因為我的家人比較少。我媽……」

「別說了，丹！」米娜打斷他的話。「不要以為我們還在一起，不要假裝你只是跟其他來祝賀的賓客一樣。如果還有什麼你可以替我做的，那就對我坦白一點吧。」

「我很抱歉。」丹輕聲說道。

「為了什麼事？」

「為了每一件事。我知道自己做錯了很多事。我不敢相信，我居然讓妳離開我。當我們住在一起的時候，我知道我深愛著妳；一直到現在，我的心裡還是只有妳。當證婚人說：『在座有任何人想提出這對新人不可以結婚的理由嗎？』的時候，我真想站起來，當著大家的面前，把心裡的話講出來。」

丹看著米娜的眼睛，「如果那時候，我真的大聲說出來，妳還會嫁給他嗎？」

米娜想了很久。「我想我們永遠也不會知道答案的，對不對？」她撇過頭去，一串串的眼淚從臉龐滑下。米娜用手把眼淚拭去，黑色睫毛膏的痕跡在鼻子上暈開成一片。「從今之後，我再也不想看到你，丹。」

「我知道。」他說。「這也就是妳邀請我，而我會來的原因：『來跟妳說再見。』」

米娜從打過招呼後，第一次正眼看我。我對於自己站在這裡，目睹這一切最私密的時刻而感到不好意思。

「你還有多的煙嗎？」她說。我把手上已經點燃的那一根給她。她吸了一大口，好像她需要尼古丁比氧氣還要多一樣。然後把那根煙丟到地上，轉身走了。

丹沒有說話，只是看著米娜漸行漸遠。

「走吧，丹。我們叫部車回家吧！」我伸手摸著口袋，找有沒有打電話的零錢。「你已經完成來這裡的任務，已經沒有遺憾了。現在是該離開的時候了。」

「我們還不能走。」丹說。

「為什麼？」

「因為梅兒來了。」他指著飯店的大廳。的確，梅兒跟茱莉正踏出計程車。

「我真是不敢相信！」我嘆了一口氣。

「她怎麼會來？」丹問。

「米娜之前就有邀請我跟梅兒，剛好是在我們分手的那段時間裡。我跟梅兒說我不會來，所以她大概覺得不會碰到

我。」

「你要跟她說些什麼嗎？」

這真是個好問題。在今天發生這麼多事情之後，我真的沒有跟她好好談的心情。而且茱莉在她身邊，一定會讓我抓狂的。真的，我唯一最不想做的就是吵架。梅兒跟我的確需要談一談，但不是在這裡、不是現在、更不是在一大堆的賓客面前。我心裡暗自決定著，這次我要選擇「適可而止」了。

「我們走吧！」我很快地回答他。

「剛剛我問你是不是還愛著梅兒，你並沒有回答我。」丹用相同搜尋米娜心情的眼神看著我。

「我知道。」我不情願地承認這點。「提這個做什麼？」

「你還愛她嗎？」

我點點頭。

「那為什麼你不採取行動？」

「丹，算了吧！」我生氣地說著。我以前從來就沒有對丹發過火。「我已經說過一百萬次理由了。梅兒現在覺得我唯一要娶她的原因，是因為她懷孕了。是她不要我的！」

「冷靜一點！」丹說。「我不是要跟你吵架，達菲。」

「對不起，老兄。」我跟他道歉。「我知道你只是想幫我，但現在已經不只是我一個人的事，我還要考慮到梅兒跟寶寶。之前我讓她失望過好幾次，我沒有把握這次可以說服她。這真的是個很大的挑戰。」

「不會的。」丹很堅決地說。「它不是……哎，至少這不會很難的。你今天也看到發生在我身上的事。我不能袖手旁觀，讓你跟我有一樣的下場。她也是愛你的，達菲。你們雖然

看起來不是很登對，但絕對是天作之合。你必須讓她瞭解這一點。」

「我該怎麼做？我已經試過所有方法，她就是讓我找不到她。」

「你看，如果今天我在教堂裡站起來反對，米娜雖然不一定會改變心意，但至少我試過了。可是現在我很氣自己，因為我並沒有這麼做。就像是她離開我的那一天，我知道我可以勸她留下來，但是我什麼也沒做，就讓她這樣走了。達菲，你必須努力去爭取，而不是白白地讓機會消失。」丹說。

「Piermont 飯店歡迎各位參加保羅和米娜婚宴的賓客，蒞臨翡翠鳥廳。」我讀著宴會廳外的指示牌。

我推開了宴會廳的大門，先掃瞄一遍梅兒的位置，終於，我在另一邊角落的那一桌看到她了。難道世上有這麼巧的事嗎？她居然也在同一時間，抬頭看到我，並對我微笑著。

我正穿過宴會廳，離她大概不到三十呎的距離，突然，伴郎用甜點匙敲著玻璃杯，宣佈要開始致祝賀詞了。我並不想停下腳步，但如果繼續走動的話，一定會變成全場注目的焦點，所以只好先找了張空椅子坐了下來。

「又看到你了，年輕人。」我旁邊傳來一個聲音。是那個在戶籍登記處遇見的橘衣老太太，她正拿著一大杯的紅酒。「你的朋友呢？」她用很大的聲音輕輕說著。

「在外面。」我跟她解釋。「他不喜歡聽致詞。」

　　「我也是。」老太太說。「你知道我已經喝四杯了嗎？」她的身體搖晃著，差一點就撞到我的鼻子。

　　在伴郎的致詞中，穿插著關於新郎的前女友、表演技巧和個人興趣的笑話。米娜的父親大概覺得這個小夥子還滿有趣的，一直不停地拍著保羅的背。當新郎致詞的時候，情況變得更糟，因為他一直反覆說著他的新家庭有多好，讓人覺得這對新人之間一點愛的成份也沒有，只有不斷地吹捧而已。他用請大家祝賀新人做為結束，全場的賓客也都舉起酒杯。

　　在一陣熱烈的掌聲之後，服務人員出現了，又在每個人的酒杯中倒滿香檳。樂團也開始演奏快節奏版的「I've Got You Under My Skin」。保羅跟米娜來到房間的中央開舞，他們不斷地旋轉著。而在這一切發生的同時，我發現梅兒的眼光一直沒有離開過我身上。

　　我慢慢繞過一個拿著攝影機的男人，他正在拍攝米娜跟保羅的一舉一動。我來到梅兒的那一桌。

　　「嗨。」我微笑著。她看起來真美，甚至比以前更美。她換了一個新髮型，比以前更短，凌亂中帶一點性感，就像是梅格‧萊恩。

　　「嗨，達菲。」她說，站起來抱了我一下。「你好嗎？巴黎之行怎麼樣？」

　　「還不錯。」我騙了她。「妳呢？怎麼樣？」我雖然也想問寶寶好不好，但是不想在這麼多人的面前提到這件事。

　　「還好。」她回答我。她仍然可以看穿我的心思，因為她向下看了看肚子。「一切都好，你不用擔心。」

　　「很好。」

她沒有回話。

「妳不是跟茱莉一起來的嗎？她人呢？」

「她去洗手間了。」梅兒隨口回答我。我知道她在說謊，因為她在緊張地撥弄頭髮，這是她說謊時的小動作。我知道茱莉是刻意消失，好讓我跟梅兒能夠談一談。

「吸血鬼茱莉是想去找更多的受害者，好吸他們的血嗎？」

「住口，達菲。」梅兒斥責著我。「茱莉……她最近也不好過。」

世界上能有什麼事讓神聖的茱莉煩心？我這麼猜想著。是附近的Sainsbury超市沒有賣麥片粥了嗎？還是她的Dyson吸塵器爆炸了？或是更糟的，她發現她跟馬克沒有辦法負擔他們在Notting Hill Gate的生活？當然我沒有問，因為她不在這裡，沒有人鬥嘴一點也不好玩。

「她怎麼了？」我問。「希望一切沒事。」

「我現在不能告訴你，達菲。」她停了一下。「還有一件事，乾脆現在告訴你好了。我告訴我老闆我懷孕的事，打算要離職，不過他們給我一個條件，希望我留下來。」

「聽起來不錯。」我說。「如果妳願意接受這個條件的話。」

她笑了。「它……我想它應該是我要的吧。我們公司被一家在北邊的電台給購併了，我被派去重組他們的業務單位。這只是個短暫的專案，大概三個月左右。但這是晉升到更高職務的好機會，對我的前途有很大的影響。」

「看起來妳是老闆心目中的紅人。所以妳的問題是什麼？」

「因為工作地點不在倫敦，我只有週末才能飛回來。」

　　「梅兒，」我很緊張地說。「妳剛剛沒有說清楚。所謂的『北邊』是多遠？」

　　「蘇格蘭的格拉斯哥。」

　　我無法說任何一個字，心中的猶豫如排山倒海般地侵襲而來。突然，不知從哪裡來的幾個字拯救了我。「不要去。」我很平靜地說。我甚至都聽不到自己的聲音。

　　「你說什麼？」

　　「我說，不要去。梅兒，留在倫敦，嫁給我吧！我好想妳。從四個月前我們分手到現在，在我心裡有一大堆的想法，我必須把它們告訴妳……」我遲疑了一下，想著最適合表達的語句。

　　「當妳問我要不要結婚時，我沒有回答妳，那是因為我對自己沒有信心，也沒有體認到，結婚並不會失去自我。妳放棄了我們的婚約，因為不想逼我做出我會後悔的事。現在，我明白沒有娶妳，才是我一生中最後悔的事。我要誠實地告訴妳，並不是因為小孩才改變我的想法。我要娶妳，因為我明白娶妳的優點多於缺點……不……我的意思不是那個……是……」

　　「你想要說的是，你已經不再害怕了。」梅兒輕聲地說。

　　「沒錯。我已經不再害怕－好啦，我還是有點緊張，但很快就會沒事的。我不再害怕以後睡覺時，旁邊會多一個人，事實上，我還滿希望的。我必須承認我去ＩＫＥＡ還是會緊張，但是我可以克服這一點。最重要的是，我不再害怕自己會不愛妳……或是妳會不愛我。我必須承認……如果沒有了妳，一切將不再有意義。如果沒有了妳，我將不再是我。如果沒有了妳，我根本就一無是處。」

　　沒錯，這是我人生中最重要的一場演講。我已經把整個人

都交給她，而現在就看她怎麼回答。我仔細地看著她的臉，卻不知道該如何解釋她的表情，不過我們中間的那道圍籬似乎已經消失了。我們終於可以靠近彼此了。

梅兒什麼也沒說，緊緊地握著我的手，深深地望著我的眼睛，尋找著她想要知道的那個答案。然後，她哭了。

「我想要相信你，達菲。」她哽咽地說。「但我怎麼知道你是不是真心的？我怎麼能確定以前那些感覺，不會再發生一次？」

「我不懂。妳總是說妳比我自己更瞭解我。為什麼這個時候，妳卻不明白我的心意？」

她已經淚流滿面。我們成為這個角落裡，大家所注意的焦點。但是除了她，我根本就不去管這些。

「你說的沒錯。」她哽咽地說。「我再也不相信自己。我無法相信自己能去做一個不單是你我，還會影響到寶寶的決定。我沒有辦法查覺你的想法，因為連我也不知道自己要的是什麼。我真的很害怕。我愛你，達菲，但是在我不確定任何事情的時候，我沒有辦法跟它賭。」

我不敢相信自己所聽到的話。這個原本應該是個happy ending 、是浪漫喜劇的最後一幕、是英雄得到公主的畫面，現在卻變成「半夜鬼上床（A nightmare on Elm Street）」的惡夢。

「我知道我必須為我們做出一個決定。」她繼續說。「我知道我很自私，但是現在我沒辦法給你任何決定，所以再給我一點時間。」她傾身給了我一個吻。「我星期一就會開始新的工作，整個星期都會在格拉斯哥，星期五晚上才會回到倫敦。我答應你，到那個時候，我一定會給你一個答案。」

但是妳現在很快樂

　　從諾汀漢搭車回倫敦的路上，我為了只能等梅兒的答案卻別無他法的事，而感到灰心外，心裡也暗自決定了一個計劃。

　　一個完美的計劃。

　　一個讓她相信我會永遠愛她，她不用再擔心害怕的計劃。但唯一的缺點，就是這個計劃需要茱莉的幫忙。是的，我需要那個吸血鬼、那個覺得我比臭水溝裡的綠藻還不如的茱莉的幫忙。但這是個好計劃，而好計劃總是帶些危臉的。

　　丹跟我回到家，已經是深夜了，所以我決定先好好地睡一覺，而不是現在就興沖沖地去找她。

　　隔天，當我起個大早時，依舊覺得這是有史以來最棒的一個計劃（甚至比在三明治裡加入烤過的豆子，或是在看EastEnders時，要把它錄下來，以免我大吼大叫錯過精彩畫面等念頭，還要來得更棒），我必須要執行它。

　　當我站在Shepherd Bush地鐵站的電梯時，我已經想好等一下的策略了：

　　1、先到馬克和茱莉家。

　　2、懇求她的慈悲和憐憫。

3、如果必要的話，用哭的。

我的規劃是這三個步驟一定要成功，因為我並沒有什麼計劃B的備案，而且沒有了茱莉，也不會有什麼計劃A。茱莉對我的計劃來說，是個非常重要的角色。

當我站在她家門口的台階上時，心臟噗通噗通地跳著，食指在門鈴上停了很久，猶疑著到底要不要按下去。終於，我明白這是我的報應，我應該要為了以前的生活、告訴以前的女友我死掉的事、那些欺騙梅兒的醜事而遭受懲罰。就像是命運已經決定，如果我要得到真正的幸福，就得付出自由一樣。

我按下了門鈴，等著茱莉來開門。

茱莉只穿著一件睡袍。「你在這裡做什麼？」她大叫著。

我想起梅兒說過茱莉最近好像心情不太好的樣子，所以決定用關心的態度來回答她。「哈囉，茱莉。」我儘可能地用輕鬆的語氣。「抱歉昨天在喜宴上沒有跟妳講到話，因為妳從洗手間回來的時候，我的計程車剛好到門口。」

茱莉狠狠地瞪著我，「達菲。」她大聲咆哮著。「現在是星期天早上八點鐘。外面冷的要命，我沒有耐心跟你說笑。我才不管你昨天有沒有跟我說到話，因為我很討厭你。我話說完了，你還要幹嘛？」

「馬克好嗎？」我裝出無辜的表情問道，希望藉此緩和茱莉的火氣。

她聽到這句話，火氣變得更大。我曾經見過那種火氣，梅兒對我發脾氣的時候，也是這個表情。「他去洛杉磯拍片了。」她口氣很衝地回答我。他們一定又為了他要遠行的事而吵架，原來這就是茱莉最近的危機啊，我只要幫他們撥通國際電話，讓小倆口講上二十分鐘，一切就會沒事啦。

「他最近不會回英國。」她說，又補了一句。「你要找他嗎？」

「不是，茉莉。」我說。「我是來找妳的，我需要妳的幫忙。」

她的身體顫抖著。很明顯地，她被我嚇到了。「你該不會希望我去幫你求梅兒回心轉意吧？」她很不屑地哼了一聲。「你應該不會這麼笨吧？」

我乾咳了兩聲。「我知道我們一直都很不對盤，茉莉。我先對上次吐在妳家浴室裡的事，跟妳說抱歉。也要對每次妳邀我們來吃晚飯時，我無禮的態度跟妳道歉。甚至還有我一直都在妳背後，叫妳吸血鬼的事，要跟妳說對不起。」

「你叫我吸血鬼？」

「呃……我以為妳已經知道了。對於叫妳吸血鬼的事，我覺得很抱歉。但是，拜託，求妳給我十分鐘，拜託！」

我看著茉莉的臉，猜測我低聲下氣的表現，可以得到幾分？按照她的姿勢（採防守狀態）跟臉部表情（充滿著輕蔑），我想我得到的分數應該接近於零吧！

「不可能，達菲。」茉莉堅決地說。「梅兒把你在婚禮上說的每個字都告訴我了。想知道我是怎麼建議她的嗎？我告訴她，她一定是瘋了，才會相信什麼你已經長大的鬼話，甚至還說什麼你已經改變了咧！」

我深深地吸了一口氣，然後把氣摒住，直到想殺人的念頭過了之後，才把那口氣吐出來。不過我也突然瞭解到，茉莉現在保護梅兒的方式，就像我用來保護丹是一模一樣的。我必須要讓茉莉相信，我是為梅兒著想的人，我會盡所能來讓她快樂。我又深深地吸了一口氣。

「好吧，茱莉。」我說，一邊把褲管拉高到大腿的位置。在這個世界上，只有一個人會值得我做接下來要做的事，而那個人就是梅兒。「妳要我求妳，好吧，我做就是了。」我單膝跪下、雙手合十，用最尖的聲音哀號著說：「拜……託……！」

茱莉的第一個反應是看左右的鄰居，有沒有人探頭出來看（並沒有人），第二個反應是看著我，好像我的計策失效了，而第三個反應是很高興地大叫著：「不行！」

「拜託！」

「不行！」

「拜託！」

左右鄰居把窗簾拉開，紛紛探頭出來看，現在正是誰會先棄守的關鍵。她往後退一步，把大門甩上了。我絕對不會放棄的，我站了起來，用最大的聲音鬼叫著。

「茱莉！除非妳讓我進去解釋，不然我會一直站在這裡大吼大叫。妳有兩個選擇：讓我進去，給我五分鐘，聽聽看我要說什麼，不然就是看我被警察載走，然後讓鄰居們說八卦。妳要選擇哪一個？」

等待的時間好像待在監獄裡的夜晚一樣漫長。我並不擔心茱莉不開門，反倒是我的鞋帶一直鬆掉，花了一點時間才把鞋帶繫緊。正當我有著「如果我被逮補的話，乾脆就把鞋子脫掉，以免鬆開的鞋帶會害我摔死」的念頭時，茱莉開門了。

「好啦、好啦。」她不耐煩地說著。「快進來。你只有五分鐘，多一秒也不行。」

我隨她走進了客廳，但是房子裡看起來有一點空盪感，大

概又是流行什麼都會極簡風吧。茱莉坐在沙發上，揉了揉眼睛。對我來說，看到她剛起床的亂髮跟還沒梳洗的臉，是件很奇怪的事，雖然她現在的樣子跟個死人差不多，但這也是我第一次覺得她看起來「比較」像人的時候。我決定先諂媚她一下，好軟化她的心防。「妳看起來氣色真好，茱莉。」

「不，我一點都不好！」她怒吼。「星期天一大早被吵起來的人，看起來都是這副德性。你不用浪費時間討好我，也不用說廢話，直接說你要什麼，然後快給我滾出去。」

「好吧，那我就直說了。我需要妳幫我一個大忙。妳是世界上唯一可以幫我的人，拜託！如果我必須要用眼淚攻勢的話，現在我就可以擠出幾滴眼淚。」

「你要幹嘛？」

雖然我的計劃還不是很完整，我還是大致說明瞭她在計劃中所扮演的角色。她靜靜地聽著，沒有說任何一個字，而當我說完的時候，她還是跟以前一樣，對我的話無動於衷。

「首先，」茱莉說。「這個計劃太可笑了。第二，我不覺得有什麼事情可以說服梅兒，跟你一起共渡下半生，還有第三……不，讓我直接告訴你，這個計劃不可能會成功的，達菲先生。你把我最好的朋友逼向絕望深淵，在她跟你第一次分手時，你不是那個陪在她身邊、安撫她的人；你也不是那個眼睜睜看著自己最好的朋友，跟這個世界上自己最討厭的人又復合的人；你更不是那個當她發現自己懷孕時，幫她擦眼淚的人。為什麼？因為你從來就不是那個自己會去收拾殘局的人。」

「我知道妳對我的看法，」我說。「但我還有另一面是妳所不瞭解的。我承認過去我很自私，但是我已經改了。」

「你現在當然這樣說。」茱莉大聲說著。「那六個月後

呢？男人就是這樣，得到了想要的東西，玩膩了，站起來拍拍屁股就走人。」

「我不懂妳的意思。茱莉，妳怎麼了？」

她搖了搖頭。「沒事。」

「梅兒說妳最近心情不太好，是不是跟馬克去洛杉磯的事有關？」

「不是。」

「那是發生了什麼事？我知道我平常是不會關心妳啦，但如果事情很嚴重的話……」

「馬克跟我分手了，這個答案你滿意嗎？」她沒有看著我。「他走了。」

我被她的話給嚇到了。這比我在八歲的時候，發現世上根本就沒有聖誕老人這檔子事還要嚴重，至少那個時候，管它是不是有聖誕老人，我媽都還是會給我禮物。但是如果連這麼親密的兩個人都不再相愛了，那人類還有什麼希望？難怪梅兒不敢確定跟我在一起會得到幸福，不只因為我給她太多疑問，而且她也必須面對馬克和茱莉有如王子與公主般的生活，終有一天也會破碎的事。「我很抱歉，茱莉，真的。我一點也不知道這件事。」

「一個月前他就已經搬出去，我告訴梅兒不要讓你知道，因為我可以想像你會說什麼。我知道你覺得我跟馬克是很愛炫耀的人。我敢打賭，你現在一定覺得很爽。」

「不，我怎麼會這麼想呢？茱莉。我怎麼會希望你們分手呢？有沒有什麼需要我幫忙的？」

她搖了搖頭。

我靜靜地坐在椅子上看著她。她的臉蒙蓋上一層淡淡的陰影，我發現自己真的對她感到很抱歉。雖然我常常嘲笑他們，但一直覺得他們是天生一對。突然，我心裡湧現一陣罪惡感，我居然對一個面臨崩潰邊緣的人，請求她幫忙渡過我自己感情上的難關。

「我想我該離開了。」我站了起來。

她指了指門的方向。「你知道門在哪裡。」

原本我不打算再多說什麼，但是我想到了梅兒，想到了我的感情也處於危險邊緣。突然，一把無名火在心裡燒了起來。「雖然我沒辦法讓妳跟馬克復合，但如果有機會的話，我很願意去做。可是難道妳不明白，妳有能力幫我跟梅兒嗎？我知道如果她真的不要我，我也沒辦法改變她的心意，我只能在跟她說我愛她的時候，讓她知道我是真心誠意的。」

「我再也不相信『愛』了。」茱莉站了起來，一副要趕我出門的樣子。

「因為馬克甩了妳嗎？」

「因為沒有人是真心的。因為每件事都是短暫的。因為沒有什麼會永遠存在的。因為世界就是這個樣子。」她盯著我的臉說著。「你的五分鐘到了。」

「好吧。」我說，腦袋裡想著等一下要做什麼。「我想我已經告訴妳我的目的了。」

這是小貓王

「你會不會冷？」

「不會，媽。」

「你一定覺得很冷。」

「真的，我不冷，媽。」

「醫院的等候室真的好冷，而且你只穿一件襯衫。」

「但是我不覺得冷啊！」

「會感冒的。你為什麼不回家穿件外套再來？」

「我沒事，媽。」我說。「我是說真的。」

在茱莉打壞了我的如意算盤後，已經過了三天。在這三天中，我的日子裡充滿著一大堆的事情。星期二的時候，我接到了一通電話，然後急急忙忙地趕到醫院，現在我正坐在 Whittington 醫院等候室的冷硬塑膠椅上。

所有的事情都是從星期一早上，我在答錄機裡聽到一個名叫彼特・貝瑞的人，留了一個讓我很困惑的留言開始的。

他是一家位於 Hackney，叫做「Chuckle 俱樂部」的喜劇表演宣傳人員，因為聽說我和丹的表演受到許多好評，所以

想要邀請我們進行一個為期兩週的表演。他又繼續說，如果表演進行得不錯，他會考慮在明年度的「Perrier 喜劇獎得主」的六天巡迴公演中，將我們列入後補名單。這對我來說，真是晴天霹靂，因為我跟丹組成雙人組以來，根本沒有合作寫出一個新的笑話，就只有一個虛名：「卡特和達菲二人組」而已。

我等了丹兩個小時。在他從每週例行的「去 Muswell Hill 的 Sainsbury 超市購物」回來後，我才發現原來這件事是他搞的鬼。「如果你想要讓大家都認識你，」他說，「就必須先引起一些海浪。」講到「海浪」，我想他指的是像以下這樣子的事：

1 、第四頻道找我們開一個新的情境喜劇，名稱叫做「Dexter's Plectrum」，內容是關於一群無厘頭、沒成功希望的六年級學生，結果變成第二個知名樂團「U 2」的故事。

2 、我們接受一家知名企業的邀請，幫他們在一個食用油的廣告中配音。

3 、一家美國的藝人經紀公司的星探看中我們的表演，把我們簽下來，並且已經飛到洛杉磯參加兩部電影的試鏡。

丹編了很完美的謊言。在喜劇的世界中，什麼事情都可能發生，譬如今天你只是個小角色，但可能第二天就會飛到好萊塢去開會討論角色。而我們捏造的這些豐功偉業，只是剛好夠誇張，讓每個聽到的人都會相信罷了。

「真的，我上個星期天在 Laughter Lounge 表演時，把這些事告訴兩個常在那裡表演的人。星期一的晚上，整個倫敦的喜劇表演圈就已經傳遍了這消息。我們現在可搶手的咧！」丹說，他已經笑到在地上打滾了。

第二件事是我媽在星期二下午到達 Euston 車站的事。當我跟查理去接她的時候，她對我說的第一句話，就是她星期三一大早要去我住的地方檢查。我那個狗窩實在是不能見人，所以我拖著丹一直打掃到凌晨三點。不過在打掃的過程中，我們在沙發下面找到 7.86 鎊的零錢；在洗衣機旁邊看到幾朵已經長出來的香菇；還有在餐具櫃的後面，找到丹在車庫拍賣中買到的「ET」電影。

當我們打掃完房子後，簡直就是改頭換面，我媽一定會對我們刮目相看的！但是她卻沒有來，因為維妮要生了。

我媽用查理的手機打電話給我，但中間卻發生一件有趣的插曲：她似乎不太會用這個「新科技產品」，所以她前幾分鐘都是在大喊「你聽得到嗎？」、「我這樣按對不對？」她大概是凌晨三點二十分的時候打來，我剛打掃完，準備上床睡覺。我告訴她我會在中午的時候過去，她也說如果有進一步的消息，會再通知我。之後，我就安心地去睡覺了。

我一起床就直接去醫院，並且坐在等待室裡，一邊還要應付我媽連續不斷的問題。

「我要去販賣機買飲料，你要什麼？」她問，她手中那個裝零錢的小皮包打開著，裡面有一大堆零錢。我媽很愛準備一大堆東西，好應付不同場合的需要，尤其特別愛收集零錢。

「不用了，謝謝媽。」我說。

「我想要買一罐茶。」她說，把小包皮閣上。「不過再等一下好了。」她把小皮包放進手袋裡，又在袋子裡找來找去，最後拿出一包糖果。「要吃薄荷糖嗎？」

「不要，謝謝。」我微笑著。「妳很緊張，對不對？」

「當然。」她說。「難道你不緊張嗎？」

　　我倒是還沒感覺到這一點。我緊張嗎？我想應該是的。更正確來說，我覺得很興奮。我要當舅舅了！這個世界上，以後就會有個小孩，他的舅舅叫做達菲；然後我以後要教他怎麼做最美味的烤麵包；還要念那些小時候的故事給他聽；還有當他們的爸媽生氣著追打他們的時候，會來我這邊討救兵。這種感覺真好！

　　其實現在將要發生的事，過不久也同樣會發生在我身上。我很快就要當爸爸了！當我在法國的期間、在我回來之後，甚至是當梅兒告訴我的時候，我都還沒有真實感。但現在當我坐在冷冷的等待室裡，腦中不斷想著這個念頭。

　　突然間，我好難過，從來就沒有這麼悲傷過。不是為了小孩的事，而是為了梅兒跟我自己。原本擁有自己的小孩，將會是人生中最快樂的事之一，但我現在卻無能為力。無論梅兒做了什麼決定，都不會改變我將必須為某人的生命而負責的事實。還有什麼是比這個重大的權力嗎？我想不出來。

　　「媽。」我說。「我有事要告訴妳。」

　　「我知道。」我媽說。

　　「妳怎麼知道？」

　　「雖然我不知道你要說什麼，但我知道你現在有麻煩，班。」她給了我一顆薄荷糖，又從袋子裡倒一顆出來，放在自己的嘴裡。「我也有些事要告訴你。事實上是兩個秘密，一個比較大，一個比較小。」

　　我被眼前的情況給搞得心煩意亂。我無法想像，我媽居然會有秘密？

　　她把手放在我的手上，然後說著：「我先告訴你比較小的秘密：我會搬來倫敦這裡。從維妮懷孕之後，她就不停地要求

我搬來跟她一起住。我原本不想搬來,但是她說她不希望寶寶一年只能看到祖母幾次,查理也堅持要我搬來。最後我讓步了,但是只想先來住幾個月試試看。」

「太好了。」我說。「維妮一定會很高興有妳的陪伴。我也是。」我不知道還要多說些什麼,只好把注意力放到秘密二號。「另外一個大秘密是什麼?」

「我不知道要怎麼開口,所以就直話直說。」她輕聲地說著。「當你跟梅兒分手的時候,我真的很替你擔心。我知道你已經長大,我也不該插手,但我就是忍不住會想,這樣是不對的,因為你們都深愛著彼此。當你說你們分手的原因,是因為你不確定自己能不能夠給她承諾。對此,我深深地責備自己。因為我跟你父親離婚的事情,而讓你不敢結婚。因此,我寫了封信給你父親,要求他跟你聯絡。」

「是妳寫信給他的嗎?」我不敢相信我所聽到的。「妳跟爸有聯絡?」

「我從他姐姐那邊拿到他的住址。我請他必須跟你聯絡,安排一個會面,好跟你解釋你跟他是完全不同的兩個人。」

我真是不敢相信我媽居然會這麼做。她希望讓我快樂,不惜將塵封已久的痛苦回憶再度打開。我緊緊地抱著我媽,而她開始哭泣。

「我只是想要幫你,班。」她啜泣著。「他回信給我,說你永遠也不會回到他身邊。我並不想要惹你生氣,我只希望你知道,你跟他是不一樣的。你就是你,不管過去還是未來,都不會變。」

當她停止哭泣的時候,我去販賣機買了一罐茶給她,也買了一罐咖啡給自己,這樣她才不會覺得很孤單。我開始從頭告

訴她，我跟梅兒之間的事：從我四年前第一次遇見梅兒時，一直到幾天前在米娜婚禮上發生的事為止。

媽聽完之後，許久不發一語：我想她應該為了在幾個月內，第二次要當祖母的事而感到震驚吧！她靜靜地喝著茶。「所以梅兒在這兩天就會做出決定嗎？」

「當她星期五回到倫敦的時候，我們就會討論。」我向她解釋。「我們都有一個共識，一定要做出對寶寶最好的決定。即使她最後決定不跟我在一起，至少我們還可以繼續當朋友。」

我媽看著我，用一種世界上只有母親會用的語氣對我說：「放心吧，一切都會沒事的。」

「我知道，媽。」我說。「我相信妳。」

「快來看！」當我跟我媽走進產房的時候，查理抱著他的女兒，對我們說著。「我當爸爸了！」

維妮花了十個小時才生下小孩。根據醫生的說法，這樣還算是快的了。不過從維妮的臉色看來，她跟剛跑完馬拉松的人看起來差不多，所以我想醫生應該只是在安慰我們。

查理一手抱著女兒，一手指著我：「這是達菲舅舅！他以後會給妳零用錢喔！」他又指著媽說：「這是外婆，以後妳有任何想要的東西，她也都會給妳喔！」當他把不停動著的小嬰孩交給維妮時，大聲說著：「最後跟各位鄭重介紹，這是我們的明日之星……『小貓王』！」

「別鬧了，查理。」維妮用開玩笑似的語氣溫聲說著：「就算我再怎麼愛你，也不會叫我們的小孩是『小貓王』。」

「但是她看起來就像是貓王啊！」

「第一、她沒有頭髮；第二、她的頭型怪怪的，而且請不要忘記，她是個小女生。她的名字叫做菲比。如果小孩長大後發現她自己叫做貓王的話，那可就麻煩了。」

查理笑了。「漂亮的菲比寶寶。」

在接下來的半小時中，大家輪流抱著小菲比。維妮抱完交給媽，然後又交給查理，然後又交還給維妮的時候，小娃娃哭了。維妮把小菲比拍了拍，讓她不再哭後，又把她抱給我。

「還是不要好了。」我婉拒。小娃娃會讓我緊張，我怕萬一沒抱好，會從手中掉下去。此外，我完全不相信「世界上的寶寶都很可愛」的理論。沒錯，小菲比是很可愛啦，但最大的問題是，我根本就不能理解小孩的行為，而這也是我一直對貓沒什麼好感的原因。我想這就是人類跟動物之間最大的不同。除非小菲比已經大到可以跟我說話，不然我還是會把她跟動物劃上等號。我這麼想著：她當然是我的外甥女，但要等到我們之間可以像一般正常人那樣對談的時候，我才會去接近她。

最後維妮還是把小孩交到查理手上，他看起來還玩不夠的樣子。

五分鐘後，小菲比開始哭了。「她又哭了。」查理一臉束手無策的樣子。「該怎麼辦？」

維妮給了他一個充滿愛意的笑容。「你是她爸爸，應該要做些什麼吧！」

查理抱著她，花了十分鐘在房裡繞了兩圈，最後以一副勝

利者的姿態，把小孩交還給維妮。「她剛剛很高興地叫呢！」查理說。

小菲比躺在維妮的手臂裡，眼睛緊緊地閉著，小手偶爾會突然抓緊，好像在做什麼奇怪的夢一樣。我看著小菲比的臉。

「她跟妳好像。」我對維妮說。

「我覺得她比較像瑪格麗特阿姨在吸檸檬汁的樣子。」維妮說。「真的好像。」

當我回到家時，已經快傍晚了。我整個人都快虛脫，正打算好好地睡上一覺的時候，聽到答錄機「嗶」的一聲。我走過去，按下播放鍵，聽著留言：葛雷打來的，說了一堆恭喜我跟丹開了一個喜境喜劇的拍馬屁話；丹打來看我從醫院回來了沒有；還有第三通留言，我仔細地聽了兩次。我翻著通訊錄，找出那個人的電話號碼。拿起電話，撥著那個號碼。

「茱莉，我是達菲。我剛剛聽到妳的留言。妳說有事要告訴我。」

我聽到她深深地吸了一口氣。「你還記得你要我做的那件事嗎？」

「嗯？」

「我答應你。」

我呆住了。奇蹟還是會發生的！我又可以著手進行計劃了。「太棒了！」我大聲叫著。一會兒之後，我平靜了下來，怯懦地問著：「可以再請妳幫另外一個忙嗎？」

「什麼事？」茱莉很不耐煩地回答。

「明天妳下班之後，我們可以見個面嗎？我需要有人載我去一個地方。」

「去哪裡？」

「IKEA。這是計劃新增的部分。」

她想了一下。「你希望我問這個部分的內容，對不對？我偏不，因為我一點也不想知道你的大腦是用什麼做的。有些事還是不要知道比較好。」

「所以妳要載我去嗎？」

「明天下午六點半。」她又停了一下。「達菲？」她的聲音似乎多了一些溫暖。「我真的希望這些事可以幫到你。」

「謝謝。」我說。「老實告訴妳，除了這個計劃外，我也不知道還能怎麼辦。」現在換我覺得不好意思了。「茉莉？」

「又怎麼了？」她的語氣又回復到不耐煩的樣子。「你還要我順便載你去超市嗎？」

「這個星期還不用。」我很快地回答她。「只是想問一個問題：是什麼讓妳改變心意的？」

「說出這句話，我一定會恨死自己，但是你真的……是你改變了我的心意。我仔細地想了想你說的話，跟你最近所做的事，我相信你是真心愛著梅兒的，而我也是希望她快樂而已。如果這就是你要做的，我會全力支持你。」

「感謝妳。」我感覺有股尷尬的氣氛籠罩著我們。「我還有別的事，先掛電話了，明天六點半見。」

「等等，」她遲疑了一下。「我要讓你知道，我那天說的全都是錯的，至少我改變了我的想法。好吧，我又開始相信那種老式的愛情了。」

終於，所有的好事又回到我的生命中。還有一件事我必須要做的。我拿著電話，按下了幾個號碼。

猴子

以下是我跟我爸之間的第一次對話：

我：哈囉，請問是喬治嗎？

他：是的。

我：我是班・達菲。

他：（停住）哈囉。（令人害怕的沉默）你好嗎？

我：我之前收到你的信。你還想要跟我見面嗎？

他：是的，當然。

我：明天怎麼樣？

他：可以。

我：我們要在哪裡見面？

他：任何你喜歡的地方。

我：（痛苦的沉默）我不知道。

他：（難以忍受的沉默）我也不知道。

我：（隨便講出一個在腦海中出現的地名）倫敦動物
　　園！

他：動物園？我們去那裡會不會嫌太老了一點？

我：（很唐突地說）好吧，那你挑一個地方。

他：不……那就倫敦動物園吧。十一點可以嗎？

我：好。（停住）好吧，先這樣，明天見。

他：明天見。

動物園。居然是該死的動物園！我真不敢相信，我明天要跟一個要為我一半生命負責的男人，約在動物園見面？

我怎麼會想到要去那裡啊？後來我瞭解到，說不定在我成長的過程中，在潛意識裡一直希望爸爸帶我去動物園玩的事。好吧，雖然是晚了二十年，至少我的夢想還是成真了。

當我跟我媽坐在醫院裡，知道她為了我而跟我爸聯絡的時候，我就決定要跟他見一面。我已經明白我跟我爸是不同類型的人；我明白我是個可以給予承諾的男人，但是我應該要為了我媽、為了自己，以及為了那些當他們還是小孩時，父親拋棄他們的人，我必須要去跟他見個面。而且，我一直覺得自己的命運跟「絕地大反攻」（Return of The Jedi）裡的天行者路克（Luke Skywalker）簡直一模一樣。

如同路克，我會發現我的父親其實是黑武士，有著強大力量的人，或著他只是一個有著啤酒肚、禿頭、鼻毛外露，再平常不過的老爹？當我還是小孩子時，我總是告訴別人我爸是在SAS（British Special Army Service，英國皇家特種空勤隊）工作，所以常常不在家。但是有一天麥克‧貝利從圖書館借了一本關於SAS的書，告訴大家說SAS根本就不允許部屬把他們的據點位置告訴家人，當場就狠狠揭穿我的謊話。

第二天，我一早就起床了，穿上去參加米娜婚禮時的那套西裝，雖然有一點皺，但我還是穿了。我一直在想我爸會怎麼看我，不由得有些不安，心裡不想讓我爸看到我的時候，會覺得失望。我甚至把領帶都繫上了。好笑的是，當我十一點整到達動物園的門口時，我遠遠地就看到他了，因為他也跟我一樣穿著西裝、打著領帶。

「哈囉。」我說，很笨拙地向他揮了揮手。「你是喬治嗎？」

「你是班吧。」他回答我，伸出了手。「很高興看到你。」

我本來想要他不要叫我「班」，但想想還是算了。他很用力地握著我的手，像是永遠也不想放掉一樣。他比我想像中還要矮小，因為我跟維妮都滿高的，而我媽卻沒有很高，所以我都一直猜我們是遺傳自爸爸那邊。現在發現其實我們是隔代遺傳，感覺有點怪。

他有著一頭濃密的白髮（所以我不能怪我日漸後退的髮線是遺傳自他）、長臉、有一對濃眉跟八字鬍，不禁我想起很久以前，電視上有一個私家偵探戲劇的主角。我們唯一相像的地方就是眼睛，杏仁形狀、眼珠是深褐色的。「我們要進去嗎？」

「好啊。」我說。「進去看看吧！」

他在售票亭買了兩張票，然後我們推了十字轉門，走進動物園。

這是一個潮濕的十月份星期四，動物園裡只有三三兩兩的

小孩，跟他們的媽媽。喬治走在我前面，他覺得我們應該要先看去獅子，而我們還真的就去看獅子。

一路上的感覺很怪，因為我們並沒有談論過去二十八年中，他的生活或是我的生活，反倒是一直在講動物的話題。

我們讀著一塊又一塊上面書寫著動物簡介的牌子、交換著以前看過的大自然紀錄片的內容，並且發掘特殊的動物行為（「不，我不知道鯨魚是用生小孩的方式來延續下一代的。但是你知道袋鼠的生殖器是分岔狀的嗎？」）在看完獅子之後，我們又看了爬蟲館、企鵝、駱羊、大象⋯⋯我們看遍了所有的動物。

我們在猩猩館裡待了很久。動物園管理員丟了幾件衣服給猩猩玩耍，其中有一隻猩猩坐在樹底下，臉上有著極哀傷的表情，頭上套著一件雨衣。牠的身體蜷縮在一起，而兩隻長長的手臂伸到背後，就像是給自己一個擁抱一樣。我們一直看著牠，直到牠毫無理由地前後搖擺著為止。如果梅兒在這裡，一定會想哭吧！

閒逛了三個小時之後，我們決定休息一下，吃個午餐。當我們在餐廳裡排著隊時，喬治說這一餐他要請客，這不禁讓我笑了出來。當我在來動物園的路上，我還在想他會不會給我幾千英鎊，好補償我過去二十年來的生日禮物。他選了火腿潛艇堡，我挑了炸薯條加三小包蕃茄醬。

「你要喝咖啡嗎？」當我們走近飲料機的時候，他問。

「我不愛喝熱的東西。」我告訴他。

「我也是。」他做了一個鬼臉。「我討厭很燙的東西。」

外面的太陽短暫地露了個臉，雖然椅子還濕濕的，我們還是選擇坐在餐廳外面。當我們靜靜地咀嚼著食物時，我明白這

件事對他來說是很難受的，但我也並不好受。的確，在我們之間有著很多話要講，偏偏沒有人先開口。

正當我準備講另一個動物真相時（你知道公牛只看得到黑色跟白色嗎？），喬治放下吃了一半的潛艇堡。「我在想，是什麼改變了你的心意？」

沒錯，就是這個。這個就是我要的對話。

「關於來見你的事嗎？」我問。他點了點頭。我很仔細地想著這個問題的答案，我沒有看著他的眼睛。「我只是想過一個我從來都覺得不可能的生活。一直以來，我都在避免做那些我以前一直害怕的事情，而如果我有得到任何心得的話，那就是：沒有什麼事情是像你想的那麼可怕。」

喬治笑了。他的聲音是一種會讓我覺得緊張的男中音，跟我的聲音是完全不一樣的低沉。「我記得應該是馬克・吐溫說過吧：『我是一個老人，而我知道許多令人恐懼的事情。不過大部分都沒有發生過』」

「我比較喜歡你的版本。」我說。「這句話有種很特別的魅力。」

「我也喜歡你的版本。」他接著我的話。

之後，我們又是相對無言。「我曾經很恨你。事實上，我花了大半輩子在恨你。你讓我的生活裡多了許多痛苦。」我說。

「那是我應該受到的罪。」他說。「對於我的所做所為，我實在找不出藉口來彌補。沒錯，我讓你母親的生活天翻地覆，也讓你們姐弟的生活不好過。」他停了一下。「你剛剛說『曾經很恨我』。這代表你現在不恨我了嗎？」

我的心裡很痛苦地壓抑著。「我想，繼續恨你也沒有用。當我還在念書的時候，也有一些同學的父親因為某些原因而離開家庭。這真的很怪。好像是同一個世代的男人，都被某種神秘的力量給帶走，突然間全部都消失了。怎麼每個人都跟猴子一樣？」

　　「猴子？」

　　「是啊。」我把丹那個關於死猴子的笑話告訴他。「你就跟其他人一樣，全部都想做一隻尋死的猴子。而且我告訴你，猴子的ＤＮＡ跟人類的ＤＮＡ，相異性不到百分之一。」這個令我吃驚的統計數字，不禁我想了一下：到底是誰先開始講起這些動物真相的事？「你絕對不是一個壞人，」我繼續說著。「只是你的意志很薄弱罷了。」我第一次敢直視喬治的眼睛，而他也很專注地看著我。

　　「你明白我對你有很深的歉意，對不對？」他說。「我瞭解道歉是沒有用的，但我是真心的。我錯過你跟維妮的成長階段，而這些日子不會再重來。我剛離開你們的時候，我很努力地試著不要想你們，不過真的很困難，但是我知道你母親會給你們所需要的一切。後來，你們對我而言，就像一場夢而已，或者像是一個陌生人的生活。」

　　又過了半小時。在這半小時中，我們不斷地交換著彼此過去二十八年的生活。我告訴他關於維妮和寶寶的事、我的喜劇事業，還有一些關於我、梅兒跟未出世的小孩的事（雖然我沒有告訴他太多細節）。

　　喬治也訴說他的生活。他又再婚也又離婚、沒有再生任何子女、大部分時間都在賣鞋子。現在他已經退休了，時間大多都花在他的房子庭院裡。他似乎很滿意他的命運，這可讓我有

一點生氣。所以我編了一堆的謊言，說我媽中了樂透，身邊有一個已經退休的追求者，在特別的節日會帶她去加勒比海渡假。雖然我對他已經不再心存恨意，但是我愛我媽的程度，絕對超過愛他的千百萬倍。

「很好，我很高興她有著快樂的生活。」聽完這些謊言後，這是他唯一能夠說出來的話。

「是的，她是。」我回答他。「非常快樂。」

當我們要離開的時候，天空開始下起雨來了。而我們走到動物園出口時，喬治告訴我，這次的會面不如他所想像的可怕，所以我們還可以再見面。然而，我們都知道這是不太可能的事。我們已經完成一件等了一生要做的事，叫以把這件事從待辦事項中劃掉了。現在是說「再見」的最佳時機。

「再見了。」我向喬治伸出手。

「真的很高興見到你。」他說，很用力地握著我的手。「不管怎麼樣，我覺得你是個很好的年輕人。」

「謝謝你。」我說。我想他並不會期望我也會稱讚他，如果他真的這麼想，那就大錯特錯了。但他剛剛說的那句話，的確是需要我用比「謝謝」更實際的話來回應，所以我說：「我有一雙跟你一樣的眼睛。」

「我知道。」他突然說出這句話。

「梅兒覺得她愛我，是因為我的眼睛。」我靜靜地說著，天空已經開始下起大雨。「我會告訴她，我有一雙像你的眼睛。」

他微微地笑著。「最近再找個時間見面吧！」

「好。」我說。「我會再打電話給你。」

每個男人心中都有一首詩

「妳確定是這樣裝的嗎？」我很生氣地看著茱莉。

「或許是你拿反了呢？你有沒有試著搖搖看這個可笑的東西？」

我咬緊了牙根，憤怒地搖著。

「這不會成功的，對不對？」

茱莉，妳這次可能說對了。我很謹慎地思考著。

到目前為止，在計劃中的每件事，都按部就班地進行著。如同我們昨天約定好的，我去找茱莉，然後開車去ＩＫＥＡ。

在歷經半個小時和擺脫掉好幾個熱心的服務人員後，我計劃裡的第一部分終於完成了。在我的規劃裡，還有第二跟第三部分，不過當我們開車回Clapham的路上時，我突然又有了靈感，腦袋裡想著第四個部分的內容。很快地在附近的超市裡買了一些冷凍食物後，工作已經接近完成了。

快八點的時候，我們來到了梅兒家，此時茱莉的角色就要正式登場－她給了我一把梅兒家的備份鑰匙。我保證我會在一個小時內就出來。

「現在幾點了？」我問，我輕輕揉著太陽穴，一邊看著我

在梅兒的客廳裡所造成的浩劫，可能要花好幾年才可以收拾乾淨。

茱莉看了看錶，再用一種電影裡才會看到的誇張表情看著我，之後再用一種懷疑的眼神看著我，第三個表情是好像在檢查前兩個表情並不是幻覺。「現在已經半夜一點了。」她說。

「妳一定在開玩笑。」

「不，是真的。達菲，我明天早上還要上班，我們應該要整理一下離開了。」

「我們還不能走！」我抗議著。「梅兒明天晚上就要回來了，我希望每件事都能夠很完美……」當我終於瞭解這個計劃是徒勞無功時，真的很無力。「這不會成功的，對不對？」

「聽著，只有這部分不會成功而已，其他都會很完美的。整理一下，把已經完成的弄漂亮一點。」

「那妳會在她面前好好讚美我嗎？跟她解釋我要做的東西是什麼嗎？」

「當然會啦。」茱莉說。「我愈仔細地想著你的計劃，愈覺得它很完美。你是不是全部都完成，並不是很重要，重要的是你已經很努力地試過了。梅兒並不笨，她會瞭解你有多認真。重要的是這份心意。她會知道你有多愛她。」

然後，茱莉做了一件她以前從來都沒做過的事，而我從來也不會預料她會對我做的事－她給了我一個大大的擁抱。起初，我全身僵硬，就像是面對著一隻超大的黑寡婦蜘蛛的感覺一樣。然而我逐漸發現在我面前的，是一個全新的茱莉－一個走出她過去的風格，正努力幫忙我的茱莉－所以我也給了她一個大大的擁抱。當我們兩個站著、四手交疊的時候，我心裡想著，現在這個擁抱，在昨天之前，絕對是「在未來二十四小時

內最不可能發生的事」的榜首。

　　我還在想下一件最不可能發生的事時，茱莉在我耳邊低聲說著：「房間裡好像還有別人。」

　　我們立刻放開對方，兩個人一起轉頭、睜大眼睛、看著客廳門口的方向。沒錯，真的有個人站在那裡、提著一個小皮箱、一臉疑惑地看著我們。那是梅兒。

　　「妳在這裡做什麼？」茱莉問，聲音中試著不要有一絲罪惡感。「妳不是明天晚上才會回來嗎？」

　　「我在這裡做什麼？」梅兒說，順手把客廳的大燈打開。「應該是我問你們在這裡做什麼吧？現在是午夜一點，我快累死了，然後我剛走進家門，就看到我最好的朋友，跟我小孩的爸爸抱在一起。」

　　「不是妳所看到的樣子。」我怯懦地說著。「真的，梅兒，這是個天大的誤會。」

　　「當然不是我看到的樣子。」梅兒暗笑著。「看看你們！好像我抓到有姦情的樣子。」她走進了客廳，發現地板上散落一地的東西。「好吧。」梅兒說，轉身坐在沙發上。「到底是怎麼回事？為什麼把我家弄得亂七八糟？」

　　「梅兒，」我先開口說話。「不是茱莉的錯。這都是我的錯。我做了一個小小的計劃，希望讓妳知道我有多在乎妳。只是一切好像不是很順利……」

　　「並沒有，達菲。」茱莉堅決地說著。「做你應該做的就好了。」她走向梅兒，給了她一個擁抱，溫柔地說著。「妳就饒了他吧！他沒有看起來的那麼討厭。」梅兒很驚訝地看著茱莉。「我的工作已經完成了。」她繼續說。「該把剩下的部分交給你們。」她走了出去，將身後的大門輕輕地關上。

　　現在只剩我跟梅兒兩個人，而我知道這也是我人生中最重要的時刻。

　　「我有一些小禮物要給妳。」我說，同時感覺到呼吸加快、血壓上升、腦袋暈眩。「原本計劃是等妳明天回來的時候，會在房子裡找到這些禮物。但既然現在我在這裡，我應該親自把它們交給妳。其實它們並不是什麼禮物，只是一般常見的小東西而已，但是我要妳想一想，它們有什麼共通性。」

　　「這真的很怪，達菲。」梅兒說。「尤其是茱莉還參與你的計劃，這更是讓人意外。」

　　「眼睛閉上。」我說。「我先給妳第一件小東西。」梅兒閉上了眼睛。「伸出妳的手。」在我說完之後，她伸出了手，而我把第一件東西放到她的手中。

　　「啊！」梅兒驚叫著。「怎麼濕濕的？」

　　「對啦。我忘記把它放回冷凍庫了，只放在冷藏室而已。妳現在可以睜開眼睛了。」

　　「一袋甘藍？」她一臉茫然地看著我。

　　「沒錯。我們分手的時候，妳留了一袋在我的冰箱裡。我把那袋丟了，又重新買了一袋給妳。」

　　「謝謝。這正是我需要的。」梅兒對我做了一個鬼臉。「下一個是什麼？」她又閉上了眼睛，我把第二個東西放到她手中。「這是我的遙控器！」梅兒大叫道。「呃……還是很謝謝你！現在好像在過瘋狂聖誕節。」

　　「下一個比較複雜。」我說，一邊站起來離開她身邊一點。「再閉上眼睛，我要帶妳去房間的另一邊。」我緊緊地牽著她的手，小心翼翼地帶著她。「現在妳可以睜開眼睛了。」

「真是太棒了！」梅兒看著散落一地的東西。「木頭跟金屬的零件。看來在組好之前，我是拿不到這個禮物囉？」

「呃⋯⋯妳看到的只是木頭跟金屬的零件，不過它們是非常重要的零件。看這邊。」我指著一堆金屬短棒、二大片門板、一大本說明書，還有一堆托架跟側邊板。雖然在我的手裡，它們只是木頭跟金屬的零件，不過對於有組裝知識的人來說，把它們組好，就可以變成IKEA的衣櫃了。」

梅兒的臉上浮現出，她已經明白我要做什麼了。她張開了嘴巴，想要說些什麼，但是我伸出手指，按在她的嘴唇上。

「還不要說話，等我給妳最後一個東西的時候，妳再說吧！」我伸手在外套口袋裡摸了摸，然後跪在她面前。「這是給妳的。」我交給她一個用包裝紙包著的東西。

她拆開了包裝紙，看到了裡面的盒子，很著急地打開它。此時，她沒有開口說話，然後淚眼汪汪地看著我，坐在我身邊。「這是我的訂婚戒指。」

「我想妳可能會猜這到底是怎麼回事。妳可能也會覺得我是來搞笑的，雖然的確是有一點。不過我真的很愛逗妳笑，梅兒，我希望我可以一輩子都讓妳快樂。但是在這些東西中，也有我認真的一面。妳看，這些甘藍菜是妳的，而我將它們還給妳；這支遙控器雖然是妳的，但是我卻霸佔著，現在我也還給妳；這個衣櫃在我們在IKEA吵架的那一天，也應該是妳的，現在我把它送給妳。最後是這只在妳手中的戒指，它代表了我的心，過去、現在和未來，它都是妳的。就算妳曾經拒絕過它，我也不會把它拿回來，因為它永遠都是妳的。」

我精疲力竭地坐在木質地板上。「有一次查理告訴我要贏得女人芳心的方法：『每個男人心中都有一首詩。』梅兒，這

就是我要獻給妳的詩。不過今晚最大的敗筆，」我伸手擦掉了她臉頰上的淚水。「我被這個該死的衣櫃給打敗了！」我像一個等待處決的逃兵，閉上了眼睛，等待著她的答案。

接下來是一陣短暫的沉默，不過我感覺到梅兒的手緊緊地抱著我，在我的耳際輕聲地說著這幾個字：「我愛你。」

「妳願意嫁給我嗎？」我試探著問她。

「我當然願意嫁給你。」在我張開眼睛的同時，梅兒這麼對我說。「今天我跟老闆說，我不要繼續待在蘇格蘭，我要回倫敦做原來的工作，所以為什麼我會今天就跑回來。我不想再等下去了。我不需要你用冷凍的甘藍菜、遙控器、戒指，甚至是衣櫃，才能證明你對我的愛。其實我心裡早就明白了。」

「妳確定嗎？」

「我當然確定。」她用外套袖子把鼻水給擦乾淨。「如果這就是你要的答案。」

「就算我沒辦法組裝那個衣櫃嗎？」

「就是因為你沒辦法組裝那個衣櫃。」

「就算是我還是不愛去ＩＫＥＡ買東西嗎？」

「就是因為你不愛去ＩＫＥＡ買東西。」

「就算是我一直都沒辦法完全瞭解妳、做一些蠢事來惹妳生氣，或是有時候我在看電視時，我還會噓妳嗎？」

「別再說了。」她又再靠近我一點，也給了我一個吻。「你如果要做這些事情的時候，快給我住手，這位先生。」她又給了我一個吻。「你只要知道我愛關於你的所有事情。我就是愛你原來的樣子。我不要你為了我而改變，而我也不想為了你而改變。我希望我們兩個能夠保持原來的樣子。」

這會消除眼睛的浮腫

我們很快地決定了婚期，在四個月後的某一天。而在此同時，我也重新回到打工的公司，以及跟丹在全英國瘋狂地進行著表演。不過我也發現，我比從前更深愛著梅兒。

隨著時間的過去，結婚的日子比想像中還要提早到來，但我們還是很熱烈地期待著這一天。以下是我身為單身男人，最後二十四小時的追蹤貼身報導：

12：30 p.m.

我下午請了假，跟三五好友先聚一下，喝杯酒。因為梅兒警告我在婚禮的前一夜不准再跑出去，不然就要像之前那個「男人之夜」的下場一樣，禁止我十個星期都不可以去Haversham。丹、查理、我還有其他一些朋友，貼著表演用的八字鬍，一群人浩浩蕩蕩地前往Haversham。

3：10 p.m.

Haversham的老闆一眼就看穿我們臉上是假鬍子，但我們不想撕掉，所以就轉往在Tufnell Park的Newton Arms，

這是一家唯一僅存的老式男人酒吧－在吧台後面有Ｗｏｏｄ-
ｂｉｎｅｓ煙、地板上沒有地毯、面帶兇惡的老男人散落地坐在酒
吧裡。我們整個下午就這麼喝著酒、聊著自己的蠢事，還有跟
那些面帶兇惡的老男人們，一起抽著Ｗｏｏｄｂｉｎｅｓ煙。

6：00 p.m.

梅兒的下班時間到了。身為一個稱職的伴郎，丹提醒我該
是離開的時候了。我們都同意這的確是個該回家的時間。

6：10 p.m.

好啦，喝完這一杯就走。

7：10 p.m.

再喝一杯就走。我發誓。

7：30 p.m

不行啦，真的。

8：10 p.m

就在我們喝完答應自己的最後一杯後，查理的手機突然響
起了「William Tell Overture」的旋律。原來是維妮打來問我
們在哪裡，查理騙她說我們已經在回家的路上，不過隨即被丹
跟兩個八十幾歲的人－亞伯特跟瑞格，一起唱著「Ｃａｎ'ｔ　ｔ
Ｓｍｉｌｅ　Ｗｉｔｈｏｕｔ　Ｙｏｕ」的聲音給揭穿。不用說，維妮用大家都

聽得到的音量咆哮著，用力地掛上電話⋯⋯現在真的是該回家的時候了。

8：15 p.m

維妮又打電話過來，用嚴刑拷打的語氣威脅查理說，在我的婚禮之前，絕對不可以發生什麼意外。

8：32 p.m

丹、查理還有我，向亞伯特、瑞格，以及其他的朋友們說再見後，就跳上一台計程車飛奔回家。無視於我們的抗議，計程車司機堅持要聽輕音樂電台，一直播著菲爾·柯林斯（Phil Collins）的歌。很顯然地，這個司機根本就對歌詞不熟，還愛跟著唱「Easy Lover」，逼得我不得不數次更正他唱錯的地方。

8：51 p.m

非常感謝那個在Kentish Town的Star of Punjab裡，有一個超好的服務生，還願意接受我們的點菜（咖哩洋蔥、紅咖哩雞、腰果咖哩蝦跟綠菠菜咖哩雞）。這都是丹點的菜。真的。

9：01 p.m

維妮又打給查理，頒佈了這一條嚴格的訓斥：「如果明天達菲遲到、生病或是沒有出席婚禮，我以後再也不會跟你上床！」為了查理的性生活著想，我們催促侍者快點上菜。

10：15 p.m

計程車已經到了 Star of Punjab 的門口，我們跟三個 Star of Punjab 的服務生說再見。當他們揮手說再見的時候，還答應明天會來參加我的婚禮。

我們先送查理回家。車子停在他家門口的時候，維妮走了出來，狠狠地瞪了查理，再狠狠地瞪著我。「我不希望我弟弟在明天婚禮的照片裡，看起來一臉憔悴的樣子！」她大聲地斥責我，又給了我一瓶克蘭詩眼霜。「這可以消除眼睛周圍的浮腫。」她又用溫柔的語氣補了這一句。

10：25 p.m

丹跟我繼續搭車回到家。我們的心情還是很好，所以決定邀請威爾跟愛麗絲（他們住在樓下）來參加我的婚禮。起初，他們很不可思議地看著我，不過在我堅持說雖然我喝醉了，但是真心地要邀請他們的時候，他們也很開心地答應了。我們本來也想要邀請樓上的麥特跟莫妮卡，但是丹對他們還心有怨恨，因為他相信就是他們叫員警來破壞我們去年的跨年派對。但是，我本著人類善良的天性，還是邀請了他們。

11：30 p.m

烤麵包時間。丹跟我烤了一整條的 Hovis 麵包。在打開一罐 Red Stripe 啤酒的同時，丹突然感性了起來。「你是全英國北部，最會吃烤麵包的一個人。」他說，一邊在烤麵包上塗著奶油。

「是啊，對全英國南部來說，你也是一個不錯的奶油飯桶。」我回應他。感人時刻結束了，我們匆忙地走到客廳，好好享受烤麵包。

12：03 a.m

一個月前丹就問我，他可不可以攜伴參加我的婚禮？當我問他要帶誰的時候，他卻很狡猾地不告訴我。梅兒猜那個人是費歐娜，一個 Haversham 新來的、在吧檯工作的女生。查理跟維妮猜他會帶我的前女友中的一個。不過我反而是猜一個我們都不認識的人，那樣比較接近丹的風格。

1：12 a.m

疲倦感如浪潮般襲來，所以我決定上床睡覺了。我在備忘錄上寫著：「明日大婚」四個大字，以免一早起床會忘了這件事，又看了維妮留在我枕頭上的指示事項：

1、把鬧鐘調到早上七點半。

2、把丹的收音機鬧鐘放在床旁邊的地板上，也調到早上七點半。

3、把床尾的米奇鬧鐘調到早上七點半。

4、打電話去電信局，叫他們明天早上七點半給你 morn-ing call。

1：22 a.m

企圖讓自己睡著。

1：55 a.m

還是睡不著。開始數羊。

2：28 a.m

羊數完了。開始數農場上的其他動物。

3：30 a.m

打電話給梅兒，告訴她我有多愛她。她唯一的回答，就是用很愛睏的聲音說著：「很好。」

3：32 a.m

我又撥了通電話給梅兒，以免她會覺得我是打電話來騷擾的人。「我當然知道是你打來的。」她很有耐心地說著。「只有你才會對我做這種事。」

3：40 a.m

還是睡不著。所以我下了床，在客廳裡翻著丹的錄影帶。我挑了丹在車庫拍賣買的「ＥＴ」電影，我從來就沒看過這一片。

4：20 a.m

由於我快要變成有家室的人，「ＥＴ」居然讓我熱淚盈眶。「為什麼人類這麼可怕？牠只想要回家而已。」

4：30 a.m

我快轉電影的結局，確定牠並沒有死掉。

5：21 a.m

對於這個快樂的結局，我滿意極了。突然我開始覺得很睏，決定要上床睡覺。

7：30 a.m

我被好幾個鬧鐘給吵醒。大概整個北倫敦的人，除了丹之外，也都醒來了。我覺得頭好痛，猜想我是不是死掉了？又走回去繼續睡。

7：45 a.m

我被門鈴給吵醒。我眼睛閉著，搖搖晃晃地去開門，發現我媽、查理、維妮跟小菲比都已經穿戴整齊，站在我家門口。他們跟著我上樓，半小時後，當我從浴室裡走出來時，我媽在洗碗、維妮在烤香腸，查理抱菲比在客廳看「ＥＴ」。丹，這時候還在睡。

9：00 a.m

要載我們去 Barnet 的 St Faith 教堂的車子已經到了。預計抵達時間：9：30 a.m。

9：30 a.m

塞車中。預計抵達時間改為 9：45 a.m 。

9：45 a.m

還在繼續塞車中。預計抵達時間改為 9：55 a.m 。我必須說服自己，如果我遲到了，梅兒就不會嫁給我，而我就要被懲罰跟丹一起住到我死掉的那一天。

9：54 a.m

終於到教堂了。感謝上天，梅兒還沒有到。我媽每隔二十秒，就看一次我身上有沒有毛絮或是灰塵，好像我是她所鍾愛的眾多 Capo Di Monte 小雕像之一。我這時才想起該問丹有沒有記得帶戒指？他找遍了所有口袋，就是找不到，這可快把我嚇死了。在我差點動手掐死他之前，發現他把戒指串成項鍊，綁在脖子上。好傢伙！

10：00 a.m

我跟 Star of Punjab 的侍者們、威爾和愛麗絲，還有艾麗莎打招呼。那一對叫我們不要開跨年派對的夫妻倒是沒看到，同時也沒看到我的未婚妻。我瞄到丹跟他的神秘佳賓躲在一台 Vauxhall Astra 後面擁吻⋯⋯居然是那個可愛的安！葛雷的前女友。好哇，丹！真是有你的一套。

10：05 a.m

還是沒有梅兒的蹤影。我媽提醒我，遲到是新娘的特權。

雖然她這麼說，但我還是很慌。茱莉向我介紹她的新男友，也是她的前陶藝老師－里歐，他可是住在Notting Hill Gate喔！里歐和茱莉送給我一個包著包裝紙的盒子，我原本要拒絕的，但還是沒有辦法，只好接受吸血鬼送來的禮物。好傳統的禮物！一套Habitat的晚餐杯盤組。

10：15 a.m

我想，梅兒一定因為害怕，所以選擇當個「落跑新娘」了。我媽搖了搖頭，叫我不要想太多。

10：21 a.m

丹看到載著梅兒的車子開上車道了。她還是愛我的！

10：25 a.m

在梅兒的父母簡短地說明遲到的原因後（他們也是塞在車陣中），我們已經準備好要開始了。

10：45 a.m

我站在教堂的前面，轉頭看著梅兒勾著她父親的手臂，準備踏上人生中的紅毯。看著她每踏一步，就像是我跟她相遇的過程，又再重演了一遍。那個步伐、那個美麗的臉龐，即使她現在穿著白紗，還是個身懷六甲的孕婦！

當她站到我身邊時，我在她的耳際輕聲說道：「妳看起來真美。」她對我笑著，也在我的耳際說著：「不要跟我說那個，因為你會害我哭出來啦！我希望在婚禮的錄影帶裡，我看

起來很鎮定、很成熟。」

10：55 a.m

她說了「我願意。」

10：57 a.m

我說了「我願意。」

10：59 a.m

主婚人說：「現在我宣佈你們是合法夫妻。你現在可以親吻新娘了。」

11：00 a.m

我們接吻了！

伴郎

　　各位先生女士，我僅代表新郎和新娘，歡迎各位來參加梅蘭妮‧拉賴‧班森小姐，和當然，世界上獨一無二的班傑明‧多明尼克‧達菲先生的婚禮！身為伴郎的我想向各位介紹完美的新娘，以及說幾個關於新郎的小笑話……嗯，我還要介紹誰呢？沒有啦，開玩笑的。

　　不過說真的，雖然今天是個歡喜的日子，但同時也是個悲傷的日子，因為從今以後，我就要開始想念達菲了。在過去幾年間，他一直是我最好的室友。他好相處、又會做家事，而且會把已經壞掉的冷凍食物，把上面發霉的部分去掉後，丟到微波爐裡再煮給我吃，雖然這一直讓我覺得很害怕。

　　除了食物的部分之外，我真的希望我也能像達菲一樣找到一個好的伴侶。梅兒真的是他這一生遇見最好的女人，而我也想不出還有誰可以好好地管管達菲。所以，我誠摯地邀請各位跟我一起祝賀這兩個勇敢的人許下承諾的誓詞。現在，請各位跟我一起舉杯，祝賀達菲和梅兒這對承諾夫妻。

新娘

　　哈囉，大家好。根據數千年來父系社會的壓迫，女人是不可以在婚禮上致詞，以及開新郎玩笑的。身為一個支持男女平等的女人，我並不打算讓任何人在我的婚禮上，告誡我不可以做什麼事－尤其是這個婚禮我還出了一半的錢。

　　總之，我有一些心裡的話想跟各位說。當達菲跟我在籌劃婚禮時，我其實很想要一個盛大的婚禮。而各位可以看到，現在變「大」的是我，不是這個婚禮。不過說真的，我很高興我們舉辦了一個這麼溫馨的小型婚禮，因為各位都是我們最愛、也最關心的人，沒有比這個更棒的婚禮了。

　　我要謝謝各位的蒞臨，因為你們，讓今天成為我們人生中最值得回憶的一天。我特別要感謝我的父母，因為他們的熱心參與，才讓今天這麼成功；茱莉，謝謝妳一直陪在我身邊；查理和丹，謝謝你們沒有讓達菲在他的單身最後一夜派對中，喝到爛醉如泥；謝謝達菲的媽媽，尤其是今天的宴會，各位要謝謝她所提供的摩洛哥風味雞的開胃菜。

　　最後，我要給我丈夫一個驚喜。他一直以為今天晚上的婚宴裡，我們會邀請一個管絃樂隊來表演。但是，錯！等一下是由「德瑞克 G 行動迪斯可體驗」的團體來表演！沒錯，達菲，我確定他們已經學會該怎麼演奏「Come On Eillen」、「Three Times A Lady」還有「The Birdie Song」！

　　以上就是我要說的話。但是在我坐下之前，我要趁這個機會感謝我的丈夫，他真的是世界上最特別的一個人……他又體貼、又溫柔……還有……還有……嗚……

新郎

各位終於瞭解，為什麼不讓女人在婚禮上致詞的原因了吧？因為她們會講到哭出來的。

梅兒、梅兒的母親、我母親、維妮，今天早上就已經哭過好幾次了。而我呢？昨天晚上一個人看「ＥＴ」的時候就哭過了。

梅兒，絕對是我下半生，唯一會選擇共同攜手度過的人。看來，我會一直戴著這只沉重的戒指到……該怎麼說呢？八十歲？九十歲？我想要親眼看看，我們會不會有一天，兩個人穿著銀色太空裝、喝著飲料、在火星上過我們的聖誕假期。

我不介意一直活下去，因為這代表我跟梅兒的婚姻可以長長久久。聽起來很不錯，是吧？幾個小時前，梅兒承諾要用她的下半生來愛我跟珍惜我。她沒有說她願意遵守，這也沒關係，因為我並不想用這些話來控制她，我只想要兩個人在一起就好了。這樣聽起來，好像我是個新好男人：瞭解自己的感情；在看梅格‧萊恩演的愛情喜劇時會痛哭流涕；可以跟女人當「朋友」，而不是只想跟她們上床。錯了，我並不是這樣的人－除了想跟女人上床的事之外啦，我還是我。我還是不希望梅兒在我看電視時，跟我討論一大堆有的沒的，我還得承認我並不是一直都很瞭解她的想法。

但是我不會再多要求些什麼，因為我已經得到了很多。因此，我也要請各位共同跟我一起舉杯，敬梅兒，我的妻子，一個最棒的女人！

三個月後……

她看起來真美

「她是不是很漂亮啊？」梅兒把寶寶抱起來給大家看。

「真是太可愛了。」維妮說，手裡抱著小菲比。「真的很漂亮。看看她的眼睛，閃閃發亮呢！」

「達菲。」茱莉說。「你不想要抱抱她嗎？」

「呃⋯⋯」我沒有正面回答她。「我不確定⋯⋯我從來就沒有抱過⋯⋯她看起來好小。如果我不小心捧到她怎麼辦？等一下，可以嗎？等梅兒的父母看過完整的小孩之後，我再來抱她。」

「不行。」梅兒堅決地說。「你現在就立刻抱著她。你從兩個小時前就一直在找藉口，現在該是你們父女親近的時間。」

「我手上都是汗。她要一個可以抱緊她的人啦！」

「你打算到她長大之後才要抱她嗎？」梅兒問。她轉過身把女兒交到我手上。「抱去吧，孩子的爸。」

「不難的。」當我把女兒接過來的時候，茱莉向我保證著。「只要動作輕一點就好。」

我的小孩好像知道換了另外一個人來抱她。她的眼睛緊緊

地閉著，嘴唇翹翹的，好像梅兒生氣時的樣子。

「你想好她的名字了嗎？」我媽問。「我真是不敢相信，你居然拖了這麼久。」

「我們希望大家看到她的時候，才幫她取名字嘛。沒有看著她，就隨便幫她取名字，不是很怪嗎？」梅兒抬頭看著我，微笑著。「我們公開徵求大家的意見。你們有什麼想法？」

「我不知道。」我媽說。「我最不會做這種事。」

「菲莉芭（Philippa）聽起來不錯。」茱莉說。「或是珍妮也很好聽。」

「艾薇絲（Elvis）！」丹跟查理異口同聲地說，他們果然熱愛貓王(Elvis Presley)。

「我認為賈桂琳（Jacqueline）不錯。」維妮說，一邊小心地扶好菲比，再用另外一隻手去槌打查理。「除了美國前總統夫人賈桂琳·歐納西斯（Jacqueline Kennedy Onassis）外，就沒有第二個叫賈桂琳的像她這麼有名，所以一定要盡快再有第二個賈桂琳。」

「你認為呢？」梅兒問我。「你是孩子的爸，你腦子裡現在應該有一長串名單才對。」

我溫柔地看著這個達菲家族的新成員，她正安穩地躺在我手臂裡。她好漂亮啊，我這麼想著。真的是毫無疑問地，她一定是全世界最漂亮的娃娃。她需要一個可以代表個性的名字，像是在說「嗨，我既聰明、風趣又充滿魅力」，就像我老爸一樣。

「我決定好她的名字了。」我說，看著她小小的臉龐。「梅兒很早以前就選好這個名字了。請給我一點鼓聲……我想

我們會叫她艾拉。」

　　「我不敢相信你居然還記得！」梅兒溫柔地說著。「你說得沒錯，她的確看起來很適合艾拉這個名字。她的全名是艾拉・艾薇絲・達菲。」

　　「又是艾薇絲？」

　　「當然啦。」梅兒手舞足蹈地說著。「她是達菲家的人，對不對？所以她以後一定是個閃亮的大明星！」

幽默小說最新經典《購物狂》系列全球暢銷超過 **1,700,000** 冊，被譯為 **22** 種語言，即將改編為電影劇本！

> 在這明亮的屋內吱吱喳喳的女孩－搶商品、試圍巾、手中堆滿了各式美麗的衣物。我突然感到一陣溫暖、一股深刻的共鳴－這些就是我的同類，我找到我的家了！
>
> －麗貝卡·布盧姆伍德

蘇菲·金索拉在《購物狂》系列創造了一位瘋狂購物、又魅力無法擋的麗貝卡·布盧姆伍德。書中特殊的英式幽默和情節令人絕倒，麗貝卡的傻大姊行徑和天馬行空的幻想尤其令讀者津津樂道，也讓她成為近年來最受歡迎的都會小說家。

　　２５歲的麗貝卡是一位財經記者，工作就是告訴他人該如何理財，但是在閒暇時間，她卻是個不折不扣的購物狂！

　　她住在倫敦高級住宅區的漂亮公寓裡，有一群上流社會的朋友，以及堆滿整個房間的時尚服飾。但事實上，她對事業沒有什麼野心和抱負，唯一感興趣的就是打扮成辦公室時髦女郎。

　　麗貝卡為了解決瘋狂購物的慾望，於是買了一本理財書《管好你的錢》。她決定遵循作者的建議，開始嘗試新的生活。

1. 書中說應該要把每天買的物品都紀錄下來（她特地去買了高級筆記本及鋼筆）。
2. 書中建議她削減開支（她為了做一餐 2.5 英鎊的咖哩，買了一堆食譜、廚具和香料，卻做出世界上最難以下嚥的食物）。
3. 書中建議她增加收入（她去兼差服飾店店員，卻搶顧客要買的衣服）…當然，過了不久，那本理財書就被她踹進垃圾桶了！

　　為了擺脫日益窘迫的財務狀況，麗貝卡所編造的故事越來越離奇、越來越瘋狂，包括工作、好友、感情，幾乎都失去了控制…她只好又從購物中得到些許安慰，哪怕只是買一小件東西…

City Chic 01

購物狂的異想世界

The Secret Dream world of a Shopaholic

麗貝卡所有的問題都來自於瘋狂購物的欲望，為了擺脫日益窘迫的財務狀況，她所編造的故事越來越離奇。於是，她只好又從購物中得到些許安慰，哪怕只是買那麼一小件東西…

City Chic 02

購物狂挑戰曼哈頓

Shopaholic Takes Manhattan

這一次，麗貝卡決定帶著信用卡橫跨大西洋！然而一個意想不到的災難威脅了她的事業及前途、威脅了她的信用額度、更威脅了她和盧克的感情…她能夠順利全身而退嗎？

City Chic 04

購物狂，我們結婚吧

Shopaholic Ties the Knot

你聽到婚禮的鐘聲了嗎？盧克和麗貝卡的愛情會有何發展？麗貝卡是否會說「我願意」？愛情、友誼、親情的矛盾與追尋，充分展現麗貝卡在瘋狂購物之外的另一面風情…

蘇菲‧金索拉的購物狂世界：http://book.fullon.com.tw/book/wri/sk/index.html

我的A級秘密 Can you keep a secret

繼《購物狂的異想世界》之後的重量級新作，電影改編自同名小說，由新一代美國甜心凱特‧哈德森主演。

蘇菲‧金索拉◎著

羅雅萱◎譯

定價：250元

一個關於秘密與誠實的浪漫喜劇，
請小心知道你所有秘密的陌生人……

就艾瑪第一次被派出差，少了一根筋的她一時失手把整罐可樂噴在客戶經理的襯衫上，合約當然就此告吹。倒楣的艾瑪在回程的飛機上又遇到了嚴重的亂流，她情急之下緊緊抓住了鄰座男子的手，開始滔滔不絕：

—哦，天哪！我才二十五歲耶！我還沒準備好要死！

—我還沒生小孩，也沒有刺過青……我連自己的G點在哪裡都不知道。

—真想要讓胸部變大，想看看波霸是什麼感覺……

—我的體重是58公斤，不是男朋友康納以為的52公斤，沒想到他送我一條S號丁字褲，真的好不舒服……

後來艾瑪發現飛機上那個坐她鄰座，知道她所有秘密的男人居然是她未曾見過的大老闆－傑克！他還公開了艾瑪的秘密，於是一連串的八卦問題像潮水般向她湧來，原來傑克根本沒有愛上她，只是想研究一個平凡的女子到底在想什麼？她夢寐以求的浪漫戀情從此開始了一波三折的情節……

32AA

蜜雪兒·康納◎著

蔡惠民◎譯

定價：240元

美國年度最佳都會愛情小說
亞馬遜網路書店評鑑
「最受年輕女性歡迎小說」

Calvin Klein 行銷副理	施穎婷	
法徠麗國際形傳部總監	萬容	貼身相挺推薦
博思公關總監	李郁蓉	

我非常瘦，幾乎可以說是一個「飛機場」，

當我只穿著比基尼時，實在無法不去注意我的胸部。

儘管它們有點迷你⋯⋯可是，尺寸真的那麼重要嗎？

　　艾玫琳一心期待 Tiffany 訂婚鑽戒做為三十歲的生日禮物，而現實生活中得到的卻是男友移情別戀一位 C 罩杯的女人。難道這一切只因為她穿的是 32AA 尺碼的內衣？

　　儘管艾玫琳穿起比基尼不夠有料，儘管朋友們認為她的胸部只要再多一點點⋯⋯再一點點，生活就會變得更美好。但自信的她堅持不向世俗的「尺碼定義」低頭，決心在尋找真愛的路上，創造一個屬於自己的豐滿生活。

國家圖書館預行編目資料

承諾先生 / 麥克·蓋爾(Mike Gayle)著；
蕭振亞譯. -- 初版. -- 臺北市：泰電電業，
2005【民94】
　　面；　公分. -- (City Chic 系列；12)
譯自：Mr. Commitment
ISBN:986-81350-3-6（平裝）

873.57　　　　　　　　　　94021321

馥林文化叢書訂購方法：

◎ **請至各大書店選購**

◎ **請至本公司（臺北市博愛路76號6樓）購買，可享九折優惠。**

◎ **郵局劃撥，可享九折優惠。**

劃撥帳號：19423543，戶名：泰電電業股份有限公司。
連同劃撥單與個人基本資料（姓名、電話、地址、購買書名），
傳真至02-23143621，我們將於收到資料後，三天內寄送。

◎ **銀行轉帳，可享九折優惠。**

銀行帳號：土地銀行(005)-005001119232。
轉帳明細表與個人基本資料（姓名、電話、地址、購買書名），
共同傳真至02-23143621，我們將於收到資料後，三天內寄送。

◎ **讀者服務專線**

若有任何疑問，歡迎來電洽詢！
電話：02-23811180 轉382,396,392

City Chic 12

承諾先生

作者：麥克·蓋爾(Mike Gayle)
譯者：蕭振亞
編輯：呂靜如、朱海絹
排版：朱海絹

發行人：宋勝海
出版：泰電電業股份有限公司
企劃：馥林文化編輯群
地址：台北市中正區博愛路76號8樓
電話：(02)2381-1180
傳真：(02)2314-3621
劃撥帳號：1942-3543　泰電電業股份有限公司
網站：馥林鮮讀網 http://book.fullon.com.tw

總經銷／時報文化出版企業股份有限公司
電話／(02)2306-6842
地址：　地址／台北縣中和市連城路134巷16號　　　　樓
印刷：大豐彩色印刷製版有限公司

MR COMMITMENT by MIKE GAYLE
Copyright:©1999 BY MIKE GAYLE
This edition arranged with CURTIS BROWN - U.K.
through Big Apple Tuttle-Mori Agency, Inc.
Complex Chinese edition copyright:
2005 TAI TIEN ELECTRIC CO., LTD.
All rights reserved.

2006 年 2 月初版　　定價 260 元
ISBN:986-81350-3-6　(英文版 ISBN:0-340-71826-9)
版權所有·翻印必究(Printed in Taiwan)
◎本書如有缺頁、破損、裝訂錯誤，請寄回本公司更換

廣告回郵

北台(免)字
第13382號

免貼郵票

泰電電業股份有限公司

100台北市中正區博愛路76號6樓

電話：(02)23811180轉382
傳真：(02)23143621

- -

請沿虛線摺下裝訂，謝謝！

City Chic 12　　　　　　　書名：承諾先生

讀者回函卡

感謝您購買本書，請將讀者回函卡填好寄回，或傳真至 (02)2314-3621，我們將不定期提供最新的出版資訊。

姓名：＿＿＿＿＿＿　電子信箱：＿＿＿＿＿＿＿＿

生日： 年 月 日　性別：□男 □女

電話：(公)＿＿＿＿＿＿＿＿(宅)＿＿＿＿＿＿＿

聯絡地址：□ □ □ ＿＿＿＿＿＿＿＿＿＿＿＿＿

＿＿＿＿＿＿＿＿＿＿＿＿＿＿＿＿＿＿＿＿＿＿＿

教育程度：□國中及以下 □高中 □專科學院
　　　　　□大學 □研究所及以上

職業：□製造業 □銷售業 □金融業 □資訊業
　　　□學生 □大眾傳播 □自由業 □服務業
　　　□軍警 □公務員 □教職 □其他＿＿＿＿

您從何處得知本書的消息：□書店 □報紙廣告
　　　□雜誌廣告 □廣告DM □廣播 □電視
　　　□親友、老師推薦 □一毛錢理財月刊
　　　□電子報 □網站 □其他＿＿＿＿＿＿

您對本書的評價(請填代號 1.非常滿意 2.滿意
3.普通 4.再改進)：
　　　□書名 □封面設計 □版面編排 □內容
　　　□文/譯筆 □價格

讀完本書後您覺得：□很有收穫 □有收穫
　　　□收穫不多 □沒收穫

您會推薦本書給朋友嗎？□會 □不會 □沒意見

您對我們的建議：＿＿＿＿＿＿＿＿＿＿＿＿＿

＿＿＿＿＿＿＿＿＿＿＿＿＿＿＿＿＿＿＿＿＿＿＿